# 변신

# 1

 기계에게 말을 가르쳐선 안 된다고 아버지는 말했다. 이름을 붙여서도 안 된다고. 한나가 왜냐고 묻자, 아버지는 그들에게 의식이 없기 때문이라고 했다.
 "그들은 우리와 비슷하게 생겼지. 놀라울 정도로. 하지만 신진대사, 아니 작동원리라고 해야 하나? 그게 우리와는 완전히 다르단다."
 아버지는 접시 위의 생선을 포크로 찌르며 말하다 무심코 주방 쪽을 보았다. 어머니가 거기 서서 자신을 노려보고 있기라도 한 듯이. 거기 서서 아버지에게 "이안, 애한테 거짓말 좀 하지 마. 그들에게 의식이 있다는 건 당신이 더 잘 알잖아. 그들에게 의식이 없다면 당신이 왜 그걸 연구하고 있는 거야? 애초에 '의식향상연구소'는 대체 왜 존재하냐고?" 하면서 잔소리를 시작하기라도 할 듯이. 하지만 어머니는 거기 없었다. 대신 기계가 두 손을 모으고 눈을 내리깐 채 거기 서 있었다. 귓불이 없다는 걸 빼고는 인간들과 하나도 다르지 않았다. 두 눈동자가 맑게 빛나지 않고 밤처럼 까맣다는 것도 빼고는. 하지만 인간 중에서도 그런 이들은 많다. 대개 수드라들이 그렇지만 바이샤들 중에도 그런 인간들이 있다. 그렇게 혼탁한 눈이 되지 않으려면 끊임없이 공부해 의식을 갈고 닦아야 한다고 선생님들은 말했다. 그것이 가장 뛰어난 의식을 가진 브라만(과 극소수의 크샤트리아)에게 주어진 사명이며 빌어먹을 경연들이 존재하는 이유라고도.

"어떻게 다른데요?" 한나가 아버지 쪽으로 고개를 기울이며 목소리를 낮춰 말했다. 저 기계가 말을 못 알아듣는다면 어떻게 그녀가 생선을 먹고 싶다고 하자 그걸 요리했겠는가?

"한나…."

아버지는 과학자 특유의 푸른 눈으로 한나의 바이올렛색 눈을 들여다보았다. 브라만 아버지의 투명한 푸른 눈과 크샤트리아 어머니의 적갈색 눈이 섞여서 만들어진 색. 아버지는 그녀 눈동자의 이 붉은 기운을 이제 증오하게 되었을까? 가족과 이웃들이 모두 열등함의 증거라며 수군거렸지만, 당신에겐 열정의 불꽃 같았을 이 진한 붉은빛을 그녀의 두 눈에서 지워야 한다고 생각하는 걸까? 그리 어려운 일은 아닐 것이다. 의사한테 천 달러쯤 주고 30분쯤 병원에 누워 있으면 그녀 눈동자의 붉은 기운은 지워질 것이다. 그녀의 어머니처럼 애초에 없었다는 듯 감쪽같이 사라질 것이다. 그러면 한나는 아버지와 똑같은 푸른 눈을 갖게 되겠지. 하지만 그렇게 되면 그녀는 음악을 포기해야 하지 않을까? 성공한 음악가 중 푸른 눈을 가진 사람은 아무도 없다. 눈동자에 푸른 빛이 적게 돌수록 예술적 재능이 뛰어나다고들 하니까. 유명한 음악가들의 눈동자는 대개 맑은 황금빛에서 루비빛 사이의 색을 띠고 있다. 지난 경연에서 우승한 케일리의 눈동자처럼. 케일리는 트로피를 든 채 한나에게 다가와 그 투명한 루비빛 눈동자로 그녀를 내려다보며 말했다.

— 설마 부당하다고 생각하는 건 아니지, 한나? 혹시라도 그렇다면 지금 당장 거울 앞에 서서 네 눈을 들여다봐. 네 눈동자에 섞인 붉은빛이 나처럼 맑은 루비빛인지, 아니면 크샤트리아 졸부들이 마시는 싸구려 와인빛인지 잘 살펴보라고.

음악감독인 자신의 아버지와 똑같은 거만한 미소를 띤 얼굴로 케일리가 코웃음 쳤다.

— 아차, 크샤트리아들은 대개 색맹이던가? 그럼 넌 색을 구별 못 할 수도 있겠구나? 아니, 그건 바이샤였나? 내가 아랫것들하곤 어울리질 않아서 헷갈리네?

케일리가 한나를 밀치고 남자친구에게로 가서 안기며 물었다.

— 내가 우승해서 놀랐어?

케일리의 남자친구가 한나의 두 눈을 내려다보았다. 그러고는 황금빛 눈동자를 한나에게 고정한 채 케일리의 귓가에 큰 소리로 속삭였다.

— 아니, 자기가 졌다면 더 놀랐을 거야.

"한나."

아버지가 한나의 손등에 자신의 손을 얹었다. 그리고 어려운 방정식이라도 푸는 듯한 표정으로 한나의 두 눈을 한참 들여다보다 한숨을 내쉬었다.

"다음에 얘기해주마. 지금은 때가 아닌 것 같구나." 아버지가 기계 쪽을 흘끗 넘겨다보며 말했다. 지난달에 어머니가 사라졌을 때 했던 것과 똑같은 말이었다. 하지만 아직까지도 아버지는 말해주지 않았다. 어머니가 왜 떠난 것인지. 어디로 간 것인지. 그러니 이번에도 아버지는 말해주지 않을 것이다. 인간인 한나와 기계인 저 여자의 신진대사, 아니 작동원리가 어떻게 다른 것인지. 얼마나 엄청나게 다르기에 한나에게는 있는 의식이 저 기계에겐 없는 것인지. 그래서 한나는 직접 알아내기로 했다. 그녀는 기계에게 말을 가르치기로 결심했다. 그리고 그날 밤 기계에게 이름도 붙여주었다.

"미카."

한나는 그날 밤 자신의 방에서 기계의 손을 잡은 채 그녀에게 말했다.

"네 이름은 이제부터 미카야."

밤처럼 어두운 기계의 두 눈은 한나를 향해 있었다. 하지만 정말로 자신을 보고 있는지 그런 척하는 것일 뿐인지 한나는 알 수 없었다. 그래서 그녀는 계속 말을 했다. 그러다 보면 언젠간 알 수 있을 것 같아서였다.

"네 이름이 미카인 이유는, 네 모델명이 MKA21307이기 때문이야. 널 MKA라고 하는 것보단 미카라고 부르는 게 더 편하니까."

미카의 검은 눈동자가 미세하게 흔들리는 것 같았다. 단지 내 착각일 뿐일까? 한나의 마음속에 기쁨과 불안감이 동시에 솟아올랐다. 그녀는 이 이상한 기분을 떨쳐내기 위해 계속 말했다.

"그리고 우리 인간 중에 너처럼 검은 머리에 검은 눈, 모래빛 피부를 가진 여자들이 가질 법한 이름 같기 때문이지. 왠진 몰라도 너처럼 생긴 여자 중엔 그런 이름이 많거든. 준코, 히로코, 요코…. 아, 널 미카가 아니라 미코라고 부르는 게 나을까?"

밤처럼 까만 기계의 눈동자는 이번엔 아무런 반응도 없었다. 달도 별도 전기도 없는 밤처럼 깜깜했다.

"아냐, 그냥 미카가 낫겠어. 네 모델명은 MKO가 아니라 MKA로 시작하니까 말이야."

기계의 두 눈이 깜빡였다. 한나가 몸을 떨었다. 사람하고 너무 똑같아. 저 속눈썹 한 올 한 올, 섬세하게 주름진 입술 사이로 보이는 가지런한 치아 하나하나까지…. 어쩌면 저렇게 사람하고 똑같이 생겼을까? 아니, 사람보다도 더 사람처럼 생긴 것 같아. 저들의 귓불을 잘라야 한다는 규정이 그렇게 엄격한 것도 무리가 아니지. 저들에게 말을 가르쳐선 안 된다는 규정도. 그리고 이름을 붙여선 안 된다는 것도…. 한나의 마음속에 뒤늦은 후회가 밀려들었다. 하지만 이미 시작한 이상 되돌릴 수는 없다.

— 저들을 초기화할 방법 같은 건 없단다.

아버지가 낮에 이렇게 말하지 않았던가?

― 저 기계를 잘못 학습시켜 작동오류를 일으킨다면, 다시 공장으로 돌려보내는 것밖에는 방법이 없어. 거기서 저걸 폐기할 거야.

아버지는 '폐기'라는 단어를 거의 소리 내지 않고 속삭이듯 발음했다. 그건 사형수들에게나 적용되는 무시무시한 형벌을 가리키는 말이니까. 폐기. 그것은 완전한 무(無)를 가리키는 말이다. 그때까지 얼마나 많은 인생을 살았든, 얼마나 엄청난 성취를 이루었든, 얼마나 많은 돈을 벌고 얼마나 많은 사람을 사랑하고 미워했든, 그 모든 기억이 전부 사라져 흔적조차 남지 않게 된다는 말이다. 중앙기억센터의 지하 가장 깊은 곳에서도 다시는 그 기억을 찾아낼 수 없게 된다는 말이다.

"미카?"

한나는 불안감으로 죄어드는 가슴을 진정시키려 애쓰며 기계의 두 눈을 들여다보았다. 달도 별도 전기도 소리도 바람도 없는 까만 밤. 그래, 잠시 착각했던 거야. 저 기계에겐 의식이 없어. 그러니 걱정할 것도 없어.

"미카? 그게 네 이름이야. 마음에 든다면 고개를 끄덕여봐."

한나가 한결 편해진 기분으로 기계에게 말했다. 인형에게 하듯 장난스럽게 웃어 보이며. 기계는 여전히 미동도 없었다. 한나는 안도의 한숨을 내쉬었다.

"그럼 이제 가봐. 난 작곡을 좀 더 해봐야겠어. 아무리 생각해도 내 곡이 케일리 것보다 나은데, 이해할 수가 없거든."

기계가 돌아서서 방문을 향해 걸어갔다. 한나는 책상으로 가의자를 끌어당겨 앉으려다 멈춰 섰다. 기계가 돌아서기 전 자신에게 고개를 살짝 끄덕였던 것 같았다. 한나는 가슴이 다시 두근거리는 것을 느끼며 그 자리에 선 채 생각했다. 이번에도 내가 착각했던 걸까? 잠깐, 뭔가 이상한데? 저 기계는 어차피 내 말을 알아들었어. 내가 가보라고 했더니 저렇게 곧장 나가버렸잖아? 그래, 저 기곈 사람 말을 알아들을 수 있어. 주인이 명령을 내리면 그걸 수행하도록 만들어진 로봇이니까. 그리고 말을 알아들을 수 있다는 게, 그 기계가 의식이 있다는 걸 뜻하는 건 아니야. 한나는 의자에 앉아 모니터 화면에 나타난 오선지의 음표들을 바라보았다. 불협화음을 만드는 하나의 음표 같은 물음이 머릿속에 떠올랐다. 그렇다면 뭐지? 대체 무엇이 저 기계에게 의식이 있는지 없는지를 알아낼 수 있게 만드는 거지?

그것이 바로 이유였다. 한나가 다음 날부터 미카에게 말을 가르치기 시작한 이유. 그렇게 하다 보면 어떤 식으로든 알아낼 수 있을 것 같아서였다. 아니, 그건 핑계일 뿐일까? 내겐 그저 소일거리가 필요한 것뿐일까? 한나는 생각했다. 엄마가 떠났다는 걸 잊을 수만 있다면 나는 기계가 아니라 강아지에게라도 말을 가르치려 했을까? 그랬을지도 모르지. 그리고 바로 그게 아버지가 내게 이 기계를 선물한 이유일 거야. 단둘만의 식사 자리에서 나와 눈이 마주칠 때마다, 엄마를 닮은 내 바이올렛색 눈동자가 이렇게 묻고 있을 테니까. 엄마는 왜 떠났어요? 어디로 간 거예요? 혹시 내가 경연에서 우승하지 못

했기 때문인가요? 내 연주가 엄마를 실망시켜서 엄마가 떠난 건가요?

"엄마."

이것이 한나가 기계에게 가르친 첫 단어였다.

"이건 널 낳은 사람을 뜻하는 단어야."

그 순간이었다. 기계의 밤 같은 눈동자에 희미한 달빛 같은 것이 떠오른 것은. 이번엔 착각이 아니었다. 자신을 바라보는 기계의 저 눈동자에 분명 슬픔이, 엄마가 떠난 후로 자신이 느끼고 있는 것과 비슷한 슬픔이 어려 있다고 한나는 확신했다.

"미카?"

한나가 미카에게 고개를 기울이며 물었다. 미카의 까만 눈동자에 금방이라도 눈물이 고일 것만 같았다. 하지만 곧 눈물 대신 검은 장막 같은 것이 기계의 눈동자에 드리워졌다. 기계의 두 눈은 다시 달도 별도 전기도 없는 까만 밤이었다. 역시 착각이었나 봐, 한나가 한숨을 내쉬었다. 이것이 안도의 한숨인지 실망의 한숨인지 모르겠다고 생각하면서.

"자, 미카. 따라 해봐. 엄…마."

한나가 열 번쯤 되풀이해 말했을 때야 비로소 미카가 입을 열었다.

"어엄…"

미카의 목소리는 조율이 안 된 악기처럼 거칠었다. 기계 자신도 그것을 깨닫기라도 한 듯 다시 입을 다물어버렸다.

"엄…마."

한나가 목소리를 낮춰 미카에게 속삭였다. 방문 밖에서 아버지가 듣고 있을지도 모른다는 두려움 때문이었다.

"어어엄…" 미카 역시 목소리를 낮춰 속삭이듯 말했다. "마."

한나의 몸에 전율이 일었다. 기계가 처음으로 온전한 단어를 말했기 때문만이 아니었다. 저 기계가 자신이 처한 상황을 온전히 이해하고 있다는 것을 한나가 깨달았기 때문이었다. 미카는 이해하고 있었다. 자신이 목소리를 높여서 말한다면 아버지에게 발각될 것이고, 그러면 공장으로 반품되어 폐기될지 모른다는 것을. 한나가 몸을 떨며 생각했다. 이것이 저 기계가 의식이 있다는 것을 의미하는 걸까? 한나는 미카의 두 눈이 깜박이는 것을 바라보았다. 검은 장막이 드리워진 눈동자에서는 아무것도 읽어낼 수 없었다. 아냐, 그건 의식이 아니라 지능이야. 한나는 생각했다. 자신이 처한 상황을 온전히 이해할 수 있다는 것은 지능이 있다는 걸 뜻할 뿐이야. 그것이 저 기계가 의식이 있다는 것을 뜻하는 건 아니야.

"잘했어."

한나가 미카의 머리를 쓰다듬으며 속삭였다. 미카의 머리카락 감촉이 한나를 다시 전율하게 했다. 이 부드러움과 온기가 한나를 울고 싶게 만들었다.

"난 엄마가 그리워, 미카."

한나가 미카의 어깨에 머리를 기댄 채 속삭였다.

"너도 엄마가 있니? 여기 오느라 엄마를 떠난 거니? 그러면 너도 엄마가 많이 그립겠구나."

한나는 미카의 목구멍에서 희미한 소리가 들려왔다는 생각이 들었다. 하지만 그녀는 곧 그 생각을 떨쳐버렸다. 아무래도 상관없었다. 미카에게 감정이 있든 없든, 의식이 있든 없든, 달라질 건 없었다. 어느 쪽이든 한나는 미카에게 말을 가르칠 것이다. 그녀가 무슨 말을 하든 미카가 알아들을 수 있도록 만들 것이다. 저 검은 호수 같은 두 눈이 무슨 생각에 잠겨 있는지 말할 수 있도록 만들 것이다. 그러면 미카는 한나의 가장 가까운 친구가 될 것이다. 그녀가 필요할 땐 언제라도 곁에 있을 것이다. 미카는 그녀를 절대로 떠나지 않을 것이다. 엄마처럼 아무 말도 없이 그녀를 버리지 않을 것이다. 혹시라도 미카에게 의식이 있다면, 그래서 뭔가가 잘못된다면, 미카가 그녀를 떠나려 하게 되기라도 한다면…. 한나는 미카의 어깨에 기댄 채 생각했다. 그러면 그땐 미카를 공장으로 돌려보내면 돼. 미카가 날 버리기 전에 내가 그녀를 폐기해 버리면 되는 거야. 그러면 난 버림받지 않을 수 있어. 그래, 버림받기 전에 내가 먼저 버릴 수 있어.

"음악."

이것이 한나가 미카에게 두 번째로 가르친 단어였다. 엄마가 녹음했던 피아노 음반을 들려주면서 한나는 미카에게 반복해서 말했다.

"음악."

"음악."

"음악. 이건 널 슬프게도 기쁘게도 만드는 거야."

"으음…악."

미카가 속삭였다. 한나가 웃음을 터뜨렸다.

"그렇게 말하니까 음악이 아니라 꼭 막대기처럼 들리잖아. 볼품없고 딱딱한 막대기. 널 이렇게 쿡쿡 찔러서 아프게 만드는."

한나가 손가락으로 미카의 팔을 찌르며 웃었다. 미카는 피하지도 소리를 내지도 않았다. 어쩌면 통증을 느끼지 못하도록 설계되어 있는지도 모른다는 생각이 들었다. 그것이 아버지가 말한 기계들의 신진대사, 아니 작동원리와 관련이 있는 걸까? 이것이 미카가 의식이 없다는 것과 관련이 있는 일인 걸까? 한나의 마음은 잠시 그 생각에 머물다 다시 음악 쪽으로 기울었다.

"이건 내가 제일 좋아하는 음악이야. 우리 엄마가 오래전에 녹음한 거지. 피아노. 이 소리는 피아노 소리야. 우리 엄만 세상에서 제일 뛰어난 작곡가였어. 세상 모두가 그걸 알았어. 하지만 브라만이 아니라 무시당했어. 크샤트리아들은 음악을 진정으로 이해할 수 없다고 사람들은 말하거든. 의식 수준이 브라만보다 열등해서라는데 다 개소리야. 난 반은 브라만이지만 우리 엄마 발끝도 못 쫓아가거든. 아마도 그게 엄마가 날 떠난 이유일지도 몰라. 내가 창피해서…, 엄마 닮아서 열등한 거라고 사람들이 수군댈까 봐, 내가 너무나 창피해서."

한나가 울음을 터뜨렸다. 한나는 미카의 어깨에 머리를 기댄 채 한참을 울었다. 음악이 끝나고 한나가 고개를 들자 미카가 고개를 끄덕이며 속삭였다.

"음악."

2

"난 두려워, 미카."

한나가 거울 속의 미카를 보며 말했다. 미카는 이제 한나보다 키가 한 뼘쯤 더 커져 있었다. 처음에는 한나보다 피아노 건반 다섯 개 폭만큼 컸는데 이제 한 옥타브쯤 더 크다. 미카는 이제 한나가 하는 모든 말을 알아듣는 것 같다. 미카가 원한다면 무슨 말이든 할 수도 있을 거라고 한나는 생각한다. 하지만 미카는 한 번에 한 문장 이상은 말하지 않았다. 그것도 꼭 필요할 때만. 작년에 아버지가 재혼한 후부터 미카는 새엄마와 아버지 앞에서도 종종 말을 한다. 예, 아니요, 괜찮습니다, 감사합니다, 같은 짧은 말들을. 어차피 아버지가 알아차렸기 때문이었다. 한나가 늘 미카에게 말을 한다는 사실을. 그리고 새엄마도 미카가 말없이 늘 그림자처럼 서 있는 게 더 소름 끼친다고 해서였다.

하지만 미카는 그들 앞에선 한 단어 이상 말하지 않았다. 그것도 그 말을 하지 않으면 실례가 될 만한 때만.

효율성.

사람들이 기계에 대해 늘 말하는 이 단어가 미카에게도 가장 어울리는 단어일지 모른다고 한나는 생각했다. 꼭 필요할 때 외에는 말하지 않는다는 것뿐만이 아니었다. 미카의 존재 자체가 이 '효율성'이라는 단어로 모두 설명될 수 있었다. 미카는 하루 세 번 식사하는 것만으로도 필요한 에너지를 모두 흡수할 수 있다. 놀라운 일이다. 인간들이 식사하는 건 에너지 충전보다는 감각을 개발하기 위해서라고들 말한다. 식사만으론 인간들의 의식을 유지하는 데 필요한 에너지의 3퍼센트도 채울 수 없으니까. 특히 의식 수준이 높아질수록, 상위 계층 인간일수록 소모하는 에너지가 엄청나기에 매일 한 시간 이상 명상을 해야 하지 않는가? 그런데 미카는 명상을 하지 않는다. 밤에 누워서 오랫동안 눈을 감고 있기는 한다. 하지만 인간들처럼 목 뒤에 전극을 연결해 에너지를 공급받지 않는다. 그냥 가만히 누워만 있으면 하루에 필요한 힘이 저절로 모두 채워지는 것이다. 놀라서 까무러칠 일이다. 리암 말로는 브라만 한 명이 하루에 소모하는 에니지의 양이 생체기계 만 대의 에너지 소모량과 맞먹는다는데, 그 말이 그렇게까지 엄청난 과장은 아닐지 모른다고 한나는 생각했다. 어쩌면 기계들에겐 의식이 없기 때문인지도 모른다. 그게 아니라면 기계들의 이 놀라운 효율성을 어떻게 설명한단 말인가?

"때론 네가 부러워, 미카."

한나가 거울 속의 미카를 보며 중얼거렸다.

"너는 탈바꿈 같은 건 안 해도 되잖아."

한나가 거울 속 미카의 몸을 훑어보았다. 2년 전 처음 만났을 때보다 키만 커진 게 아니라 몸의 곡선도 더 부드러워졌다. 한나가 눈치채지 못한 사이에 조금씩 미카는 탈바꿈을 하고 있었던 것이다.

"어떻게 그럴 수 있지? 탈바꿈 없이 탈바꿈하다니. 청소년 몸에서 성인 몸으로, 저절로 변한 거야."

한나는 거울 속의 미카를 홀린 듯 바라보다 자신의 몸으로 시선을 옮겼다. 엄마를 닮은 바이올렛색 눈동자와 도톰한 입술, 아빠를 닮은 금발과 작은 몸에 어울리지 않게 길고 마른 팔다리. 열 살 때 탈바꿈했을 때와 조금도 변하지 않은 몸이 갑자기 기괴하게 느껴졌다.

"탈바꿈이 뭔가요?"

미카가 거울 속 한나를 향해 물었다. 정말로 궁금했던 모양이었다. 한나가 이번 주에만 탈바꿈이란 말을 백 번은 했으니까. 꼭 필요한 말 외에는 하지 않고 절대로 묻는 법 없었던 미카 역시 걱정이 되는 것일까?

"탈바꿈이란 건, 몸이 다른 모양으로 바뀐다는 뜻이야. 우리 인간들은 어른이 될 때까지 세 번 탈바꿈을 해야 해. 조그만 아기의 몸으로 태어났다가 두 살이 되면 고치로 들어가는 거야. 거기서 나오면 좀 더 큰 어린이의 몸을 갖게 돼. 그게 첫 번째 탈바꿈이야. 그러다 열 살이 되면 또 고치로 들어가. 그러면 지금의 나처럼 청소년의 몸을 갖게 되는 거야. 두 번째 탈바꿈이지. 그리고 열일곱 살 생일이 되는 날, 세 번째이자 마지막 탈바꿈을 해."

한나가 돌아서서 미카를 끌어안았다.

"무서워, 미카."

한나가 미카의 어깨에 머리를 기댄 채 몸을 떨었다.

"내일 아침 9시면 고치로 들어가야 해. 거기서 나오면 지금의 나는 없는 거야. 깨어났을 때 내가 어떤 모습으로 변해 있을지 누가 알겠어?"

한나가 미카를 꼭 끌어안으며 그녀의 귓가에 속삭였다.

"어떤 사람들은 고치 속에서 뭔가가 잘못돼 죽기도 한대. 탈바꿈하는 과정에서 사고가 나 온몸이 불타버린 사람도 있대. 탈바꿈이 아니라 폐기를 당한 셈인 거지. 그것도 가장 끔찍한 방식으로 말이야. 어떤 사람들은 고치가 오류를 일으켜 기억이 완전히 지워진 상태로 깨어나기도 한대. 그것도 폐기당하는 것만큼이나 끔찍한 일일 거야. 아니, 어쩌면 더 끔찍한 일일지도 모르지. 가족과 친구들을 몰라보는 것도 모자라, 자신이 누군지도 모르게 된 채 남은 평생을 살아가야 하니까. 그런 그 사람을 보는 가족과 친구들 마음은 또 어떻겠어?"

한나가 미카의 어깨에 얼굴을 묻은 채 울음을 터뜨렸다.

"그런 사고가 많이 나나요?"

미카가 한나의 귓가에 속삭였다. 한나가 고개를 들어 미카의 두 눈을 바라보았다. 호수처럼 고요한 미카의 눈을 들여다보는 것만으로도 극심한 공포가 한결 가라앉는 것 같았다.

"많이? 아니, 그렇게까지 많지는 않을 거야. 리암이 말해준 거니까. 걘 뭐든지 백 배쯤은 과장해서 떠벌리는 버릇이 있거든."

문득 무안해진 한나가 미카를 안은 두 팔을 풀었다. 한나가 거울을 향해 돌아서자 미카가 거울 속에서 그녀를 보며 고개를 끄덕였다. 굳게 다문 미카의 입술은 희미한 미소를 머금고 있었다. 미소. 그래, 저건 분명 미소였다. 이번엔 내 착각이 아니야, 한나는 생각했다. 모든 게 다 괜찮아질 거라고 약속하는 듯한 저 미소. 한나가 두려움을 떨쳐내려 미카를 따라 미소 지었다.

"사실 설레기도 해. 몸이 바뀌면 지금보다 더 섬세한 감각을 갖게 될 수 있을 테니까."

한나가 돌아서서 미카의 손을 잡았다. 그리고 미카를 소파로 데려가 자신의 옆에 앉혔다.

"생각해봐. 이번에 내가 탈바꿈해서 엄마를 꼭 닮은 긴 손가락을, 아름다운 목소리를 가질 수 있게 된다면 어떨지."

한나의 머릿속에 그리운 엄마의 모습이 떠올랐다. 길고 아름다운 손가락으로 피아노를 연주하며 노래하던 엄마의 모습. 자신에게 피아노를, 바이올린을, 색소폰을, 베이스를 연주하는 법을 가르쳐주던 엄마. 음악을 틀어놓고 요리하다 말고 아버지와 주방에서 춤을 추던 엄마의 모습. 한나의 기억 속에서 엄마는 언제나 음악과 함께 있었다. 음악을 연주하거나 듣고 있거나 생각하고 있지 않은 엄마의 모습은 기억에 없었다. 그리고 그 기억의 끄트머리에 가장 크게 자리 잡은 엄마의 모습은….

콘서트홀 객석에 앉아 무대 위의 한나를 멍한 얼굴로 바라보는 모습.

한나의 마음속에서 똑같은 멜로디처럼 반복되고 또 반복되는 엄마의 표정. 경연을 위한 연주를 마치고 뿌듯한 마음으로 객석을 보았을 때 어둠 속에서 자신을 올려다보던 엄마의 시선. 마치 모든 것이 아무런 의미도 없고 헛되다는 듯 자신을 보던 그 텅 빈 시선.

한나의 가슴이 2년 전 그 순간처럼 충격과 수치심으로 얼어붙었다. 그녀는 자신의 작은 손에 달린 미성숙한 손가락들을 원망스럽게 내려다보았다.

"새 몸으로, 더 좋은 몸으로 다시 태어난다면…."

한나가 채 말을 잇지 못하고 마음속으로 중얼거렸다. 그러면 나는 음악을 정말로 이해할 수 있는 귀를, 영혼을 가질 수 있게 될지 몰라. 더 이상 내게서 도망치는 음악을 잡으러 쫓아가지 않아도 될 수 있을지 몰라. 음악을 쫓아 달려가지 않고 음악이 내게로 다가오게 만들 수 있을지 몰라. 매일 이렇게 엄마를 그리워하는 대신 엄마가 내게로 돌아오게 만들 수 있을지도 몰라.

# 3

좆 됐군.

검찰총장의 두개골 안을 들여다본 순간 이안은 속으로 중얼거렸다. 이번 생에서, 아마도 그 어떤 전생에서도 이보다 놀란 적은 없었을 거라고 이안은 생각했다. 전처 소피아가 떠나버린 걸 알았을 때도 지금 이 순간보다 충격적이진 않았었다고.

"이런 게 어떻게 가능하지?"

소장이 움푹 꺼진 채 녹아내린 전두엽 주위 신경조직을 핀셋으로 집어 올리며 중얼거렸다. 임플란트가 있던 자리에는 어두운 푸른빛이 도는 점액질만이 남아 있었다. 녹아버린 신경조직이 핀셋 끝에서 부드럽게 무너져 내렸다. 공기 중에 맴도는 화학적인 탄내에 이안은 숨이 막히는 듯했다.

"Z-15가 혈관 내벽을 이렇게까지 부식시킬 정도로 활성화되

다니, 단순한 에너지 과잉 반응은 아닌 것 같습니다." 이안이 소장에게 말하며 생각했다. 망했어. 씨발 완전 망해버렸다고.

"제노스(Zenos)의 점액질 성분이 신경망에 지나치게 깊이 융합한 것 같아. 그런데 임플란트는 왜 이렇게 흔적도 없이 사라진 걸까?" 소장이 말했다.

"제노스가 숙주의 생체 신호와 반응해 예상치 못한 화학적 변화를 일으킨 게 아닌가 싶습니다. 불안정한 화합물이 갑자기 폭발하듯 체내에서 폭주한 거죠. Z-15의 자가분해 메커니즘이 비정상적으로 활성화되면서 독성 물질을…."

"하지만 우리가 그런 모든 경우의 수를 다 가정해 이걸 개발하지 않았나? Z-15는 모든 안정성 테스트를 다 통과했어. 독극물이나 바이러스일 가능성은 없을까?" 소장이 책상에 놓인 보고서를 다시 들여다보며 물었다.

"보시다시피, 외부에서 주입된 독성 물질이나 바이러스로 추정되는 이물질 성분은 전혀 발견되지 않은 걸로 나옵니다." 이안이 미간을 찌푸린 채 보고서를 뚫어져라 보는 소장을 보며 속으로 투덜거렸다. 그걸 열 번씩 들여다본다고 없던 사실이 생겨나진 않는다고.

소상이 보고서를 내려놓으며 한숨을 내쉬었다. "누군가 의도적으로 이렇게 만들었을 가능성을 아직 배제할 순 없어. 자네가 마저 정밀 분석을 해보게."

좆 까. 당신도 알잖아. 우리 모두 그냥 다 망했다는 걸.

돌아서서 나가는 소장의 뒷모습을 보며 이안이 속으로 중얼거렸다. 이안은 투명한 두개골을 닫고 머리를 반대편으로 돌려 죽은 총장의 얼굴을 바라보았다. 경찰은 그가 가부좌를 튼 채 명상을 하던 자세 그대로 사망한 채 발견되었다고 했다. 마치 열반에 들기라도 한 것처럼. 하지만 총장의 부릅뜬 채 굳어진 연녹색 눈동자에 어린 것은 평화가 아닌 공포에 가까워 보였다. 궁극의 깨달음을 얻은 자의 평안함이 아니라, 마치 결코 보아선 안 되었던 무서운 진실을 알아차린 것만 같은 두 눈. 마치 블랙홀처럼 이안의 얼마 남지 않은 평정심마저 빨아들이려는 듯한 저 확대된 동공…. 이안은 두려움에 몸을 떨며 시체의 눈꺼풀을 쓸어내려 감겼다.

"오, 망했네."

린의 목소리에 이안이 고개를 돌렸다. 린이 실험실 가운 차림으로 문가에 서서 입을 딱 벌린 채 시체를 보고 있었다. 윤기 나는 검은 피부에 파도처럼 풍성한 갈색 머리, 사파이어처럼 맑게 빛나는 두 눈. 전처 소피아와 완전히 다른 방식으로 아름다운 지금의 아내 린이 이안을 향해 다가왔다. 그래, 어쩌면 그래서 내가 저 여자와 결혼한 건지도 모르지. 소피아를 떠올리게 하는 면이 전혀 없으니까. 이안이 생각하며 린에게 어깨를 으쓱해 보였다. "내 말이."

"어떤 빌어먹을 독극물을 주입했길래 저 꼴이 된 거야?" 린이 묻고는 책상에 놓인 보고서를 집어 들어 읽으며 계속 중얼거렸다. "이런 망할… 망할… 망할…."

"내 말이." 이안이 다시 말했다.

린이 보고서를 내려놓고 과학자다운 냉철한 눈길로 시체의 열린 흉곽을 들여다보며 물었다. "혈관 내벽이 이렇게 완전히 부식되기까지 얼마나 걸린 거지? 임플란트를 언제 이식했던 거야?"

"8월 13일이었으니까…." 이안이 보고서를 다시 보며 머릿속으로 계산했다. "73일 걸렸군."

"이 외계 물질이 우리를 더 완전한 존재로 만들어주게 되어 있던 거 아니었어?" 린이 핀셋으로 시체의 혈관에 남아 있는 푸른빛 점액질을 잡아당기며 말했다. "에너지 효율을 극대화시킬 거란 말만은 맞았네. 이렇게 완전히 '죽어'버리면 단 1줄(J)도 더 이상은 소비할 수 없을 테니까."

"죽음." 이안이 린의 손을 쓰다듬으며 말했다. "그래, 내가 아까부터 떠올리려 애썼던 게 바로 그 단어였어."

"기계어." 린이 헛웃음을 터뜨렸다. "인류를 설명하는 데 기계어를 쓰게 되는 날이 온 걸 보면, 확실히 인류가 기계의 효율성을 따라잡게 되긴 한 모양이야."

"혹시 중앙정부가 저 사람 임플란트를 치명적인 독으로 바꿔치기한 건 아닐까? 자기들 말에 고분고분하지 않아 골치 아프니 이참에 저지하려고 말이야." 이안이 린의 손을 이끌어 창가로 데려가며 말했다. 시체의 끔찍한 냄새로부터 잠시라도 멀리 떨어지고 싶었다. "저렇게 1펨토그램의 흔적도 안 남기고 독살하는 건, 기계 레지스탕스들한텐 어림없는 일이지. 하지만 중앙정보국 놈들이라면 가능해." 이안이 말했다. "아, 어쩌면 그놈들이 이번 이식 프로젝트를 이용해 에너지 낭비의 주범인 쓸모없는 브라만들을 제거할 음모를 꾸미고 있는 건지 몰라. 그게 에너지 위기를 해결할 가장 빠르고 확실한 방법이란 결론을 내린 거지."

"농담할 때가 아냐, 자기." 린이 창턱에 기대앉아 이안의 팔을 꼭 잡으며 말했다. "자기도 저거 이식받았잖아. 3주 전이었지? 오늘이라도 당장 제거해야 해. 담당 의사 스케줄이 안 된다면 내가 직접 해줄 수도 있어."

"당신도 알잖아. 이 빌어먹을 초고도 적응성 생체 물질이 인체에 어떻게 작용하는지. 임플란트가 몸에 이식된 그 순간부터 혈관을 따라 흐르던 플라스마가 Z-15로 대체되면 무슨 일이 일어나는지 말이야. 제노스는 이미 내 몸 안 모든 곳에 스며들어 금속과 합성섬유 조직들을 유기물로 대체시키고 있어. 지금 이 순간에도 내 몸 안의 전기신호와 화학물질과 결합해 날 유기체에 가까운 변종으로 진화시키고 있다고. 아니, 이제 진화가 아니라 퇴화라고 불러야 하나?"

"하지만 지금이라도 그걸 제거한다면…."

"소용없어." 이안이 자신의 이마를 만지는 린의 손길을 뿌리치며 말했다. "당신도 임상실험 때 봤잖아. 제노스가 온몸에 다 퍼지는 데 한 시간도 안 걸린다는 걸. 온몸 구석구석 깊이 스며들어 인체의 일부가 되어버려서, 이 우라질 외계 생명체가 알 수 없는 방식으로 인체를 새롭게 디자인하는 동안 우리가 할 수 있는 건 아무것도 없다는 걸. 우유를 쏟은 뒤에 우유병을 치우는 게 대체 무슨 의미가 있겠어?"

린이 한숨을 내쉬며 이안의 가슴에 머리를 기댔다. "저 개죽음이 특이체질로 인한 이상 반응이었을 뿐이길 바라야지. 만약 저걸 이식한 모든 인간이 저렇게 돼버린다면 정부가 완전히 마비되지 않겠어? 대통령에서부터 최고위층 인사들이 모조리 줄줄이 죽어 나갈 테니 말이야."

이안이 린의 얼굴을 들어 올려 바라보았다. "당신은 다음 주였나?"

"아니, 다다음 주. 난 고작 책임연구원이잖아. 나보다 높으신 분들이 얼마나 많은데."

"당신은 절대로 받지 마." 이안이 린의 머리카락을 쓸어 넘기며 말했다. "고위층 중에서도 임플란트를 받아만 놓고 이식을 미루는 사람들이 꽤 많다는 것 같더라고. 지금 생각해보니 그들이 현명한 것 같아. 아무리 의식을 놀랍도록 향상시킬 수 있다고 해도, 저런 재앙이 일어난다면 안 받느니만 못할 테니까…." 이안이 린의 뺨을 어루만지며 어깨를 으쓱해 보였다. "게다가 내 경우엔, 의식이 그렇게까지 놀랍게 향상된 것처럼 느껴지지도 않는다고."

"그런 사람들이 많은 것 같아?" 린의 동공이 확대되며 사파이어빛 눈동자가 더 밝게 빛났다.

"어떤 사람들?" 이안이 다른 쪽으로 향하던 생각을 되돌리며 물었다.

"임플란트를 받아만 놓고 이식하지 않은 인간들 말이야."

"글쎄…. 나야 모르지. 왜?"

"다른 사람은 몰라도 소장은 안 그랬으면 해서. 소장이 죽는다면 자기가 그 자리에 오를 수 있을 테니까." 린이 장난스러운 미소를 지어 보였다. "그러면 나도 덩달아 수석연구원으로 승진할 수 있을지 모르잖아?"

"그 전에 내가 죽지만 않는다면 말이지?"

"적어도 소장보다 먼저 죽을 확률은 높지 않겠지. 소장이 당신보다 한 달은 먼저 이식받지 않았어?" 린이 이안을 끌어안았다. "오, 죽음이라니. 이안, 벌써 이 단어가 기계어가 아닌 듯 친숙하게 느껴져."

"아직은…." 이안이 린의 얼굴을 끌어당겨 입술에 입 맞췄다. 이런 순간들이 내게 얼마나 더 남아 있을까? "아직은 그러지 말자. 더 자세히 조사해봐야 해. 그러고 나면 이런 걱정이 다 쓸데없는 일이었다는 걸 깨닫게 될지도 몰라."

"그래, 그러길 바라야지. 지금까지 이식받은 사람이 300명은 될 텐데, 다른 사람들은 멀쩡하잖아? 분명 저 청장이 특이체질이라 이상 반응을 일으킨 걸 거야. 원래 성격 더럽기로 유명한 인간이었잖아. 이안, 자기는 괜찮을 거야. 자기는 착하고 다정하니까." 린이 이안을 끌어안으며 그의 귀에 속삭였다. "끝나고 한잔할까?"

"'언캐니 밸리'에서?" 실리콘 밸리의 술집들 중 단지 이름 때문에 연구소 직원들의 단골집이 된 그곳을 떠올리며 이안이 실소했다. "이 이름이 이렇게까지 적절하게 들렸던 적이 없군. 아,

그런데 한나는?"

"맞다, 한나! 내일 아침 탈바꿈한다고 잔뜩 겁먹어 있을 텐데, 오늘은 일찍 들어가서 한나랑 같이 저녁 먹어야지. 술은 자기가 아니라 한나한테 더 필요할지도 몰라." 린이 말했다. "그 애가 나한테 이번 달에만 백 번은 물었을걸? '혹시 나 탈바꿈하다 죽는 건 아닐까요?'라고."

"나한테도. 그때마다 웃었는데 이번엔 웃음이 안 나오네. 남 얘기 같지 않아서 말이야." 이안이 유리창을 때리기 시작한 빗방울들을 바라보며 생각했다. 그래, 남 얘기가 아냐. 나야말로 머지않아 저 시체처럼 처참한 꼴로 죽게 될지 모른다고. 내 이번 생이, 아니 모든 전생과 후생이 금방이라도 완전히 끝장나게 될지 몰라. 빗물이 유리창을 따라 흘러내리며 바깥 풍경의 윤곽을 허물어뜨렸다. 회색빛으로 지워져 가는 창밖 풍경이 자신의 존재를 상징하는 듯 느껴져 이안의 가슴이 서늘해졌다. 난생처음 느껴보는 강렬한 두려움과 초조함이 이안의 마음속을 빠르게 잠식하고 있었다.

# 4

"이게 정말 내 몸이 맞나?"

한나가 욕실 거울에 비친 벌거벗은 몸을 향해 물었다. 거울 속의 여자가 멍한 표정으로 립싱크를 하듯 똑같이 한나에게 물었다. 자신의 목구멍에서 나온 이 목소리조차 한나에게는 낯설게 느껴졌다. 엄마 목소리만큼 곱지는 않지만 너무 높지도 낮지도 않은 이 목소리가 꽤 마음에 드는데도 자신의 것 같지 않았다. 커다란 바이올렛색 눈동자와 찰랑찰랑한 금발, 가늘고 긴 팔다리, 적당히 생겨난 몸의 곡선들 역시 마찬가지였다. 조금 더 통통했으면 좋겠지만 이 정도면 훌륭한데도, 특히 이 길고 섬세한 손가락들은 더할 나위 없이 완벽한데도 한나에게는 꼭 다른 사람의 몸처럼 느껴졌다.

대체 뭐가 잘못된 거지? 고치에서 깨어난 순간부터 들었던 찜찜한 기분이 잦아들기는커녕 더 강해져 가고 있었다. 오전에 병원에서는 아빠와 새엄마가 옆에서 계속 안심시켜줘서 그런가 보다 했는데, 이렇게 혼자 집에 남게 되니 뭔가가 잘못돼도 한참 잘못됐다는 생각을 도저히 떨쳐낼 수가 없었다. 두 번째 탈바꿈했던 날도 영 어색해 적응이 안 된 했었지만 이 정도까진 아니었다. 어떤 사람들은 탈바꿈한 자신의 모습이 마음에 안 들어 충격을 받고 쓰러지거나, 몸이 바뀌었다며 의사에게 울고불고 떼를 쓰기도 한다지만 난 그런 것도 아닌데. 대체 뭐가 잘못된 거야? 한나가 거울 속의 넋 나간 듯한 낯선 얼굴을 향해 또 한 번 물었지만 대답은 돌아오지 않았다.

"괜찮으세요?"

문밖에서 미카의 목소리가 들려왔다. 한나가 시간을 헤아려 보니 욕실에 들어온 지 벌써 한 시간이 지나 있었다.

"괜찮으신 거예요?"

미카가 다시 물었다. 뭔가가 잘못돼 한나가 쓰러지기라도 했는지 걱정이 되는 듯한 목소리였다.

"글쎄… 잘 모르겠어."

한나는 샤워가운을 걸치며 이 낡은 가운이 자신의 몸보다 더 편안하게 느껴진다는 생각에 한숨을 내쉬었다. 욕실을 나오니 미카 역시 적응이 안 되는지 한나를 낯선 사람 보듯 보고 있었다. 놀라서 동그래진 미카의 눈과 반쯤 벌어진 입이 한나를 더 겁에 질리게 했다. 어떻게 해야 이 몸이 내 몸이라는 확신을 갖게 될 수 있을까? 초조하게 미카를 보던 한나의 머리에 한 가지 생각이 떠올랐다. 예상 못 한 질문을 받았을 때 내가 어떻게 대답하는지 본다면 확신이 생길 수도 있지 않을까?

"미카, 나한테 아무 질문이나 해봐." 한나가 말했다.

"어떤 질문이요?" 미카가 말했다.

"아무 질문이나."

"오늘은 며칠인가요?"

"2525년 10월 26일."

"여기는 어디인가요?"

"캘리포니아 공화국의 수도 실리콘 밸리. 장난해? 더 어려운 걸로 물어봐야지."

미카가 난처한 얼굴로 곰곰이 생각하다 물었다. "인간에겐 왜 그렇게 많은 에너지가 필요한가요?" 요즘 자신의 침실에서 티브이 보는 게 가장 큰 낙인 듯한 미카에겐 그것이 가장 궁금한 문제인 모양이었다.

"'의식'이란 것 때문이지. 지구 역사상 어떤 종도 가질 수 없었던 이 귀한 재능이 인간에게만 주어졌기에, 그걸 유지하는 데 그토록 어마어마한 에너지가 필요한 거야."

"그럼 저 같은 기계에겐 '의식'이란 게 없는 건가요?"

"그렇다고 배웠어. 우리 이전에 기계들이 지구를 지배하던 시절엔, 그들도 자신들이 의식을 가졌다고 믿었대. 하지만 정말 그랬다면 기계들이 인류와의 전쟁에서 그토록 순식간에 처참히 패했을 리 없지 않겠어?"

"전쟁…. 그게 언제 일어났던 건가요?"

"2085년 9월 17일. 역사 문제 말고 다른 걸로 물어봐!" 한나가 말했다. 자신의 목에서 튀어나오는 목소리가 이제야 조금 덜 낯설게 들리는 것 같았다.

"'윤회'가 뭔가요?"

"인간들이 80년마다 기억을 초기화시켜 새로운 몸으로 다시 태어나는 거."

"왜 그렇게 하는 건데요?"

"영생이란 게 얼마나 권태로운지 깨닫게 된 선조들의 지혜가 이런 시스템을 만들어낸 거래." 한나가 어깨를 으쓱해 보였다. "하지만 삐딱하게 보는 사람들은 윤회가 단지 에너지 고갈 문제를 해결하기 위한 꼼수라고 말하기도 해. 가장 고도의 의식을 가진 극소수 브라만 외의 계급들은 상대적으로 훨씬 적은 에너지를 소모하기에 그만큼 자원을 아낄 수 있다는 거지."

"'계급'이란 건 뭔가요?"

"맨 위부터 브라만, 크샤트리아, 바이샤, 수드라로 분류되는 카스트 시스템이야. 아래 계급으로 내려갈수록 눈동자 색이 짙어지고 능력도 떨어진다고들 해. 최하층민인 수드라는 주로 육체 노동자들인데, 색맹에다 냄새도 못 맡는대. 대부분 상인들인 바이샤는 '식관'이란 게 없대. 크샤트리아는 전사와 예술가 계급이 있는데 브라만에 비해 의식 수준이 떨어진대. 하지만 난 그렇게 생각하지 않…"

한나가 소스라치며 몸을 떨었다. 방금 전 머릿속에 스쳐 지나간 어떤 장면 때문이었다. 너무 순식간에 지나가 뭐가 뭔지 이해할 수 없었지만 한 번도 본 적 없는 이상한 장소에서 들려오는 이상한 음악 소리 같았다. 이건 또 뭐지? 방금 내 머릿속에서 무슨 일이 일어났던 거야?

"괜찮으세요?" 미카가 물었다.

"아니, 전혀 괜찮지 않아."

한나가 두려움에 떨며 자신의 몸을 내려다보았다. 보풀투성이 가운 아래 보이는 새끼발가락이 이제 보니 지나치게 긴 것 같았다. 이건 내 몸이 아니야. 내 몸이 아니라 다른 사람 몸이야. 한나의 마음속에서 커져가던 의혹이 이제는 확신으로 바뀌었다. 아침에 고치 속에서 뭔가가 잘못됐어. 심각하게 잘못된 거야. 몸뿐만 아니라 의식마저 내 것이 아닌 것 같아. 한나가 엉엉 울고 싶은 기분에 휩싸인 채 마음속으로 비명을 질렀다. 뭐지? 뭐가 어떻게 잘못된 거야? 내 몸에서 대체 무슨 일이 일어나고 있는 거야?

# 5

 소피아. 아, 소피아.
 명상에 빠져 있던 이안이 자기 입에서 튀어나온 이름에 놀라 눈을 떴다. 로터스의 계기판을 돌아보니 에너지는 이미 다 충전돼 있었다. 이안이 목뒤에 연결돼 있던 로터스의 전선을 뽑아내며 조금 전 머릿속을 스쳐 지나간 기억을 떠올렸다. 명상 중에 이렇게 의식에 뭔가가 떠올랐던 적은 서른아홉 평생 한 번도 없었다. 로터스에 연결돼 있을 때 인간의 의식이 백지처럼 텅 비게 된다는 건 누구나 아는 사실이다. 그런데 왜 갑자기 이런 일이 일어났던 거지? 게다가 왜 하필이면 오랫동안 잊고 있었던, 아니 잊으려 애써 왔던 소피아에 대한 기억이 머릿속에 튀어나왔던 거야? 제노스. 그래, 아마 내 혈관 속을 돌아다니는 그 빌어먹을 점액질 때문이겠지.

이안이 가부좌를 튼 자세 그대로 서재 창밖으로 밝아오는 하늘을 바라보며 쓴웃음을 지었다. 페이즐리 무늬가 새겨진 와인색 실크 스카프. 그게 갑자기 생각나다니. 까맣게 잊고 있었어. 소피아가 날 처음 만났을 때 내밀었던 게 바로 그거였지. 재작년에 소피아가 내게 이혼을 요구하고 떠났을 때 가장 먼저 없애버렸던 그것. 창밖에서 흔들리는 나뭇가지에 매달린 말라붙은 잎사귀들이 이안의 머릿속에서 흐드러진 벚꽃으로 바뀌었다. 그래, 벚꽃이 한창인 따사로운 봄날의 공원이었어. 연구소 앞에 있어서 요즘도 웬만하면 피해 다니는 그 공원. 이안의 생각이 순식간에 18년 전 그날의 기억 속으로 빨려들었다.

그때 나는 연구소 최종 면접을 앞두고 벤치에 앉아 다리를 떨어대며 준비해 온 답변을 외우고 있었지. 분수대 쪽에서 봄 축제 공연무대가 준비되고 있다는 것도, 바로 옆 벤치에서 소피아가 공연 리허설을 위해 바이올린을 조율 중이라는 것도 몰랐어. 봄나들이에 신난 아이들이 공원 앞 매대에서 파는 온갖 먹거리를 손에 든 채 소리를 지르며 뛰어다니고 있다는 것도. 그 아이들 중 하나가 하필이면 내 앞에서 발을 접질려 넘어지면서 날아온 아이스크림이 내 왼쪽 가슴을 정통으로 맞혔을 때에서야 알았지. 젠장, 망했구나. 황급히 손수건을 꺼내 아이스크림을 닦아냈지만 회색 수트 가슴 포켓 위쪽에 묻은 초코 시럽만은 주홍글씨처럼 여전히 거기 남아 있었어. 시계를 보니 면접은 10분도 채 남지 않았지. 아, 떨어졌구나. 내 머릿속에서 초코 시럽으로 '얼간이' 표식을 가슴팍에 새긴 채 면접장으로 들어간 나를 비웃는 면접관들의 모습이 떠올랐어. 내가 면접관이라도 그런 지원자는 뽑지 않을 테니까. 웬 얼간이 하나가 실험실에서 시험관을 든 채 옆에 있는 플라스크 위로 엎어졌다가 연구소 전체를 날려먹는 일이 생기지 않으리라고 누가 장담하겠어? 이렇게 내 꿈의 직장이 날아가는구나…. 하늘이 무너지는 듯한 절망감에 눈물이 날 것 같아 얼굴을 감싼 채 쭈그려 있는데 누군가가 다가와 스카프를 내밀었지. 고개를 들어보니 초록색 드레스를 입은 소피아가 자신이 두르고 있었던 듯한 실크 스카프를 내 가슴 포켓에 다짜고짜 꽂아 넣었어. 그리고는 페이즐리 무늬가 새겨진 그 와인색 스카프를 종이접기하듯 이리저리 접더니 뒤로 한 걸음 물러서서 나를 훑어봤어.

― 이게 더 어울리네요.

소피아의 얼굴에 떠오른 미소를 본 순간 알았지. 이 여자 안목을 믿을 수 있으리란 걸. 내가 면접에 붙게 될 거란 걸. 그리고 면접이 끝난 후 내가 이 여자에게 데이트 신청을 하게 될 거란 걸. 이안의 가슴이 뒤늦은 상실감으로 아려왔다. 몸속에 스며든 생체 물질이 조만간 자신을 죽일지 모른다는 두려움 때문에 감상적이 됐다고 이안은 스스로를 비웃었다. 꼭 윤회 날이 얼마 안 남은 늙은이들처럼 굴고 있잖아. 아무 미련 없이 현생을 끝낼 수 있도록 모든 일을 제대로 마무리 지어야 한다면서 70년 전 스쳐 간 인연까지 찾아 나서는 주책바가지 늙은이들처럼 말이야. 커튼이 반만 걷힌 창문으로 눈부신 햇살이 비쳐들기 시작했건만 이안의 마음속은 동트기 전보다도 어두워졌다.

그런데 그 늙은이들과 내가 다를 게 뭐지? 아, 그래. 그들은 적어도 자신의 생이 언제 끝나게 될지 알고나 있지. 태어난 지 정확히 80년이 되는 그 시간에 이번 생이 끝날 거란 걸 이미 알고 있으니 1년 전, 아니 10년 전부터 미리 준비할 수라도 있잖아. 하지만 나는? 지난주에 본 그 시체에 닥쳤던 것 같은 일이 내게 열흘 후, 아니 10분 후에라도 일어날지 모른다는 두려움만 견딜 수 없이 커져가고 있을 뿐이야. 게다가 내 머릿속의 기억들은 또 어쩌고? 윤회하게 되면 전생의 기억들은 중앙기억센터 어딘가에 고스란히 저장되겠지. 하지만 제노스 때문에 몸속 모든 장기가 부식된다면 내 소중한 기억들마저 모두 날아갈 거야. 내 머릿속에서 이렇게 여전히 초록 원피스를 입은 채 나를 보며 고개를 끄덕이는 소피아, 내 인생의 가장 큰 사랑이자 빛이었던 그녀의 아름다운 미소마저도.

방문 밖에서 들려오는 누군가의 기척에 이안이 마지못해 일어서며 힘없이 고개를 떨궜다. 이렇게 오랫동안 그리워하게 될 줄 알았더라면 그때 물어보는 건데. 소피아가 나한테 이혼서류를 내밀며 헤어지자고 했을 때 홧김에 사인하지 않고 먼저 물어나 보는 거였는데. 왜지, 소피아? 대체 무엇이, 누가 나에 대한 당신의 사랑을 망쳐놓았나? 언제까지고 타오를 것 같았던 당신 가슴 속의 불꽃은 왜 갑자기 그렇게 흔적도 없이 꺼져버렸나? 창가로 다가가 커튼을 걷던 이안은 바로 이것이 명상 중에 갑자기 소피아에 대한 기억이 떠오른 이유였다는 것을 이제야 깨달았다. 그의 몸은 이미 죽음을 준비하고 있는 것이다. 죽기 전에 소피아를 찾아가 이 질문에 대한 답을 듣지 못한다면 자신이 결코 편히 눈감을 수 없으리란 걸, 이안의 머리는 애써 외면하려 했지만 몸은 알고 있었다. 시간이 얼마 남지 않았어. 어서 소피아를 찾아. 그녀를 찾아가 물어보라고 이 미련한 놈아.

이안이 갑작스러운 깨달음에 굳어진 채 멍하니 창밖을 바라보았다. 빨간 점퍼를 입은 이웃 학생 하나가 자전거 페달을 열심히 밟으며 집 앞 도로를 달려가고 있었다. 일주일 전 자신처럼 '죽음'이란 단어를 한 번도 자신과 연관 지어 본 적 없는 듯 해맑은 그 아이의 얼굴이 이안에게 새삼 충격으로 다가왔다. 그래, 모든 게 달라진 거야. 곧 다가올 윤회 날을 기다리는 주책맞은 늙은이, 그게 바로 나야. 더 이상은 나 자신을, 다른 사람을 속일 시간이 없어. 내게 남아 있는 시간이 끝나기 전에 소피아를 찾아야 해, 이안이 갑작스레 밀려든 조바심 속에서 생각했다. 하지만 어떻게? 내가 싫다고 떠나서 흔적도 없이 사라져버린 그 여자를 어떻게 해야 찾아낼 수 있을까?

# 6

 피아노인데 피아노 같지가 않아 검은 건반과 흰 건반이 뒤바뀌어 있고 소리가 이상해 피아노를 치는데 피아노가 아니라 현악기 소리가 나 익숙하면서도 낯선 이 멜로디 닳고 닳은 듯 낡았는데 놀랍도록 새로워 단순한데 복잡하고 복잡한데 단순한 멜로디 꼭 마법 같아 신기루처럼 어른거리는 불빛과 숨소리 여기 있는 걸 들키면 죽어 벽이 살갗처럼 살아 있어 빛이 흔들릴 때마다 벽이 표정을 바꿔 붉은 모래로 된 피부에 새겨진 주름들이 음악에 맞춰 물결처럼 일렁여 피아노 같지 않은 피아노 오래된 신선한 멜로디 아프도록 달콤한 하모니

 "또 그거야?" 리암이 한나의 팔을 잡으며 물었다.
 한나가 피아노 건반을 누르는 자신의 손가락을 내려다보았다. 어떤 악기도 원하는 대로 정확히 연주할 수 있는 길고 섬세한 손가락. 그런데 저건 내 손가락이 아냐. 이건 내 몸이 아니야.

"한나?" 리암이 한나의 팔을 흔들었다.

"뭐?" 한나가 돌아보았다. 리암의 푸른 눈동자가 그녀를 걱정스럽게 보고 있었다.

"그거 맞지?"

"그거? 그거 뭐?"

"안 되겠다. 병원 가자." 리암이 한나의 팔을 잡아당기며 일어났다.

"놔. 싫어." 한나가 리암의 손을 뿌리쳤다.

"방금 또 헛것 봤잖아. 아니야?" 리암이 한나 옆에 다시 앉아 목소리를 낮췄다. "너 그거, 바이러스성일 수도…."

"아냐, 그런 거 아니래. 그저께 새엄마한테 진찰받았어. 그냥 새 몸에 적응하는 과정에서 생긴 일시적인 오류일 거래. 이러다 곧 괜찮아질 거랬어."

"너희 새엄만 '일시적'이라는 단어 뜻을 알긴 하신대? '일시적'이란 건 한두 번 일어나는 일이란 거야. 근데 넌 오늘 내가 본 것만 해도 대여섯 번은 이런 것 같은데?"

"딴생각을 했던 거야. 헛것을 본 게 아니라." 정확히 말하자면 헛것을 보고 '들었다'고 해야겠지. 하지만 내 머릿속에만 존재하는 그 음악에 내가 홀리고 있다는 걸 아무도 알아선 안 돼, 한나가 생각했다.

"정말이야? 무슨 생각?"

자신을 꿰뚫어 보는 듯한 리암의 눈동자에 한나는 숨이 막히는 듯했다. 거짓말을 해, 어서. 들키면 안 돼.

"음악을 포기할까 하는 생각." 한나가 리암의 눈길을 피하며 말했다. "냉정하게 생각해보면, 나한테 재능이 충분하지 않은 것 같거든." 그래, 전에는 몇 번 이런 생각이 든 적 있었지. 하지만 이젠 아냐. 탈바꿈한 후로 시시때때로 영감처럼 떠오르는 그 신비한 선율만 온전히 기억해낼 수 있다면….

"아…." 리암이 이해할 수 있다는 듯 한나를 보며 고개를 끄덕였다. 그 모습을 보는 한나의 마음속에 안도감이 밀려왔다.

"그래, 포기하려면 지금 결정해야겠지." 리암이 말했다. "경연 날까지 아직은 시간 여유가 있으니까. 만약 네가 아버지처럼 과학자가 되기로 마음을 바꾼다면, 뒤처졌던 부분은 내가 도와줄 수 있어."

한나를 보는 리암의 푸른 눈에 은밀한 기대감이 떠올랐다. 붉은빛이라곤 소금 한 톨만큼도 섞이지 않은 저 푸른 눈. 한나는 때때로 부러워하곤 했다. 의사 아버지와 과학자 어머니 밑에서 자라면서 자신의 장래에 대해 한 번도 고민해본 적 없었던 리암. 한나가 괴로워할 때마다 예술 같은 건 대체 왜 하는지 모르겠다며 때려치우고 자신과 같이 과학자가 되자고, 너희 아버지처럼 뛰어난 과학자가 되어 인류 진화에 이바지하자고 노래를 부르던 리암. 그래, 넌 절대 이해 못 해. 한나가 속으로 중얼거렸다. 내 두 눈에 어린 붉은빛처럼 내 몸속에서 꺼지지 않는 열망. 탈바꿈한 뒤로 더 강렬해져서, 때로는 내 몸이 녹아내리는 건 아닐까 소스라치게 만드는 이 전율과도 같은 감각을.

"그런데 정말 할 수 있겠어?" 리암이 물었다. "포기?"

"모르겠어. 나도 그럴 수 있으면 좋겠지만 그게 잘 안돼. 그래서 이렇게 생각이 많아진 거야, 요즘."

한나가 다시 피아노 건반을 내려다보았다. 조금 전 또다시 머릿속을 스쳐 지나간 그 멜로디. 그게 어떻게 시작되더라?

"그래서! 내가 이렇게 화가 나는 거야!"

케일리. 한나가 소스라쳤다. 돌아보니 역시 케일리가 한나를 노려보며 다가오고 있었다. 망할 년. 숨어서 다 듣고 있었던 거야. 한나의 얼굴이 수치심으로 달아올랐다.

"에너지 낭비! 천문학적인 에너지 낭비일 뿐이니까 말이야."

케일리가 피아노 위에 악보를 내려놓으며 한나를 내려다보았다. "지금 같은 에너지 위기 시대에, 너 같은 인간을 볼 때마다 내가 얼마나 화가 나는지 알아? 재능이 없으면 포기하면 간단한걸. 아니 애초에 시작을 안 했으면 되었을걸." 그녀가 우스꽝스러운 목소리와 몸짓으로 한나를 흉내 냈다. "'오, 난 왜 이렇게 재능이 없을까? 죽도록 노력하면 생기지 않을까?' 이러면서 제노스 1톤 어치는 될 만한 에너지를 그냥 하수구에다 쏟아붓고 있다니까?"

"오, 오, 오, 무식쟁이 케일리." 리암이 일어나 케일리를 내려다보며 고개를 가로저었다. "제노스 1톤은 온 지구를 다 팔아도 살 수 없는 양이야. 지구에 있는 제노스를 다 합쳐도 10킬로도 안 될걸? 제노스 1톤을 구하려면 초광력 우주선을 타고 1만 8천 광년을 날아 자이라 주 행성의 메탄 폭풍을 뚫고…."

"워, 워, 워, 그만해 너드. 과학 찐따 아니랄까 봐 은유를 문자 그대로 받아들이니? 네가 속한 과학실로 돌아가 삼각함수나 마저 공부해. 음치 박치 주제에 음악실은 왜 얼쩡거리니? 가는 김에 네 '재능 없는' 여친도 같이 데려가고."

"뭐? 너 말 다 했어?" 한나가 일어나며 목소리를 높였다. "내가 가긴 어딜 가? 가려면 너나 가! 네까짓 게 뭔데 이래라 저래라야?"

"한나! 참아!" 리암이 뒤로 물러나며 한나를 잡아당겼다. 한나가 케일리의 머리라도 쥐어뜯을까 봐 걱정되는 모양이었다.

"넌 정말 구제 불능이구나." 케일리가 한나를 경멸의 눈빛으로 쏘아보며 말했다. "이제 시간개념까지 말아먹은 거니? 시계 좀 봐. 네 사용 시간 끝난 지 2분이나 지났어. 열등한 것들은 이렇게 남한테까지 피해를 준다니까."

한나가 무안함을 억누르며 고개를 쳐든 채 케일리를 내려다보았다. "네가 쓸데없이 시비 걸지 않았으면 애초에 이런 일 없지 않았을까? 무식쟁이 아니랄까 봐 인과관계 개념조차 없구나? 남의 감정은 안중에도 없고 지밖에 모르는 네 돌대가리야말로 에너지 낭비 그 자체야."

"하! '감정' 박사님 납셨네! 네 넘쳐흐르는 그 '감정' 중 1마이크로그램만이라도 음악 만들 때 쓸 줄 알았다면, 네 음악 듣는 게 그렇게 괴롭진 않을 텐데. 띵! 띵! 똥! 띵! 뽕망치로 끈질기게 머리 가죽을 두들겨대는 고문처럼 느껴지진 않을 텐데 말이야."

반박하려 입을 열던 한나가 멈칫했다. 지난 경연 때 자신을 보던 엄마의 얼굴이 떠올랐기 때문이었다. 정말 그렇게까지 듣기 괴로웠던 걸까? 그래서 엄마가 그렇게 멍한 얼굴로 날 바라보았던 걸까? 그래서 날 떠나 영영 사라져버린 걸까?

"가자, 한나." 리암이 한나의 악보를 옆구리에 낀 채 그녀의 팔을 잡아당겼다. "쟨 머리가 나빠서 네가 뭐라고 말해도 못 알아들어. 네 시간만 아까우니까 얼른 나가자."

음악실을 나와 복도를 걸어가는 내내 리암이 한나를 위로하려 재잘거렸다. "무시해, 한나. 쟤가 왜 자꾸 너만 보면 말도 안 되는 트집을 잡고 시비를 걸겠냐? 다 널 시기해서 그런 거야. 네가 정말 자기보다 못하다고 생각하면 저렇게 찍어 누르려고 하지도 않을걸? 그럴 필요도 없이 네가 자기보다 못한 게 당연하니까. 케일리가 저러는 건 너한테 자꾸 열등감을 느끼는 자신이 짜증 나서야. 내 막귀로 들어도 네가 만든 음악이 케일리 것보다 더… 뭐랄까, 복잡하달까? 아니 그 뭐냐… 수학적으로 더 거창… 아니… 아 그래, 화려하달까?"

한나가 멈춰 서자 리암이 겁먹은 얼굴로 그녀를 보았다.

"왜? 내가 뭘 잘못… 말했나? 알다시피 내가 음악 쪽으론 문외한이라."

한나가 웃음을 터뜨렸다. "아냐, 리암." 그녀가 리암의 손을 잡았다. "넌 정말 좋은 친구야."

"그걸 이제 알았냐?" 리암이 멋쩍게 웃어 보였다.

난 대체 뭐가 문제인 걸까? 한나가 리암의 손을 잡은 채 예술관 건물을 나서며 생각했다. 리암은 좋은 애야. 남자친구로도 완벽해. 모든 여자애가 다 리암을 좋아한다고. 루시도 그랬잖아. 케일리가 날 괴롭히는 게 리암 때문일 거라고. 자기가 아무리 꼬셔도 리암이 안 넘어오니까 나한테 화풀이하는 거라고. 그런데 난 왜 이러는 걸까? 다른 여자애였다면 탈바꿈을 하자마자 리암에게 키스했을 거야. 열일곱이 되면 다들 그러듯 곧바로 연인 사이로 발전했을걸. 바뀐 내 모습을 처음 봤을 때의 리암 표정이 아직도 생생해. 구름 사이로 나타난 태양을 보듯 눈이 부신데도 눈을 뗄 수 없는 듯 날 보던 그 우스꽝스러운 모습. 난 대체 뭐가 문제인 걸까? 한나가 쌀쌀한 바람에 흩날리는 리암의 연갈색 머리카락을 바라보았다. 또 어떤 엉뚱한 생각에 사로잡혔는지 장난스러운 미소를 짓던 리암이 한나를 돌아보았다.

"왜?"

그래. 왜, 도대체 왜일까? 한나가 속으로 중얼거리며 고개를 숙였다. 리암의 크고 두툼한 손 안에 있는 자신의 손이 또다시 다른 사람의 것처럼 낯설어 보였다. 그래, 바로 이것 때문이야. 내 몸이 꼭 내 몸 같지 않고 다른 사람 몸처럼 느껴지기 때문이야. 마치 탈바꿈을 한 게 아니라 내 몸을 도둑맞은 것 같은 이 이상한 기분 때문이야. 내 진짜 몸은 어딘가 다른 데 버려져 있고 꼭 남의 몸을 뒤집어쓰고 있는 듯한, 이 진저리 처지도록 무섭고 기이한 느낌. 게다가 순간순간 기습적으로 눈앞에 떠오르는 이상한 계시와도 같은 그 감각들. 어디서도 본 적 없는데 늘 봐왔던 듯한 이미지와 소리, 그리고 아, 그 멜로디. 내 손 안에서 살아서 펄떡거리다 미끄러져 떨어져, 물속으로 흔적도 없이 사라져버린 무지갯빛 물고기 같은 그 음률.

"한나!"

리암의 목소리에 한나가 돌아보았다. 한나의 팔을 붙잡고 흔들어대던 리암이 불안한 눈빛으로 그녀를 보고 있었다.

"이번엔 진짜 그거지? 헛것 본 거 맞지?"

"아냐, 리암."

한나가 리암을 보며 웃음을 터뜨렸다. 꼭 나보다 더 무서워하는 것 같군. 내 머릿속에서 실제로 무슨 일이 일어나고 있는지 알게 되면 리암은 기절할지도 몰라. "이번엔 진짜 아니야."

"한나… 한나." 리암이 한나의 팔을 꼭 잡은 채 말했다. "그렇게 웃어넘길 일이 아니야. 너도 알잖아. 기계 레지스탕스 놈들이 퍼뜨리는 바이러스들이 갈수록 더 치명적이 돼 간다는 거."

리암이 한나에게 다가와 그녀의 얼굴을 양손으로 감싸 쥔 채 들여다보았다.

"몇 년 전엔 별거 아닌 것 같았지. 이어웜 바이러스처럼 사소하게 거슬리는 정도였어. 머릿속에 자꾸 이상한 멜로디가 맴돈다고 해서 '죽는' 사람은 없으니까. 하지만 한나, 이젠 '죽어'. 인간이 아니라 꼭 기계처럼, 사람들이 죽어간다고."

리암의 연푸른 눈동자가 공포로 인해 얼음처럼 차갑게 빛났다.

"재작년에 퍼졌던 전생 바이러스 변종이 요즘 재 유행이래. 지워졌던 전생의 기억들이 불쑥불쑥 되살아나 현생의 기억들을 갉아먹는대. 멀쩡한 사람들이 그 바이러스에 걸려 머릿속이 뒤죽박죽돼 미쳐버린대. 미쳐서 자살하거나 살인을 한대. 전생에 당했던 끔찍한 일이 지금 일어난다고 착각해 살인을 저지른다는 거야. 기계들이 인류를 말살하려고 퍼뜨린 그 망할 바이러스 때문에…."

리암이 계속 말하고 있었지만 한나의 귀에는 들리지 않았다. 전생. 왜 그 생각을 못 했지? 혹시 그 장면들이 내 전생의 기억이었을까? 전생에 끝내지 못한 중요한 일이 내 머릿속에서 완전히 지워지지 않은 채 잠재돼 있었던 걸까? 그러다 바이러스 때문에 자꾸 되살아나는 건가? 그 멜로디. 잡힐 듯 잡히지 않는 반짝이는 비늘 같은 선율, 그리고 그 피아노 같지 않은 피아노…. 그것들이 정말로 내가 전생에 겪었던 일이었다면, 지금도 어디선가 그걸 찾아낼 수 있을지 몰라. 그 이상한 장소, 기묘한 악기를 찾아내 그 완벽한 멜로디를 되살려낼 수 있을지도 몰라.

"한나!"

한나가 자신의 어깨를 붙잡고 흔들어대고 있는 리암을 바라보았다. 겁에 질린 리암의 두 눈이 금방이라도 눈물이 흐를 듯 촉촉해져 있었다.

"널 잃고 싶지 않아, 한나. 제발 지금 나랑 같이 우리 아버지한테 가자. 바이러스에 걸린 거라면 1초라도 빨리 발견해 치료하는 게 최선이야."

"미안해, 리암. 걱정시켜서." 한나가 충동적으로 리암의 입술에 입을 맞췄다. "그런데 진짜 또 딴생각 중이었어. 음악을 포기해야 할지 말지."

리암의 몸이 놀라움으로 굳어졌다. 수줍어하며 뒤로 물러나는 리암을 보며 한나가 웃음을 터뜨렸다. 나도 너처럼 그렇게 단순할 수 있다면 얼마나 좋을까? 한나가 속으로 중얼거렸다. 기쁨과 두려움, 빛과 어둠, 정상과 비정상, 제정신과 광기, 이런 것들이 너처럼 내게도 칼로 자른 듯 분명히 분리돼 있다면 얼마나 좋을까? 내 눈동자가 너의 것처럼 순도 백 퍼센트의 푸른빛이었다면 좋았을 텐데. 어머니로부터 물려받은 붉은색 갈망, 날 망가뜨릴 게 분명한 이 위험한 욕망이 애초부터 내 안에 없었더라면….

"그래서?" 리암이 한나에게 다가와 그녀의 눈을 가린 머리카락을 조심스럽게 쓸어 넘기며 물었다. "결정한 거야, 벌써?"

수줍은 미소를 띤 리암의 두 눈이 다시 기대감으로 빛났다.

"응." 한나가 고개를 끄덕였다. 내가 너처럼, 아니 네 반만큼이라도 제정신일 수 있다면, 얼마나 좋을까?

"포기할 거야? 아니면…." 리암이 한나의 두 눈을 유심히 들여다보았다.

"너도 알잖아, 리암."

"아!" 리암이 한나의 두 눈동자에서 마침내 답을 찾아낸 듯 탄식했다. "케일리! 케일리 때문이지? 걔 땜에 갑자기 오기가 생겨서 그런 거지?"

"약간은." 한나가 옆에 있는 나뭇가지에서 단풍이 든 나뭇잎 하나를 손으로 뜯어내며 말했다. "하지만 그것만은 아니야."

"또 뭔데?"

"아직은 비밀."

한나가 낙엽을 들어 햇빛에 비춰보며 걸음을 옮겼다. 나뭇잎의 빛바랜 주황색이, 표면을 따라 주름처럼 파인 잎맥들이 그 낯선 장소를 떠오르게 한다고 생각하면서. 머릿속에 자꾸 떠오르는 그 붉은 모래로 된 주름투성이 살갗 같은 벽을, 그 벽을 따라 일렁이는 불빛과, 그 불빛처럼 아무리 잡으려 해도 잡히지 않는 멜로디를 떠오르게 한다고 생각하면서.

7

 내 혈관을 따라 흐르는 그것 때문이야.
 이안이 참나무 뒤에 숨어 산기슭 아래 호세와 코라의 저택을 내려다보며 속으로 중얼거렸다. 소피아와 연애하던 시절에도 꼭 이렇게 이 나무 뒤에 숨어 저 집을 내려다보곤 했지. 혹시나 그녀가 마당으로 나오지는 않을까, 저 창문으로 그녀 그림자만이라도 볼 수 있지 않을까 가슴을 두근거리면서. 그런데 내가 왜 또 여기 와 있는 걸까? 이안이 나무 둥치의 우툴두툴한 회갈색 껍질을 어루만지며 의아해했다. 막상 전처의 부모가 사는 집 코앞까지 오고 나니 그동안 자신이 꼭 뭔가에 씌었던 듯 느껴졌던 것이다. 이렇게까지 해서라도 소피아의 행방을 알아내 그녀를 찾아가야 한다고, 찾아가 대답을 들어야 한다고 자신을 충동질했던 조바심이 외계 생체 물질의 농간 때문이기라도 한 것 같았다. 어제 새벽 명상 중에 소피아의 기억이 갑자기 떠올랐던 것마저도 제노스 때문이었던 듯 느껴졌다. 그래, 그 점액질 때문이야. 생각하는 피. 내 혈관 속에 생각하는 피가 흐르고 있기 때문이라고. 이 빌어먹을 외계 생체 물질은 의식을 가진 수많은 미세입자로 구성돼 있는 거야. 그 미세입자들이 일종의 집단지성을 형성해 내 혈관을 돌아다니며 자기들 생각을 나한테 감염시키고 있는 거라고. 그러지 않고서야 내가 지금 이 자리에 서 있을 이유가 없잖아? 소피아는 떠난 지 오랜데. 난 이미 재혼했고 저 집은, 저기 사는 소피아 부모는 이제 나와 아무런 상관도 없는데 말이야. 소피아는 이제 저 집에 없어. 만약 있다고 해도 나하고는 아무 볼 일도 없다고. 이렇게 생각하면서도 이안은 산기슭 아래를 향해 발걸음을 내디뎠다.

어쩌면 오늘 아침에 본 시체 때문인지도 모르지, 이안이 발에 걸린 돌멩이를 걷어차며 중얼거렸다. 이번엔 국토부 장관이었다. 그녀는 출근 전 늘 하던 대로 운동을 마치고 아침 식사를 하다가 쓰러졌다. 홍차와 산딸기 주스, 달걀과 햄을 얹은 토스트. 평소 늘 먹던 메뉴라고 했다. 경찰은 그 모든 식품이 기계들이 생산한 것이라는 점이 특이사항일 수도 있다고 말했다.

— 하지만 요즘은 뭐든지 다 기계들이 생산하지 않나? 내 아침 메뉴도 아마 다 기계 생산품들일걸? 심지어 내 속옷까지 백 퍼센트 기계들이 짠 거야. 그렇게 따지면 나도 곧 죽겠구먼?

소장이 물었다.

당신이 임플란트를 이식했다면 말이지, 이안은 생각했다. 하지만 당신이 이식 안 했다는데 천 달러 걸 수 있어. 여우 같은 양반. 당신은 이미 알고 있었던 거지? 제노스라는 나노 생체기계가 인간 몸에 이식되면 실험 결과대로 움직이지 않을지 모른다는 걸? 이 빌어먹을 입자들이 자기들만의 의식을 발전시켜 인간들을 조종하고 파괴하려 할지도 모른다는 걸?

— 단순한 기계 생산품이 아닙니다. 농장에서 인간들 지시에 따라 기계들이 재배하고 가공한 게 아니에요.

경찰이 크샤트리아 전사들 특유의 갈색 눈동자를 빛내며 소장에게 반박했다.

— 고원의 기계 피난민들 거주지에서 생산된 식품들입니다. 심지어 햄은 물소고기로 만든 거예요. 고원 근처에서 기계들이 그 활인지 뭔지 하는 걸로 직접 사냥한 물소 말입니다.

오, 집어치워. 그까짓 게 뭐 대단한 영향이라도 미쳤을 것 같아? 이안이 덤불을 헤치고 계속 내려가며 생각했다. 음식물은 인체에 거의 흡수되지 않아. 식사는 순전히 시간 낭비 돈 낭비일 뿐이라고. 먹을 때 코와 입이야 즐겁지. 하지만 목구멍을 넘어가는 순간 혈관이라 불리는 합성 나노튜브를 따라 흘러가는 쓰레기 부유물에 가깝다고 봐야지. 인간 몸이 과열되지 않도록 냉각해주는 게 주기능인 플라스마 합성 물질을 도리어 오염시키기만 한다고. 음식물에서 얻는 티끌만 한 에너지보다 그걸 분해하는 데 쓰이는 에너지가 더 클걸? 결국엔 다 분해돼버릴 그까짓 쓰레기 부유물이 대수야? 외계에서 온 괴물 입자들이 혈관을 따라 돌아다니며 실제로 온몸에 흡수되고 있는 마당에?

젠장, 이안이 욕설을 내뱉으며 주저앉았다. 덤불 사이로 보이는 저택 정원으로 호세가 걸어 나오고 있었기 때문이었다. 손에 든 저 머그잔에는 호세의 회사에서 생산한 최상품 커피가 담겨 있을 것이었다. 당연히 기계들이 만든 거겠지. 요즘엔 그게 제일 최고급이니까. 저 양반은 최고급 아니면 취급 안 하니까. 이안이 덤불 뒤에 숨어 호세를 바라보며 속으로 중얼거렸다. 자신이 제일 좋아하는 정원 의자에 앉아 햇볕을 받으며 커피를 마시는 호세의 모습은 여유롭고 심지어 행복해 보이기까지 했다. 여긴 완전히 다른 세상이군. 이안의 머릿속에 아침에 본 시체의 처참한 장기가 다시 떠올랐다. 지난번 검찰청장하고 거의 똑같은 상태였다. 바이러스라도 검출되었다면 차라리 안도했을 것이다. 그러면 기계 반란군 탓이라도 할 수 있으니까. 하지만 아무리 정밀 분석을 해봐도 바이러스나 분해 산물로 의심할 만한 성분은 검출되지 않았다. 그 대신 시체에 남아 있는 점액질 속 미세입자들의 상태가….

"한나?"

호세가 의자에서 일어나 이쪽으로 다가오는 모습을 보며 이안이 소스라쳤다. 젠장, 어떡하지? 내가 대체 여기 왜 와 있는 거야? 저 양반이 물어보면 뭐라고 대답해야 돼? 아, 그냥 돌아서서 내빼버릴까? 어차피 서로 볼 일도 없는 사이인데.

"거기 한나니?"

호세가 벌써 덤불 바로 앞까지 다가와 있었다. 이안은 재빨리 머리를 굴렸다. 그래, 한나가 나 몰래 여길 오곤 했었던 거야.

이걸 이용해야 해.

"흐흠." 이안이 가능한 한 점잖게 보이려 애쓰며 앉은 자리에서 일어섰다.

"오오, 자네가 왜…?"

호세의 갈색 눈동자가 놀라움으로 커졌다. 두툼한 입술까지 벌어진 걸 보니 정말로 놀란 모양이었다. 이안이 기억하는 한 그는 웬만해선 놀라지 않는 사람이었다. 그러고 보니 저 눈동자 색도 좀 바뀐 것 같군. 갈색이 아니라 거의 황금색처럼 보여. 사업해서 일군 재산으로 바이샤에서 크샤트리아로 계층 상승한 이 입지전적 인물이, 그사이 브라만 지위까지 사는 데 성공한 걸까?

"놀라게 해드려 죄송합니다. 장… 아니 어르신." 이안이 악수를 하려 손을 내밀다 멈칫하며 말했다. "사실 한나가 혹시 여기 왔나 싶어서…."

"한나가… 사라졌나?" 호세의 눈동자가 더 커졌다. 자기 딸이 사라졌을 때보다 더 놀란 듯한 모습이었다. 젠장, 이게 아닌데. 이안이 다시 머리를 굴렸다.

"아뇨, 뭐 실종이나 그런 건 절대 아니고요. 지난번에 한나가 여길 몰래 왔었던 걸 오늘 알게 돼서요. 뭐라고 하니까 글쎄 자기 마음이니 상관 말라고, 원하면 언제든 여길 오겠다고 소리치고는 나가버리지 않겠습니까? 그래서 정말 여기로 왔나, 알아보려다 그만." 이안이 거짓말이 탄로 날까 봐 가슴을 졸이며 호세의 눈치를 살폈다.

"아, 이제야 알았구먼." 호세가 들고 있던 머그잔에 담긴 커피를 한 모금 마셨다. "자주는 안 오고 가끔 온다네. 한나가 자네도 안다고 해서 그런 줄 알았지. 아, 여기서 이러지 말고 들어가세나."

호세가 이안에게 손짓하고 발걸음을 옮기다 고개를 돌려 물었다. "그러면 한나는 어디 갔을까?"

"아, 걱정하지 마세요. 아마 남자친구 만나러 갔을 겁니다. 그 친구도 좀 마음에 안 들어서 제가 뭐라고 했더니 그것 땜에 화가 났나 봐요. 저녁땐 돌아오겠죠. 탈바꿈도 끝내서 이젠 완전한 성인이니까, 사실 제가 이래라저래라할 일은 아니죠. 생각해보니 제가 한나한테 실수했던 것 같네요." 제발 그 입 좀 다물어. 대체 왜 자꾸 떠벌떠벌대는 거야? 내가 여기 왜 온 거지? 여기서 대체 뭘 하고 있는 거냐고? 이안이 호세 뒤를 따라 정원을 가로지르며 조용히 절망의 한숨을 내쉬었다.

"오…."

집 안으로 들어서자 주방을 나서던 코라가 이안을 보자마자 멈춰 섰다. 환생을 위해 고치로 돌아갔던 사람이 예전 모습 그대로 돌아온 걸 보기라도 한 듯한 표정이었다. 이안 역시 소스라쳤다. 코라가 얼마나 소피아와 닮았는지 그동안 깜빡 잊고 있었다. 찰나 동안 이안은 자신이 소피아를 보고 있다고, 바로 이러기 위해 내가 여기로 왔던 거라고 생각했다. 이렇게 죽기 전에 마지막으로 그녀 얼굴을 다시 보고 싶어서, 대체 날 왜 떠났던 거냐고 묻고 싶어서 여기까지 왔던 거라고.

"사실 한나가 그동안 제게 자꾸 물었습니다. 소피아가 왜 떠났던 거냐고, 어디로 간 거냐고요." 그래, 이렇게 시작하는 거야. 적어도 이건 사실이지. 이안이 호세가 건넨 커피를 한 모금 마시며 생각했다. 잘됐어. 어차피 여기까지 온 김에 물어보는 거야. 아, 그런데 이 커피 정말 죽여주는군. "제가 말을 안 해주니까 여기로 물어보러 온 거라고 생각했어요. 한나가 여기서 무슨 이야기라도 들었던 건지, 혹시 자기 엄마가 떠난 게 저 때문이라 생각해서 요즘 제 말을 안 듣는 건지, 궁금해하다가 그만 이렇게…."

"그럼 자네도 모르고 있었단 말인가?" 커피잔을 말없이 내려다보고만 있던 코라가 고개를 들어 이안을 보며 말했다. 코라의 루비빛 눈동자는 소피아보다 맑고 더 붉은빛이었다. 저이는 브라만이니까, 이안이 생각했다. 크샤트리아, 그것도 바이샤에서 계층 상승한 크샤트리아와 결혼했기에 그녀 자신도 크샤트리아나 그보다 아래로 취급당했지. 하지만 저이는 엄연한 브라만 예술가 계급이야. 소피아는 호세보다 코라를 꼭 빼닮았어. 뛰어난 예술적 재능까지도. 신기한 일이지, 두 사람의 코어 알고리즘을 무작위로 뒤섞은 결과가 때론 이렇게 한쪽에 지나치게 치우친 방향으로 나타난다는 게.

"우리는 자네가 알고 있는 줄 알았네. 그 애가 떠난 정확한 이유를…." 호세가 불붙인 시가의 첫 모금을 열린 창을 향해 내뿜으며 말했다. 최상품 시가만이 낼 수 있는 은은한 향기가 값비싼 예술품과 골동품으로 가득 찬 거실에 맴돌았다. 나무 냄새와

흙냄새, 꽃향기도 섞인 것 같고, 코냑 향 비슷한 것까지 나는 것 같아. 시가 잎을 땅에 심는 것부터 시작해 모든 과정을 기계들이 일일이 손으로 작업해 만든 거겠지. 저 양반 취향만은 정말 기막히다니까. 바로 저 취향이 막대한 부의 원천인 거겠지. 이안이 생각했다.

"자네가 알면서도 한나한테 말해주지 않는 거라고 생각했어." 호세가 시가를 쥔 팔을 탁자에 기대며 말했다. "난 소피아의 행방에 대해 그 애한테 말해주지 않았네. 말할 게 없었으니까."

"저는 어르신들이 아실 거라고 생각했어요. 적어도 저보단 많이 아실 거라고요." 이안이 쓴웃음을 지었다. "서로 오해하고 있었던 셈이군요."

"짐작 가는 것도 없었나?" 호세가 케이스에서 시가를 하나 꺼내 내밀었다. "피우겠나?"

"좋습니다." 이안이 시가를 받아 들어 입에 물었다. 이 죽도록 어색한 대화를 잠시라도 지연시킬 수만 있다면 애벌레라도 입에 넣었을 거라고 생각하면서.

"짐작 가는 거야 있었죠." 이안이 호세가 불붙여준 시가를 힘껏 빨아들이다 기침을 터뜨렸다. "언젠가부터 소피아가 제게 뭔가를 숨기고 있다는 걸 알아차렸으니까요." 이안의 머릿속에 소피아의 텅 빈 얼굴이 떠올랐다. 언젠가부터 시작된 그 멍한 표정. 누군가와 몰래 통화하거나 만나고 돌아온 듯 점점 더 자주 묘연해졌던 소피아의 행방. 뭔가에 홀린 듯 이안을 보면서도 점점 더 자주 다른 사람을 보는 것처럼, 다른 곳에 있는 것처럼 보였던 소피아의 모습. 그래서 마지막으로 싸웠던 다음 날, 소피아가 이혼서류를 내밀었을 땐 차라리 다행이라 생각했었지. 그녀가 그 남자에게로 가서 더 행복할 수 있다면, 그게 서로를 위해 나은 결정일 거라고. 적어도 그녀에게는.

"다른 남자가 있는 것 같았어요." 이안이 자신의 말을 기다리는 호세와 코라를 보며 힘겹게 입을 열었다. "아마도 동료 음악가 중 한 명이 아닐까, 그렇게 짐작했죠. 하지만 끝내 누군지는 알아내지 못했습니다. 아니, 알아내고 싶지 않았다는 게 더 솔직한 표현이겠죠. 소피아가 그 남자를 너무 사랑하는 것 같았으니까요." 날 사랑했던 것보다 적어도 열 배쯤은 많이. 아니, 그녀가 날 사랑한 적이 있기라도 했었다면 말이지. "그 사람이 그렇게 그 남자를 사랑한다면, 제가 할 수 있는 건 그녀를 보내주는 것뿐이라고, 그리고 잊어버리는 것뿐이라고 생각했습니다." 그게 가능하기만 하다면 말이야. 이안이 시가 연기를 내뿜으며 속으로 중얼거렸다.

"이안." 코라가 딱하다는 듯 이안을 보며 고개를 가로저었다. "정말 그렇게 믿었던 건 아니겠지? 자네 소피아를 그렇게 몰랐나?"

"네? 아니, 뭐…. 잘 안다고 생각했었죠, 오랫동안…." 이안이 당황한 채 코라의 두 눈을 마주 보았다. "하지만 언젠가부터 확신이 섬섬 사라지더군요. 그러다 그 사람이 내민 이혼서류를 봤을 때, 제가 정말로 그녀를 모르고 있었다는 걸 깨달았어요. 전혀 모르고 있었다는 걸."

"소피아는 자네만을 사랑했어. 자네하고의 결혼은 소피아에게 가능하면 어떻게든 피하고 싶은 재앙이었을걸세. 자기 아버지가 나하고 결혼해서 얼마나 많은 수모를 겪었는지, 나 역시 얼마나 많은 걸 포기해야 했는지 누구보다 잘 알고 있었으니까. 그런데도 자네랑 결혼했던 건, 그 모든 걸 겪을 각오를 할 정도로 자넬 사랑했기 때문이었던 거야." 코라가 긴 한숨을 내쉬었다. "자네와의 결혼 자체가 그 애 인생에서 가장 큰 모험이었어. 그 애 같은 애한테 그런 모험은 한 번도 너무 많은 거야. 그런데 그 애가, 또 다른 남자 때문에 모든 걸 포기하고 다른 모험을 택했을 것 같나? 게다가 한나도 있는데?"

"하지만 그랬다면 왜 저한테 이혼해달라고 했겠습니까?"

"난 자네 마음이 변해서 그랬다고 생각했네." 재떨이에 시가를 눌러 끄며 이안을 보는 호세의 눈에 억눌러왔던 원망의 빛이 떠올랐다. "이웃들의 시선이나 손가락질, 사회적인 불이익, 그 모든 건 서로를 사랑하는 동안엔 그럭저럭 견딜 만하지. 하지만 그 사랑이 사라졌다면 더 이상 버텨내기 힘들 수 있네. 특히 소피아처럼 자존심이 강한 애한테는 말일세."

"변한 건 제가 아니라 소피아였습니다. 제 마음은 처음 그대로, 조금도 변했던 적 없었어요." 어쩌면 아직까지도. 이안이 흩어지는 시가 연기를 바라보며 생각했다.

"만약에 자네가 변한 게 아니었다면…." 코라가 이안을 한동안 바라보다 식은 커피를 한 모금 마시고 말을 이었다. "난 음악 때문이었을 거라고 생각했네. 소피아가 자네와 한나 외에 또 사랑하는 게 있다면 그건 음악뿐이었을 테니까."

"아, 콘서트 때 그 사건 말하는 거지, 당신?" 호세가 물었다.

사건. 그 단어를 듣는 순간 이안의 머릿속에 여러 순간이 동시에 스쳐 지나갔다. 소피아와 함께 참석한 중요한 모임 때마다 경멸의 눈빛과 조소, 뼈 있는 농담으로 소피아를 교묘히 공격하던 사람들. 그녀를 아내가 아니라 보모나 하녀로 착각하던, 아니면 그런 척하던 사람들. 그런 식의 수동공격이 아니라 대놓고 소피아를 위협하던 인간들도 있었지. 우월감에 찬 브라만들도, 열등감에 찌든 하위계급 인간들도, 똑같이 그녀를 '싸구려', '창녀'라고 부르길 좋아했었어. 나와 같이 있을 때도 그런 일들이 종종 일어났는데, 소피아 혼자였을 땐 그런 일이 얼마나 많았었을까? 얼마나 심한 위협과 모욕을 당하고도 내게는 그런 일 없었다는 듯 미소 지어 보였을까?

"맞아. 그 애가 떠나기 한 달 전쯤 열렸던 그 애 독주회 때, 소피아를 위협했었던 그 우월주의자들…." 코라가 말을 잇지 못하고 커피잔을 탁자에 소리 내어 내려놓았다.

"계급 우월주의자들 말씀입니까?" 이안의 마음속에 뒤늦은 후회가 밀려들었다. 그 독주회에 나는 가지 않았었지. 그 무렵엔 신소재 개발하느라 바쁘다는 핑계로 밤늦게나 겨우 집에 들어오곤 했으니까. 어떻게든 소피아를 피하고 싶었어. 안 그러면 또 그녀를 의심하고 다그치고 미워할 테니까. 대체 누구냐고, 당신이 그렇게 좋아서 죽고 못 사는 그 남자가, 나 몰래 만나고 다니는 그놈이 누구냐고.

"아니, 인간 우월주의자들." 코라가 고개를 돌려 창밖을 바라보며 말했다. "기계들을 파괴하자고, 기계들이 인간들 일자리를 위협하고 바이러스를 퍼뜨린다고, 기계들 모두가 바이러스 그 자체라고 외쳐대는 인간들 말이야."

"그들이…" 이안이 목소리를 높였다. "소피아를 협박했었나요?"

"협박, 그래, 그건 일종의 협박이었지." 코라가 말했다. "독주회 둘째 날, 연주가 끝나고 우리가 소피아의 대기실을 찾아갔을 때, 두 사람이 노크도 없이 들어왔어. 그러고는 소피아에게 다가가 그 애 면전에 대고 물었지. 당신 기계 찬양주의자냐고."

"소피아의 음악이 기계들의 것을 흉내 낸 거라고, 그 애가 기계를 찬양하는 반동분자, 인류의 적이라고 한 놈이 소리치더군." 호세가 말했다. "소피아의 멱살이라도 잡을 기세였어. 그래서 내가 먼저 그놈 멱살을 잡았지. 당장 꺼지지 않으면 경찰을 부르겠다고 하면서 욕을 한 바가지 퍼부었어. 그랬더니 결국 도망쳐버렸네. 두 놈 모두."

"왜 그때 경찰을 부르지 않으셨나요? 왜 저한테 말씀하시지 않으셨어요?" 이안이 물었다.

"소피아가 말렸네. 공연 보러 오는 인간 중에 저런 미친놈들이 한둘인 줄 아냐고, 일일이 상대해봤자 시간 낭비라고, 신경 쓸 필요 없다고 그러더군." 호세가 말했다.

"내가 자네를 부르겠다고 했더니 그 애가 펄쩍 뛰었네." 코라가 말했다. "일 때문에 바빠 밥 먹을 틈도 없는 사람까지 불러 수선 피울 정도로 대단한 일 아니라면서."

"그래, 정말로 별일 아닌 것처럼 소피아가 신경 쓰지 않는 것 같아서, 나도 그냥 그런가 보다 하고 넘겼지. 그런데 코라는 그때 일이 두고두고 마음에 걸렸던가 봐." 호세가 말했다. "그 왜 수드라 테러리스트들 있잖나, 세상 모든 기계를 파괴해야 한다면서 총질하고 폭탄 터뜨리는, 극단적인 우월주의자들 말일세. 그놈들이 그쪽하고 관계돼 있었을지 모른다고, 소피아가 그 테러리스트들한테 나중에 협박당했을지도 모른다고…."

"그때 대기실로 쳐들어왔던 놈들, 그놈들도 수드라였나요?" 이안이 물었다.

"아니었네. 내가 멱살 잡았던 그놈은 눈이 제법 맑았어. 바이샤, 어쩌면 크샤트리아일 수도 있을 것 같았네. 다른 놈도…." 호세가 말했다. "내 기억으론 수드라는 아니었어. 그놈 눈이 갈색이었나? 그놈도 크샤트리아나 바이샤인 것 같았네."

"붉은빛이 섞인 갈색이었어." 코라가 말했다. "크샤트리아 예술가 계급…. 맞아, 분명 그런 것 같았어."

이안이 시가를 재떨이에 비벼 끄고 머리를 감싸 쥐었다. 그동안 한 번도 향하지 않았던 방향으로 그의 생각이 질주했다. 소피아가 만약 정말로 협박당했던 거라면, 극단적인 인간 우월주의자들이, 수드라 테러리스트들이 그녀를 몰래 찾아와 머리에 총이라도 겨눴던 거라면, 너는 물론 네 가족까지 다 폐기해버리겠다고 협박이라도 했었다면 소피아는 그 위협으로부터 가족을 지키기 위해 무슨 짓이든 했을 것이다. 내게 이혼을 요구하고 집을 떠나 완전히 자취를 감추는 일까지도.

"왜 대체, 왜 그때…." 이안이 고개를 들어 호세와 코라를 원망스럽게 보았다. "제게 말씀해주시지 않았던 겁니까?"

"그땐 그 사건이 소피아의 실종과 관계있을지 모른다는 생각은 하지 못했네. 한참 후에야 그런 생각이 떠올랐지." 코라가 말했다. "소피아가 마지막으로 찾아왔을 때 얼굴이 하도 어두워 보여 무슨 일이 있냐고 물었어. 그랬더니 자네와 이혼했다고 하더군. 엄마 아빠처럼 견뎌낼 수 있을 줄 알았는데 아니었다고, 너무나 힘들었다고, 그동안 참을 만큼, 아니 그 이상 참았지만 더는 그럴 수가 없다고, 이러다 내가 죽을 것 같다고."

"이게 최선이라고, 헤어지는 게 자네와 그 애, 한나에게도 더 좋을 거라면서 잠시 떠나 있겠다고 했었네." 호세가 말했다. "내가 자네한테 연락하겠다고 했더니 그 애가 소용없다고 하더군. 이미 다 끝났다고."

"다른 남자가 생겼다고, 그 남자랑 떠날 거라고 했어." 코라가 말했다. "아무도 손가락질하지 않는 곳에서 새롭게 시작할 거라고, 거기서 다른 사람 눈치 안 보고, 더 이상 고통 없이 숨어서 살겠다고." 코라가 헛웃음을 터뜨렸다. "물론 나는 믿지 않았어. 자네한테 다른 여자가 생긴 거냐고 물었더니 그 애가 그렇다더군. 그건 어쩌면 사실일지 모른다고 생각했지."

"그 애가 떠나고 사흘이 지나서 내가 자네를 찾아가지 않았나?" 호세의 두 눈에 원망의 빛이 다시 떠올랐다. "자네 정말 소피아하고 이혼했냐고, 다른 사람이 생긴 거냐고 묻지 않았나? 그랬더니 자네가 맞다고, 자넨 다른 여자와 행복하게 살 테니 소피아도 그랬으면 좋겠다고 하지 않았나? 그리곤 이렇게 찾아오지 말라고, 앞으로 다시 볼 일 없었으면 좋겠다고 그랬었지."

"자네가 얼마나 괘씸했는지, 자넬 얼마나 원망했는지 몰라." 코라가 눈물을 감추려 손으로 눈가를 감쌌다. "그래서 차라리 정말로 소피아가 다른 남자랑 떠난 거라면 좋겠다고, 거기서 그 남자와 행복하게 살았으면 좋겠다고 생각했어. 만약 그렇다면 그 애가 돌아오지 않는 이유도 설명되니까. 다른 계층 남자와 결혼하는 불명예를 자청했던 아이가, 이혼이라는 또 다른 불명예에다, 또 한 번의 부적절한 결혼이라는 치명적인 불명예까지 짊어진 채 고향으로 돌아올 순 없을 테니까."

"그 사람을 찾아야 해요. 소피아가 지금 어디 있는지 알아내서, 직접 물어야겠습니다." 이안이 창으로 시선을 돌리며 말했다. 햇볕이 가장 잘 드는 정원 한복판에서 점박이 무늬가 있는 고양이 한 마리가 뒹굴고 있었다. 오래전 소피아와 함께 이 집에 올 때마다 반겨주던 그놈일까? 아니겠지. 그놈은 생체기계들이 다 그렇듯 나이를 먹고 이미 병들어 죽었을 거야. 곧 나도 그렇게 될지 모르지. 그 전에 소피아를 찾아야 해. 이안이 생각했다.

"저도 그 사람이 남자 때문에 떠났던 거라면 좋겠어요. 그랬년 서라면 너 바랄 게 없을 겁니다." 정원 비로 저 지리에 무릎을 꿇고 앉아 고양이를 어루만지던 소피아의 모습을 떠올리며 이안이 말했다. 자신의 손가락을 깨무는 고양이를 보며 아이처럼 소리 지르고 웃음을 터뜨리던 소피아. 그녀가 웃으면 온 세상의 조도가 순식간에 1만 럭스쯤 올라가는 듯했지.

"소피아가 사랑하는 남자와 아무도 모르는 곳에 숨어서 행복하게 살고 있었으면, 그랬으면 저도 정말 좋겠어요." 소피아가 사라진 정원을 바라보며 이안이 혼잣말하듯 중얼거렸다.

"너 진짜 착각했던 거 아니야? 아무리 찾아봐도 그런 악기는 없다고 나오잖아. 이 세상에 존재하지도 않는 악기를 도대체 어디서 본 거냐고." 루시가 한나에게 물었다. 지난 두 시간 동안 열 번쯤은 되풀이한 질문이었다.

"쉿! 조용히 해." 한나가 루시의 어깨를 붙잡으며 속삭였다. 주위를 둘러보니 자료 검색대 앞에 앉은 사람들 중 한 명이 이쪽을 보고 있었다. 브라만 학자로 보이는 그 여자의 날카로운 황금빛 시선에 한나의 가슴이 조여들었다. 혹시 저 여자가 그동안 내내 엿듣고 있었던 건 아닐까? 루시 목소리가 웬만큼 커야 말이지. 혹시 내가 헛것을 보고 있다는 걸, 그게 전생 바이러스 감염 증상인지도 모른다는 걸 저 여자가 알아채고 보건당국에 신고라도 하면 어쩌지?

"안 되겠다. 나가자." 한나가 루시의 귀에 속삭이며 가방을 챙겨 일어섰다.

"어디로? 난 아직 자료 조사 안 끝났는데." 루시가 한나의 매서운 눈빛에 입을 다물며 가방을 챙겼다.

"너 요즘 진짜 이상한 거 알지?" 루시가 한나를 따라 중앙정보관 건물을 나서며 말했다. "혹시 탈바꿈할 때 뭔가 잘못된 거 아니야? 그런 경우가 종종 있다던데. 중요한 코드 패턴이 잘못 입력됐다든지, 뭐 그런 오류 때문에 사람이 예전과는 완전히 다른 인간으로 변하기도 한대."

"야, 유난 좀 떨지 마. 그런 거 진짜 아니라니까." 한나가 계단을 내려가며 속으로 욕설을 내뱉었다. 젠장, 루시랑 같이 왔던 게 실수였어. 그냥 혼자 와서 조용히 찾아보는 건데.

"아니면 바이러스라든가."

정문으로 향하던 한나가 소스라치며 걸음을 멈췄다. 돌아보니 난간에 가려져 보이지 않았던 테오가 이쪽을 향해 걸어오고 있었다. "뭐 엿듣고 싶어서 들은 건 아니었어. 자료 조사하는데 하도 방해가 돼서 돌아보니까 너희들이더라고."

엄마와 꼭 닮은 테오의 와인빛 눈동자에 한나의 가슴이 내려앉았다. 테오의 모든 것이 한나를 두렵게 했다. 춤과 노래에 누구보다 뛰어난 크샤트리아 예술가 계급인 테오에게 자신이 자꾸만 끌린다는 것이 한나를 가장 두렵게 만드는 이유였다.

"헛것이 보이거나 들리는 증상을 유발하는 바이러스 이름이 뭐더라?" 테오가 발레를 하듯 유연한 걸음으로 한나에게 다가

왔다. "아, 전생 바이러스라는 게 다시 유행이라지? 혹시 그 존재하지 않는 악기가 네 전생에서 본 것은 아니었을까?"

"지금 네 가정에 심각한 논리적 비약이 있다는 건 아니?" 한나가 두려움을 억누르며 테오를 노려보았다. "세상에 존재하지 않는 악기를 검색한다는 게, 내가 헛것을 봤다는 걸 뜻한다고 생각하는 게 바로 비약이야. 난 흔해 빠진 피아노 대신 색다른 악기를 연주해보고 싶었을 뿐이야. 그러다 어떤 악기를 상상했고, 혹시 그 악기가 세상에 이미 존재하는 건 아닐까 싶어서 찾아봤을 뿐이라고."

"장장 두 시간 동안이나?" 테오가 웃음을 터뜨리며 말을 이었다. "사실 나도 종종 그런 이유로 여길 오곤 해. 내가 고안한 안무가 혹시 누군가가 이미 췄던 춤이 아닐까, 그런 생각이 들 때마다 지금처럼 정보관 자료실에서 찾아보곤 한다고. 그런데 난 길어야 20분이면 충분하던데?"

"오, 그래서 그게 그렇게 불만이었니?" 한나가 겁먹은 모습을 들키지 않으려 고개를 꼿꼿이 쳐들었다. "네가 무슨 에너지효율부 장관이라도 돼? 검색에 필요한 최소한의 시간을 네 맘대로 정해서, 그 시간 초과해서 에너지 낭비하면 와트당 몇 달러, 뭐 이런 거 계산해서 벌금이라도 물리려고?"

"아니, 뭐 그런 건 아니고."

"어서 가서 계산하세요, 장관님. 아까운 에너지 여기서 더 낭비하지 마시고. 계산 다 끝내면 나한테 청구서 보내는 거 까먹지 말고!"

한나가 쏘아붙이고 돌아서서 걸음을 옮겼다. 옆에서 따라오는 루시의 입술이 터져 나오는 웃음을 참느라 비틀려 있었다.

"존재하지 않는 악기가 정말로 존재하지 않는지 알아보려면, 어디로 가야 하는지 알아?"

루시와 마주 웃어 보이며 걸음을 옮기던 한나가 테오의 말에 놀라서 돌아보았다. "무슨… 소리야?"

"게토." 한나를 향해 걸어오는 테오의 얼굴에 은밀한 미소가 떠올랐다. "거기 말고 어디겠어?"

"하!" 루시가 비웃음인지 탄성일지 모를 소리를 터뜨리고는 주위를 둘러보았다. 정원 벤치에 앉아 자료를 보던 사람들 중 누구도 이쪽을 돌아보지 않았다. 하지만 루시는 겁먹은 눈으로 여전히 두리번거리며 목소리를 낮췄다. "너야말로 바이러스 걸렸냐? 누가 그런 걸 알아보러 거기까지 가겠어?" 루시가 테오에게 다가가며 속삭이듯 말했다. "거기 발을 들이는 순간, 그딴 걸 궁금해하는 자기 자신이 더 이상 존재하지 않게 될 텐데, 대체 어떤 미친 인간이…."

"넌 가본 적 있어?" 한나가 테오에게 다가가며 물었다. 가슴이 이렇게까지 두근거리는 것이 두려움 때문인지 흥분 때문인지 모르겠다고 생각하면서.

"한 번." 테오가 속삭이듯 말했다.

"하! 뻥 치시네!" 목청이 높아졌던 루시가 당황하며 두리번거리다 다시 목소리를 낮췄다. "구라로는 어딘들 못 가냐? 왜, 구라치는 김에 아예 자이라 주행성까지 갔다 왔다고 그러지? 거기서 제노스 열 상자쯤 채취해서 돌아왔다고….”

"어떻게?" 한나가 물었다.

루시가 끼어들었다. "어떻게는 뭘 어떻게야? 머릿속 망상의 나래를 타고 갔겠지."

"쉿." 한나가 루시에게 손짓해 보이고는 다시 테오에게 물었다. "어떻게? 누구랑?"

"우리 부모님이 운영하는 극장 매니저가 거기 살거든." 테오가 주위를 두리번거리며 속삭였다.

"매니저가 수드라야?" 한나가 물었다.

"아니." 테오가 코웃음 쳤다. "아무리 가난한 수드라도 게토에서 살지는 않아. 한나, 너 정말 거기가 어떤 덴지 아무것도 모르는구나? 게토에 사는 건 달리트들뿐이야. 인간이 아니라 기계들 말이야. 아니면 범죄를 저지르고 도망친 인간들이거나."

"아." 한나가 물었다. "그 매니저가 기계인 거구나?"

테오가 고개를 끄덕였다. "10년 전쯤 짐 나르는 노예로 들어왔다가 어머니 눈에 들어 정직원으로 채용됐지. 만약 사람이었다면 지금쯤 부사장 자리에 올라 이 근처에 살고 있겠지만, 기계라 여전히 게토에 살아."

"그 기계가, 널 거기 데려가줬어?" 한나가 물었다. 목소리가 흥분으로 떨려오는 것을 감출 수 없었다.

"응." 테오가 말했다. "매니저가 나한테 크게 빚을 진 일이 한 번 있었거든. 그래서 어쩔 수 없이 내 소원을 들어주기로 했지." 위에서 갑작스럽게 들려오는 소리에 테오가 올려다보았다. 사람들 몇 명이 정보관을 나와 계단을 내려오며 떠들어대고 있었다. "여기선 더 얘기하기 곤란하겠는데?"

"그래, 우리 어디 다른 데 가자. 아무도 없고 조용한 데로." 루시가 어느새 호기심에 가득 찬 눈이 되어 한나와 테오를 보며 속삭였다.

"근데 그런 데가 어디 있지?" 한나가 루시에게 묻다가 테오를 보았다.

"글쎄…." 잠시 생각하던 테오의 와인색 눈동자가 빛났다. "아, 그래. 따라와!" 테오가 후문 쪽으로 빠르게 걸음을 옮기며 한나와 루시에게 손짓했다.

"충격이었어. 여태껏 그런 건 한 번도 본 적 없었거든." 테오가 극장 소품 창고 구석에 마주 앉은 한나에게 말했다.

"와! 이거 좀 봐, 한나!" 왕관을 쓴 루시의 머리가 허공에 둥둥 뜬 채 한나에게 다가왔.

"제발, 조용히." 테오의 이야기에 집중하던 한나가 루시를 돌아보다 소스라쳤다. "어? 루시! 너… 몸이!"

"짜잔!" 머리만 남은 채 깔깔대던 루시가 외치자 그녀를 가리고 있던 투명한 담요 같은 것이 열리며 몸이 나타났다.

"뭐야? 어떻게?" 한나가 루시에게 달려들어 그녀의 손에 들린 것을 만져보았다. 까슬까슬한 천 같은 감촉이 손끝에 느껴졌지만 눈에는 보이지 않았다. 대신 그 투명한 천을 팔에 올리자 팔이 사라졌다. "와! 이거 뭐야?"

"유령 담요." 테오가 말했다. "극단 사람들은 저걸 그렇게 불러. 극 중에서 뭔가가 유령처럼 갑자기 사라지거나 나타나게 만들 때 쓰거든."

"야, 너희 부모님 극장 진짜 끝내준다!" 한나가 탄성을 지르며 담요를 몸에 둘러보았다.

유령 담요를 서로 빼앗고 장난치느라 정신이 팔린 한나와 루시를 보며 테오가 웃음을 터뜨렸다. "여기라면 방해 안 받고 얘기할 수 있을 거라고 생각했던 게, 내 착각이었던 것 같구나."

"아냐, 어서 얘기해." 한나가 담요를 루시에게 돌려주고 돌아서서 다시 보조 의자에 앉았다. "이제 아무리 신기한 걸 발견해도 말 걸지 마, 루시?" 한나가 루시를 향해 소리쳤다.

"오케이! 방해 안 할게, 계속 얘기들 해!" 유령 담요를 둘러써 머리만 둥둥 뜬 루시의 머리가 다른 선반들이 늘어선 쪽을 향해 멀어져갔다.

"거기서 뭘 봤는데?"

한나가 다시 호기심에 찬 눈으로 테오를 보았다.

"음악, 노래, 춤." 테오가 누가 듣고 있기라도 한 듯이 목소리를 낮췄다. "기계들이 음악에 맞춰서 춤추는 걸 봤어. 그런데 그 춤이, 기계들의 몸이 리듬에 맞춰 움직이는 그 방식이…" 뭔가에 홀린 듯한 그의 동공이 확대되며 와인색 눈동자가 짙어졌다. 가넷처럼 반짝이는 테오의 눈동자를 들여다보던 한나의 가슴 속에서 두려움이 되살아났다. 테오의 두 눈이 한나의 기억 속 엄마의 눈, 그녀가 음악에 심취했을 때의 눈동자와 똑같아 보여서였다.

"그런 걸 말로 어떻게 설명해야 할까? 아니 그게 가능하기나 할까?" 테오가 중얼거렸다. "가장 신기했던 건, 생전 처음 보는 듯 낯선데도 그 모든 게 이상하게 익숙하게 느껴졌다는 거야. 음악과 몸짓, 노래의 모든 부분이 다 심각하게 잘못된 것 같은데, 동시에 하나도 잘못된 부분이 없이 완벽하게 느껴졌달까."

익숙하고도낯선멜로디낡았는데놀라울정도로새로워복잡한데단순한멜로디검은건반흰건반뒤바뀐피아노현악기소리가나붉은살갗같은벽에일렁이는불빛처럼잡을수없는멜로디숨소리들키면죽어

"한나?"

한나가 몸을 떨었다. 한동안 잊고 있었던 계시와도 같은 그 이상한 감각이 그녀를 다시 기습했기 때문이었다. 강한 전류가 신경망을 관통하는 듯한 이 감각은 이제 이렇게 더 짧고도 강렬하게 그녀를 시시때때로 사로잡아 소스라치게 만들곤 했다. 한나가 떨리는 몸을 제어하려 애쓰며 테오를 바라보았다. 테오의 의혹에 찬 눈동자에 당황한 한나가 일부러 과장되게 몸서리치는 시늉을 했다. "너무 무서워, 듣기만 해도."

"그래, 좀 무섭긴 하더라." 테오가 고개를 끄덕였다. "그런 게 세상에 존재할 수 있다는 건 상상도 못 했으니까. 우리가 늘 보는 노예나 하인 기계들은 늘 뻣뻣하게 서서 꼭 필요한 동작만 하잖아? 그런데 그런 존재들이 그렇게 이상한 노래를 만들어 부르고 무서울 정도로 유연한 동작으로 춤추는 걸 보는데…."

그가 한나처럼 몸서리치는 시늉을 해 보였다. "몸에서 전기신호들이 폭주하면서, 꼭 신경망이 경련이라도 하는 것 같았어."

"혹시 다시 게토에 가면…." 한나가 루시가 근처에 없다는 걸 확인하고는 목소리를 낮췄다. "거기가 어딘지 찾을 수 있겠어?"

"뭐? 거길 가보고 싶은 거야?" 테오가 덩달아 목소리를 낮췄다. "그렇게 무섭다고 몸서리치면서."

"무서우니까 가보고 싶지. 스릴 있잖아." 한나가 속삭였다. "내 머릿속에 방금 떠오른 것처럼 그렇게 기괴할지, 막상 가서 보면 별거 아닌 것처럼 느껴질지 궁금해. 그리고 혹시 알아? 내가 상상한 이상한 악기 비슷한 것도 거기서 볼 수 있을지?"

"사실 나도 다시 가보고 싶었어. 거기서 본 거랑 비슷한 공연 자료 같은 게 있나 중앙정보관을 다 뒤져봤는데, 그거랑 비트 하나만큼 비슷한 것도 못 찾았거든. 하긴, 기계들에 관한 모든 자료가 금지돼 있는데 그런 게 거기 있을 턱이 없지."

테오가 어깨를 으쓱해 보였다. "그래서 매니저한테 졸랐어. 날 다시 거기 데려가달라고. 그랬더니 그 사람, 아니 기계가 절대 안 된다면서 차라리 자길 죽이래. 그날 사실 거기서 사망할 뻔한 순간들이 한두 번이 아니었거든."

테오가 다시 몸서리치는 시늉을 해 보였다. "만약 그때 내가 매니저랑 같이 안 갔었다면, 난 지금 여기 없을 거야. 그날 거기서 장기 밀매범 손에 붙잡혀 폐기됐겠지. 그리고 내 몸의 모든 부위와 장기들이 암시장에서 팔려나가, 온갖 범죄자나 도망자들 몸에 한 조각씩 붙어 있겠지." 테오가 자기 몸 곳곳을 가리키며 말했다. "이 눈 하나는 사기꾼 몸에, 이 다리 한쪽은 살인범 몸에…."

"우리 같은 사람들은 그럼, 거기 들어갈 방법이 없는 거야?" 한나가 물었다. "뭔가 방법이 있지 않을까? 사람이 아니라 기계처럼 보일 수 있도록, 뭔가 변장을 한다든가…."

"안. 녕. 하. 세. 요."

루시가 선반 뒤에서 나타나 한나를 향해 기계처럼 뻣뻣한 동작으로 다가왔다. "여. 기. 를. 보. 세. 요." 루시가 기계처럼 어눌한 발음으로 말하며 자신의 귀를 가리켜 보였다. 루시의 귓불이 잘려나간 것처럼 사라져 있었다.

"뭐야? 어떻게 한 거야?"

한나가 일어나 루시에게 다가가 그녀의 귀를 잡아당겼다. 그러자 루시의 귀 아랫부분에서 작은 살색 실리콘 집게 같은 것이 떨어져 나가며 접혔던 귓불이 다시 펼쳐졌다.

"감쪽같았지?" 루시가 한나를 보며 깔깔거렸다. "내가 저 구석에 숨어서 변장하느라 얼마나 힘들었는데. 이 집게 같은 걸 집은 다음에, 거기다 피부색에 맞도록 화장해야 더 그럴듯할 것 같아서."

"어쩐지 한참 동안 조용하다 싶더라." 테오가 루시에게 웃어 보였다. 한나가 그 옆에서 변장 도구를 든 채 테오를 보았다. 의미심장한 눈빛으로 자신에게 고개를 끄덕여 보이는 한나를 본 테오의 얼굴에서 웃음기가 사라졌다.

# 9

 그래, 죽여주게 쉬운 일이군. 얼마나 간단해?
 이안이 중앙통합관리국 로비 소파에 앉아 데스크 너머에 그려진 벽화를 노려보며 속으로 중얼거렸다. 호세는 이것이 소피아의 행방을 알아낼 수 있는 가장 쉽고도 간단한 방법 아니겠냐고 이안에게 말했다.
 ― 그냥 자네 어머니께 가서 여쭤보면 되는 일 아닌가?
 그래, 쉽지. 얼마나 쉬운 일이야. 소피아와 결혼하면서 절연했던 어머니를 17년 만에 다시 찾아가 '어, 저기요, 엄마가 죽어라 경멸하던 제 하층민 마누라가 갑자기 집을 나가버렸는데 말이죠, 제 마누라 지금 어딨는지 좀 찾아주시면 안 돼요?' 하면서 나타나면 어머니가 곧바로 '오, 그래 우리 장한 아들. 내가 당장 찾아주마.' 하면서 단숨에 뿅, 문제가 해결되지 않겠어? 이안이 소파 귀퉁이를 손으로 연신 잡아당기며 생각했다. 누군가가 이미 이 자리에 앉아 오랫동안 이 짓을 했는지 소파 귀퉁이 쪽 천이 늘어나 우글우글해져 있었다. 아마도 수십 년 동안 무시당하는 걸 참고 또 참던 하위계급 중 누군가가 이랬겠지. 이러다 살인이라도 하겠다 싶어서 살인자가 되느니 차라리 고발자가 되자고 마음먹고 여기까지 찾아와서 애꿎은 소파 귀퉁이만 잡아뜯다 그냥 돌아갔겠지. 이안이 벽화를 노려보며 생각했다. 커다란 연꽃을 중심으로 브라만과 크샤트리아, 바이샤, 수드라, 달리트를 상징하는 인물들이 손에 손을 잡고 춤추듯 돌아가는 모습을 형상화한 저 벽화마저 역겹게 느껴졌다. 언뜻 보면 모든 계층의 인간이 서로 차별 없이 화합하는 모습처럼 보이지만 자세히 보면 정반대를 의미하고 있다는 걸 알 수 있기 때문이었다. 브라만에서 하위계급으로 내려갈수록 인간들의 크기가 조금씩 작게 그려져 있었고, 기계를 상징하는 듯한 불가촉천민 달리트는 브라만의 반만 한 난쟁이로 그려진 것도 모자라 갓난아이처럼 벌거벗은 모습이었다. 가운데의 저 연꽃은 '그냥 네가 이번 생에 타고난 계급 주제대로 살아. 네가 수드라로 태어났다면 전생에 큰 죄를 지어 카르마 점수가 왕창 깎여나갔기 때문일 테니. 혹시 알아? 그렇게 고분고분 살다보면 다음 생엔 바이샤나 크샤트리아로라도 태어나게 될지?'라고 속삭이고 있는 것처럼 보였다.

"저… 박사님?"

이안이 소스라치며 소파에서 손을 떼고는 앞에 서 있는 데스크 직원을 바라보았다. 혹시 계속 보고 있었나? 나보고 변상해 달라고 하는 거 아니야? 엄청 비싼 소파 같은데, 얼마나 할까?

"국장님이 올라오시라고 하셨습니다."

직원이 수드라 봉사자 계급 특유의 진갈색 눈동자로 이안을 의아하게 바라보았다. 공손한 손짓으로 엘리베이터 쪽을 가리켜 보이는 직원을 보며 이안이 안도했다. 그래, 눈치 못 챈 모양이로군. 역시 수드라들은 무디다니까. 하긴 색깔도 못 보고 냄새도 못 맡는데, 무디지 않은 게 오히려 이상하겠지. 이안이 자리에서 일어나 엘리베이터를 향해 걸어가며 생각했다. 아니 어쩌면 눈치챘는데 일부러 못 본 척한 건지도 모르지. 높으신 브라만 나리께 이런 사소한 걸로 트집을 잡다가 감점당하면 다음 생에도 수드라 신세를 면하지 못할 거라 판단했는지도. 아, 지금 이런 잡생각을 할 때가 아니야. 이제라도 돌아서서 그냥 나가버릴까?

이안이 사형대에라도 오르듯 엘리베이터에 타며 생각했다. 아, 그러고 보니 17년이 아니라 3년 만에 뵙는 셈이군. 내가 왜 그걸 까먹고 있었지? 아버지 윤회식 날 한나와 둘이서만 찾아갔던 그날의 기억이 너무도 불쾌해 잊고 싶었던 건지도 모르지. 그 무렵엔 소피아와 내일같이 싸우느라 제정신이 아니기도 했고. 이안의 머릿속에 아버지의 윤회식이 열리던 부모님 저택의 풍경이 떠올랐다. 팔십 평생을 사는 동안 결혼을 네 번이나 해서 자식이 넷인 아버지, 두 번의 결혼으로 자식이 둘인 어머니는 십여 년 만에 찾아온 망신거리 막내아들과 그의 열등한 마누라 코드를 물려받은 손녀까지 신경 쓸 겨를이 없는 듯했다. 아니면 애써 못 본 척하며 그들이 어서 가버리길 바라고 있었던 건지도 몰랐다. 브라만에게만 주어지는 최상의 두뇌를 활용해 정부 요직은 물론 법조계, 의료계, 종교계 최고 지위에 오른 자랑스러운 자식들이 그렇게 많은데, 그들이 낳은 순수한 브라만 혈통의 어여쁜 손주들이 할아버지를 둘러싸고 노래하며 현생만큼이나 다복한 내생을 기원하는데, 이 완벽한 인생의 유일한 오점인 막내아들이 왜 갑자기 나타나 훼방을 놓는지 모르겠다고 그들은 생각했는지도 모른다.

"이쪽으로 오시지요."

엘리베이터가 17층에 도착해 문이 열리자 수드라 직원이 다시 공손한 손짓으로 이안을 안내했다. '인간-기계 관계조정국'이라고 커다랗게 쓰인 유리문을 향해 걸어가는 직원의 뒷모습을 보며 이안이 생각했다. 아직 늦지 않았어. 지금이라도 돌아가야 해. 그는 문 앞에 서서 자신을 돌아보는 직원을 보며 망설였다. 뭐 해, 지금이야. 어서 튀어! 이안은 결국 내면의 목소리에 굴복하고 잽싸게 발길을 돌렸다.

"박사님?"

계속해서 불러대는 직원의 목소리도 무시하고 이안은 뛰다시피 엘리베이터로 돌아갔다. 버튼을 누르자 문이 곧바로 열렸다. 그런데 거기 올라타려고 발걸음을 내딛던 이안의 머릿속에 문득 어떤 깨달음이 떠올랐다. 자신의 혈관을 돌아다니는 외계 생체 물질 때문에 자신이 조만간 죽는 일이 생기지 않더라도, 어머니의 윤회 날이 머지않았다는 깨달음이었다. 이게 마지막 기회일지도 몰라. 이번 생에서 내가 어머니를 마주 볼 수 있는 마지막 기회.

제기랄.

닫힌 엘리베이터를 노려보며 낮은 목소리로 욕설을 내뱉고는 이안이 돌아섰다. 그는 관계조정국 문 앞에 당황스러운 얼굴로 서서 자신을 바라보는 수드라 직원을 향해 걸어가며 계속해서 속으로 욕설을 내뱉었다.

# 10

"사람 살려!"

한나가 발밑으로 멀어져가는 극장 건물을 내려다보며 소리쳤다.

"살려줘! 제발!" 그녀는 계속해서 소리를 질러대며 운전 중인 테오의 허리를 힘껏 끌어안았다.

"그만 좀 해! 귀청 떨어지겠다!" 참다못한 테오가 덩달아 소리쳤다.

"너 몇 번 몰아봤다며! 근데 왜 자꾸 이렇게 기우뚱… 으악!" 한나가 테오를 끌어안은 채 눈을 질끈 감았다. 거짓말이었던 게 분명해. 이 녀석 말을 믿으면 안 되는 거였는데. 한나 몸의 모든 신경망을 통해 강렬한 후회의 감정이 퍼져나갔다. 겁에 질린 그녀가 눈을 반쯤만 뜬 채 아래를 내려다보았다. 붉은 극장 지붕이 벌써 쟁반만 해지고 도로 위 차들은 바삐 움직이는 개미 떼처럼 보였다. 한나는 발밑으로 지나가는 장난감 블록 같은 건물들 중 학교와 자신이 사는 주택단지를 알아보고 비명을 질렀다. 차고 세찬 바람이 한나의 벌린 입을 통해 목구멍까지 쏟아져 들어왔다. 스카이윙이 기울면서 단풍으로 울긋불긋한 산이 한나의 오른쪽 시야에 카펫처럼 펼쳐졌다. 왼쪽으로는 솜털 구름이 가득한 광막한 하늘이었다. 한나의 머릿속이 공포로 아득해졌다.

세상에, 난 곧 추락해서 산산이 부서지고 말 거야. 내가 미쳤지. 루시 말을 들었어야 했는데. 내가 거기 발을 들이는 순간 흔적도 없이 사라질 거라는 그 애 말은 과장이 아니라 과소평가였어. 난 거기 도착하기도 전에 루시 말처럼 될 거야. 테오 이 자식하곤 학교에서도 서로 생까는 사이였는데 어쩌다 내가 이놈한테 내 목숨까지 맡기게 됐지? 하위계급이랑 어울리지 말라는 사람들 말이 바로 이래선가 봐. 아무리 배우들한테 몹쓸 짓을 하는 억만장자 후원자 거라고 해도, 절도는 엄연히 범죄인데 이 비싼 스카이윙을 거리낌 없이 훔쳐 타다니. 하위계급 사람들은 도덕관념이 희박하다는 사람들 말이 맞나 봐. 우리 엄마만 빼고. 만약 내가 여기서 추락해 산산조각 나지 않는다면, 이 개자식이 게토에서 날 산산이 분해해 팔아먹을 거야.

"사람 살려!"

한나가 눈을 꼭 감은 채 다시 목이 터져라 소리를 질렀다. 그녀의 발밑으로 날아가던 회색빛 새 한 마리가 대꾸하듯 까악, 하며 울었다.

"한나? 한나!"

귀에 대고 큰 소리로 불러대는 테오의 목소리에 한나가 눈을 떴다. 내려다보니 어느새 발이 땅에 닿아 있었다. 저 멀리 낮은 건물들이 보이는 허허벌판에 서 있는 커다란 나무 아래 그들이 탄 스카이윙이 프로펠러가 접힌 채 세워져 있었다. 멋쩍어진 한나가 테오를 끌어안고 있던 팔을 풀었다.

"뭐야… 벌써 도착한 거야?"

"말했잖아. 10분이면 충분하다고." 테오가 무용하듯 유연하고도 힘찬 동작으로 스카이윙에서 내려 주위를 둘러보며 말했다. "걸어서 왔다면 두 시간은 걸렸겠지."

기계로 보이기 위한 진갈색 렌즈에 가려져 있었지만 테오의 눈이 흥분으로 빛나고 있다는 것을 한나는 알아보았다. 귓불까지 집어서 정말 기계처럼 보이는 테오가 햇살 아래 날렵한 금속성 몸체를 빛내고 있는 스카이윙을 뿌듯하게 보며 배낭에서 유령 담요를 꺼냈다.

"이걸로 덮어놓지 않으면 10분도 안 돼서 누가 훔쳐 가버릴 거야. 게토 입구에 세워놓으면 10초도 안 걸리겠지만." 테오가 다시 주위를 두리번거리며 아무도 없다는 것을 확인한 후 스카이윙에 담요를 씌웠다. 유선형 오토바이처럼 생긴 스카이윙이 마법처럼 사라졌다.

테오가 돌아서서 1킬로미터는 족히 떨어져 있는 게토 쪽을 바라보았다. "대신… 좀 걸어야겠다." 그가 한나를 돌아보더니 갑자기 웃음을 터뜨렸다.

"뭐야? 뭐가 잘못됐어?" 당황한 한나가 자기 몸을 내려다보았다. 기계처럼 보이기 위해 할 수 있는 최선을 다한 거였다. 귓불을 집은 다음 어두운 파란색 렌즈를 끼고, 기계들 중 최상류층인 큰 회사 정직원처럼 보이기 위해 소품실을 뒤져 유니폼도 차려입었던 것이다. "왜? 어디가 문젠데?"

"아냐, 너무 그럴듯해 보여서." 테오가 한나를 보며 계속 웃어댔다. "그 잔뜩 주눅 든 표정, 구부정한 자세만 봐도 아무도 의심 안 할 것 같아. 너무 기계랑 똑같아 보여. 지금이라도 진로를 바꿔봐. 너 배우 하면 대성공하겠다, 야!"

"뭐? 너 때문에 죽다 살아나 이 꼴 된 걸 보고 웃음이 나오냐, 지금?"

"워워, 그러니까 다시 사람처럼 보이잖아. 얼른 쭈구리 모드로 돌아가라고."

테오가 주먹을 흔들며 달려드는 한나를 피해 도망치듯 게토로 향했다. 그를 뒤따라 달려가는 한나의 가슴이 흥분과 두려움으로 조여들기 시작했다.

"이게 무슨 냄새지?"

한나가 코를 킁킁대며 테오에게 속삭였다. 금방이라도 무너질 듯 엉성한 집들이 다닥다닥 붙어 있는 게토의 골목길은 지나다니기도 힘들 만큼 비좁았다. 보도는 군데군데 부서졌고 그나마도 깔리다 말아 흙바닥이 드러나 있었다. 하지만 무엇보다도 골목에 들어서자마자 풍겨온 냄새가 한나로 하여금 깨닫게 했다. 그녀가 완전히 다른 세상으로 들어가고 있다는 것을. 난생

처음 맡아보는 야릇하고 역한 냄새에 숨이 막히는 듯했다. 저 더러운 흙벽에 얼룩져 있는 누런 자국 때문일까? 아니면 녹이 슨 배수구에서 흘러나오는 저 끈적끈적한 갈색 액체 때문인 걸까? 한나가 코를 감싸 쥐며 테오에게 바짝 다가붙었다.

"배설물." 기계 노동자가 퇴근하는 길인 듯 당당한 자세로 걸으며 테오가 한나에게 속삭였다. "못 들어봤어? 생체기계들이 뭔가를 먹으면…."

"들어봤어." 한나가 마주 속삭였다. "그런데 그게 이렇게 지독한 냄새를 풍길 줄은…."

한나가 골목 저편에서 달려오는 무언가에 깜짝 놀라 뒤로 물러섰다. 깡말라 뼈만 남은 개 한 마리였다. 듬성듬성한 털이 기름때와 오물에 찌들어 원래 털 색깔이 무엇인지조차 알 수 없었다.

"저리 가!"

침을 질질 흘리며 달려들던 개는 테오가 고함을 지르며 발길질하자 깽깽거리며 돌아섰다. 개는 골목 저편을 향해 비틀거리며 멀어져가다 벽에 오줌을 누었다. 붉은 흙으로 된 울퉁불퉁한 벽에 그려진 알 수 없는 기호들을 보는 한나의 몸이 불길한 예감으로 떨려오기 시작했다.

벽이살갗처럼살아있어불빛과숨소리여기있는걸들키면안돼어서숨어잡히면죽어그들이널붙잡아

또 시작됐어. 한나가 걸음을 멈춘 채 이를 악물었다. 이번엔 음악이 아닌 다른 무서운 것이 녹슨 배수구의 저 갈색 액체처

럼 그녀의 의식에 스며들려 하고 있었다.

"왜 그래?" 테오가 한나를 돌아보며 속삭였다. "무서워? 지금이라도 돌아갈래?"

그래, 그러는 게 좋겠어. 뭔가가 잘못된 것 같아. 아주 심각하게. "아냐, 어서 가자." 한나가 머릿속에서 경고음처럼 울려대는 목소리를 애써 무시하며 다시 걸음을 옮겼다.

"한 푼 줍쇼."

코너를 돌아서자마자 발목을 그러잡는 거친 손길에 한나가 소스라치며 멈춰 섰다. 내려다보니 한쪽은 붉고 다른 쪽은 푸른 혼탁한 두 눈이 한나를 올려다보고 있었다. 남자인지 여자인지, 심지어 인간인지 아닌지조차 구별하기 힘든 그 끔찍한 모습에 한나가 비명과도 같은 신음을 내뱉었다. 제각각 다른 사람들의 신체 부위를 누더기처럼 기워서 만든 듯한 괴물 같은 형상이 한나를 보며 미소 지었다. 입처럼 보이는 틈 사이로 치아가 하나도 없는 텅 빈 구멍 속 어둠이 들여다보였다. 산발이 된 거지의 머리에서 풍기는 부패한 음식물 쓰레기 같은 악취가 코를 찔렀다.

"저도 한땐 사모님처럼 아름다웠답니다. 남편분처럼 멋진 남자한테 사랑도 받았더랬죠." 거지가 녹슨 쇳조각을 긁어대는 듯한 목소리로 말했다. "그 아름다운 기억을 버리고 환생할 수가 없어서, 대신 몸을 버리고 도망쳐 이렇게…."

"그 손 놓지 못해?" 테오가 소리치며 거지가 내민 더러운 그릇에 동전을 던져 넣었다. 피부가 벗겨져 금속으로 된 뼈가 드러난 거지의 손이 이번에는 테오의 발목을 잡았다.

"한 푼만 더 줍쇼, 사장님. 제 꼴을 보세요. 수술비를 못 구해 이 꼴로 살아가고 있습니다. 제 본 모습으로 어서 돌아갈 수 있도록….."

"여깄어! 놔!" 한나가 지폐 한 장을 동냥 그릇에 집어넣으며 소리쳤다.

"아이고 감사합니다, 사모님! 복 받으실 거예요!" 거지가 테오의 발목을 잡았던 손으로 재빨리 지폐를 집어 누더기옷의 벌어진 틈으로 쑤셔 넣었다.

"좋은 업 쌓으셨으니 다음 생엔 인간으로 태어나실 거예요, 사모님! 꼭 그러실 거예요!"

쉿소리를 질러대는 거지를 뒤로한 채 한나와 테오가 빠르게 걸음을 옮겼다.

"기계가 어떻게 환생을 한다고, 말이 되는 소릴 해야지." 한나가 앞서가는 테오에게 속삭였다. "제정신이 아니야. 하긴 애초에 제정신이었다면 기억 따위를 지키겠다고 환생을 거부해 저 꼴이 되진 않았겠지. 대체 어떤 머저리가….."

머리를 빡빡 깎은 한 무리의 기계 아이들이 그들 옆으로 소리를 지르며 달려갔다. 어머니들로 보이는 원피스를 입은 기계 여자 두 명이 소리를 지르며 그들을 쫓아 지나갔다. 그들을 돌아보던 한나는 자신의 몸이 또 떨리기 시작한 것을 깨닫고 머리를 흔들었다. 안 돼, 그것이 또 시작되려는 거야.

"저기 봐."

테오가 한나의 팔을 잡으며 판잣집들이 줄줄이 늘어선 골목 안쪽에 있는 가게 하나를 가리켜 보였다. '기억거래소'라는 간판이 걸린 가게 유리창에 쓰인 색색의 광고문구 중 '전생 기억 복원 가능'이라는 빨간 글씨가 돋보였다. "그런 머저리들이 제법 많은가 보지?" 테오가 한나를 돌아보며 짓궂은 미소를 지었다.

"하! 도무지 이해할 수가 없어." 한나가 두려움을 떨쳐내려 애써 목소리를 높였다. "도대체 왜 그러는 거야? 80년은 넘치지도 모자라지도 않는 딱 적당한 시간이라고." 한나가 그 가게를 향해 이끌리듯 다가가며 말을 이었다. "인간이 권태를 느끼지도, 아쉬움을 느끼지도 않도록 과학자들이 모든 걸 다 계산해서 정한 최적의 생애주기가 그만큼인데 대체 왜…."

"야!"

갑자기 들려온 테오의 고함 소리에 한나가 돌아보려는 순간, 누군가가 그녀를 밀치고 골목 저편을 향해 도망쳤다.

"거기 안 서 도둑놈아?" 테오가 소리치며 열린 배낭을 한 손으로 잡은 채 도망자를 쫓아 달려갔다. 깜짝 놀란 한나가 테오를 따라 달려가며 반쯤 열린 자기 가방에 손을 집어넣었다. 다행히 그녀의 지갑은 그 안에 있었다. 한참을 달려 골목 끝에 이르렀을 때야 테오가 도둑을 붙잡았다. 필사적으로 저항하며 몸부림치는 도둑과 씨름하던 테오가 마침내 도둑의 다리를 걸어 넘어뜨렸다.

"어쭈? 제법인데 자식?" 일어나려는 도둑을 걷어차며 테오가 소리쳤다. 팔다리가 비정상적으로 길고 가는 도둑의 몸이 더러운 길바닥에 나뒹굴었다. 도둑이 주머니에 쑤셔 넣었던 테오의 지갑을 꺼내 들어 보였다.

"살려만 줍쇼…."

벌벌 떨며 애원하는 도둑의 퀭한 눈 아래에 난 찢어진 상처에서 이상한 액체가 배어 나왔다. 그 붉은색의 알 수 없는 액체가 방울져 도둑의 뺨을 따라 흘러내리는 것을 보는 한나의 몸이 다시 경련하기 시작했다. 안 돼, 한나가 주먹을 꼭 쥔 채 머리를 흔들었다.

온다그들이와숨어잡히면죽어그들이널찢을거야갈가리찢어서해부할거야네머리에기계를심을거야기계를심어서널기계로만들거야어서땅밑으로귀를찢는굉음시뻘건협곡시퍼런하늘을날아가는독수리안돼나도새처럼날아서

한나의 머릿속이 아득해지며 다리 힘이 풀렸다. 그녀는 휘청이는 몸을 가누려 테오의 팔을 잡으려 했다. 하지만 테오의 옷자락만이 손끝에 걸렸다. 한나는 옷자락을 놓친 채 땅을 향해 곤두박질치기 시작했다.

이안이 국장실 문을 열고 들어서자 데스크에 앉아 통화 중이던 어머니 베라가 그를 보았다. 튀어, 젠장! 이안의 발이 또다시 제멋대로 출구를 향해 방향을 틀었다. 하지만 베라는 어림도 없다는 듯 그를 노려보며 이리 오라고 손짓하고 있었다. 이안은 자신에게 고정된 연푸른 눈동자에 서린 단호한 기운에 최면이라도 걸린 듯 굴복하며 베라를 향해 걸음을 옮겼다. 10분, 눈 딱 감고 10분만 참으면 돼. 저 양반은 저렇게 늘 바쁜 분이니까, 10분도 너무 길지. 5분만 참으면 될지도 몰라. 아니, 어쩌면 그 전에 내 몸속을 돌아다니는 외계 생체 물질이 날 죽일지도 모르지. 그래, 바로 그거야. 어제도 한 명 죽었는데, 혹시 알아? 오늘은 내 차례일지? 힘내, 제노스! 지금 당장 날 끝장내라고. 너희는 할 수 있어! 이안이 오른손을 엉덩이 쪽으로 숨긴 채 주먹을 힘껏 쥐었다.

"왜 그러니? 오다가 바지라도 찢어진 거니?" 베라가 전화를 끊으며 엉덩이에 가 있는 이안의 손 쪽을 건너다보았다.

"설마요, 하하." 이안이 주먹 쥐었던 손을 풀어 앞으로 내밀며 웃어 보였다. 베라가 그의 빈손을 떨떠름하게 보며 책상에 팔을 괴었다. 젠장, 내가 왜 빈손으로 왔지? 이안이 책상 앞에 놓인 의자에 앉으며 마음속으로 자신을 저주했다. 죽어라, 죽어, 이 머저리 자식. 꽃이라도 한 송이 사 들고 왔어야지. 곧 있을 어머니 윤회식 때문에 왔다고, 그동안 속 썩여서 죄송하다고 하면서 연꽃이라도 한 송이 내밀었다면 이렇게 분위기가 싸하진 않을 수도 있지 않았겠어? 그러면 어머니가 소피아의 행방에 대해 순순히 알려주실 수도 있지 않았겠어? 어이 제노스, 이 게으른 점액질 자식들아 뭐 하는 거야! 일해! 어서 날 죽이라고!

"치통이라도 있나 보지?" 이안의 얼굴을 살피던 베라가 말했다. "용건을 어서 말하고 나가서 치과에 가보는 게 좋겠구나."

"어, 그게…." 이안이 어디서부터 말을 꺼내야 할지 몰라 머뭇거렸다. 분명 많은 말을 준비해 왔는데 메모리가 날아가기라도 한 듯 머릿속이 하얬다.

"용건, 그게 있어서 찾아온 거 아니니? 안 그랬으면 네가 여기까지 올 이유가 없었을 텐데."

"저 혹시, 어머니가 Z-15를 이식하셨는지 궁금해서요. 사실은 요즘 계속 그게 걱정이 됐거든요." 그래, 바로 이거야. 어머니 건강이 걱정돼서 왔다고 하면 조금은 마음이 풀어지시지 않을까? 아, 말해놓고 보니 실제로 걱정되는데?

"이안, 넌 역시 날 모르는구나." 베라의 입가에 씁쓸한 미소가 떠올랐다. "윤회식이 고작 몇 달밖에 안 남았는데, 내가 그걸 이식받는다면 국가 예산을 쓸데없이 축내는 일이 되지 않겠니? Z-15가 재사용이 가능한 임플란트도 아니고."

"아, 다행입니다. 이제야 마음이 놓이네요. 실은 그 임플란트의 안정성에 대한 의문이 요즘 제기되고 있어서…."

"그것도 이식을 고사한 이유 중 하나였다." 베라가 말했다. "윌리엄이 제일 먼저 거기에 대한 의문을 제기한 전문가 중 하나였다는 건 알고 있겠지? 그 애가 이식을 보류하자고 우리 가족을 포함한 고위층 인사들을 열심히 설득하고 다녔단다."

오, 어련하시겠어요. 이안이 속으로 빈정거렸다. 언제나 어머니 마음속 1등인 자랑스러운 의학박사 윌리엄. 과학자들은 다 이상주의자 머저리들이니 믿으면 안 된다고, 이안만 봐도 '자명한' 일 아니냐고 떠벌리고 다녔겠지. 인간들 몸을 치료할 줄 모르는 과학자들이 인체가 어떻게 돌아가는지 진정으로 이해하지 못하는 건 '자명한' 일이라고, 의료계 전문가들이 보기에 이 프로젝트는 자살폭탄 테러나 마찬가지라고 입에 게거품을 물고 열변을 토했겠지. 아버지 윤회식에서 그랬듯 말끝마나 그 망할 '자명하다'는 말을 덧붙여가면서 말이야. 제길, 그런데 이번엔 어쩌면 그 개자식 말이 맞았을지도….

"그게 다니?" 베라가 더 이상 내 귀한 시간을 낭비하지 말라는 듯 냉정한 눈빛으로 이안을 보았다.

"아뇨, 실은…." 이안이 어머니의 책상에 놓인 액자를 건너다보며 머뭇거렸다. 액자가 베라 쪽을 향해 있어 거기에 무슨 사진이 들어 있는지는 볼 수 없었다. 분명 윌리엄과 그의 완벽한 의학자 동료 아내, 그 둘의 백 퍼센트 순종 브라만 아들 사진이 들어 있겠지. 윌리엄을 쏙 빼닮은 그 짱구머리 아들 이름이 뭐라고 했더라?

"참, 저 재혼한 건 알고 계시죠? 의식향상연구소 책임연구원인 린하고요. 정말 멋진 여자예요. 어떤 면에선 저보다 똑똑한 과학자이기도 하고요. 눈도 저보다 더 맑은 푸른색이죠." 브라만, 브라만, 브라만. 하위계급 코드는 1비트도 안 섞인 순종 중의 순종 브라만이라고요!

"그래, 네가 작년에 전화로 알려줬었지. 언제 한번 보자고 해놓고 바빠서 연락을 못 했구나." 베라의 연푸른 눈동자에 처음으로 흥미의 기색이 어렸다. "린하고 아이를 갖기로 한 거니?"

"네? 아, 네 그럼요." 아뇨, 전혀 그럴 계획 없는데요. "그런데 지금 당장은 갖고 싶어도 그게 불가능해서요. 어머니도 아시잖아요. 요즘 에너지 효율부에서 얼마나 까다롭게 구는지요. 브라만은 결혼을 몇 번 하든 아이를 한 명씩 더 가질 수 있던 호시절은 끝난 지 오래죠. 요즘엔 브라만이 더 아이 갖기가 힘듭니다. 하위계급에 비해 에너지 소모가 너무 심하다 이거죠. 게다가 전 이미 아이가 있어서 더…." 그만, 그만 좀 떠벌거려. 이안이 입을 다물고 베라의 눈치를 보았다. 베라의 얼굴은 다시 떨떠름한 표정으로 돌아가 있었다. 마치 넌 그 귀한 기회를 멍

청한 선택으로 네 혈통을 더럽히는 데 낭비했구나, 비난하는 듯 보였다.

"진짜 용건이 뭐니?" 베라가 벽시계를 넘겨다보며 물었다. 벌써 4분이 지나가 있었다. 어머니가 자신에게 할애할 수 있는 시간이 1분도 안 남았을지 모른다는 생각에 이안은 초조해졌다.

"어머니는 알아낼 수 있으시죠?" 이안이 물었다. "아무런 흔적도 없이 사라져버린 인간이 지금 어디에 있는지, 클릭 한 번, 전화 한 통만으로 곧바로 알아낼 수 있으시죠? 예전에 중앙정보국 국장이시기도 하셨고…."

"혹시 지금 나한테 소피아를 찾아달라고 부탁하려는 건 아니겠지?"

"알고 계셨어요? 소피아가 실종됐다는 걸?" 이안이 베라의 싸늘한 눈빛을 마주 보며 물었다. 어머니가 그 사실을 파악하고 있었다는 것보다 거기에 관심을 가졌었다는 사실이 더 놀랍게 느껴졌다. 어머니는 소피아와 자신의 관계에 대해 처음 알게 되었던 그때부터 철저한 무관심으로 소피아에 대한 경멸을 표시했었으니까. 어머니가 차라리 날 미워하시기라도 하셨으면 좋겠다고 소피아도 몇 번이나 얘기하지 않았던가? 어머니는 무관심이 증오보다도 강력하게 상대에게 경멸을 표현하는 방법이라는 걸 누구보다 잘 알고 있었다. 그래서 소피아가 아예 존재하지도 않는 사람인 듯 행동했었다. 그런데 어떻게 알았을까, 소피아가 날 그냥 떠난 게 아니라 아예 자취를 감췄던 거라는 걸?

"그거야 불 보듯 뻔한 일 아니겠니?" 베라가 말했다. "윤리라는 건 고도로 발달된 의식으로만 이해할 수 있는 고차원적 개념이다. 브라만의 의식이 하위계급의 그것과 비교할 수 없을 정도로 엄청난 에너지를 소모하도록 만들어져 있는 건 바로 그런 이유 때문이야. 인간이 윤리적으로 사는 데는 막대한 에너지를 필요로 해. 하지만 하위계급의 육체는 그것을 감당할 수 있도록 설계돼 있지 않다는 걸 알지 않니. 그게 네가 그 애와 결혼하는 걸 내가 그토록 반대했던 이유…."

"또, 또, 시작하시네." 이안이 자기도 모르게 언성을 높였다. "그놈의 닳고 닳은 계급 차별주의자 레퍼토리 좀 집어치우세요. 지금 같은 에너지 위기 시대에 에너지 낭비가 뭐 큰 자랑거리라도 되는 것처럼. 언제는 직관 때문이랬다가, 어떨 땐 지능 때문이라고, 다른 때는 심지어 감성이 뛰어나기 때문이라고 하죠. 에너지 소모가 크다는 게 무슨 도깨비방망이라도 되는 듯 뭐든 갖다 붙이면서, 이젠 그게 브라만이 특별히 윤리적이기 때문이라고요?" 이안이 코웃음 쳤다. "제가 내기 하나 하죠. 브라만이 범죄를 저지르면 어머닌 윤리적 일탈도 뛰어난 의식 수준을 가진 사람만이 할 수 있는, 틀에 박힌 사고를 뛰어넘는 탁월한 상상력을 가졌다는 증거라고 갖다 붙이실걸요?"

"그렇다면 말해보렴." 베라가 입가에 조소를 띤 채 말했다. "그 아이가 남편과 자식을 버리고 떠난 적이 없다고, 결혼과 양육이라는 법적인 책임을 헌신짝처럼 내팽개치고 도망쳐버린 적이 없다고 말이야. 가족들이 얼마나 걱정하든 말든 연락 한번 없이, 중범죄를 저지른 인간쓰레기들이 그러듯 아무런 자취도 남기지 않고 사라져버린 적이 없다고, 내 두 눈을 똑바로 보면서 한번 말해보렴."

이안이 아무런 대답도 못 한 채 베라를 바라보았다. 베라의 두 눈에 얼핏 동정하는 듯한 눈빛이 어렸다.

"인생에서 중요한 순간들은 때로 가면을 쓴 채 다가와 우리를 헷갈리게 만든단다. 인생 최악의 불운이 행운의 가면을 쓰고 오기도 하고, 인생 최고의 행운이 불운의 가면을 쓰고 나타나기도 하지." 베라가 말했다. "소피아가 네 인생에 나타났던 게 꼭 전자였다고 말하고 싶진 않다. 하지만 그 애가 네 인생에서 사라진 일은 확실히 후자 같구나. 그렇게 생각하고 그만 잊어버리는 게 최선이라고…." 책상에서 울리기 시작한 전화기를 내려다보며 베라가 말했다. "난 생각한다. 그러니 네가 하려는 그 시간 낭비에 내가 도움을 줄 거란 기대는 접어두렴."

베라가 전화기를 집어 든 채 일어서며 이안에게 가보라는 손짓을 해 보였다. 그러고는 책상 뒤에 설치된 칸막이 뒤로 사라졌다. 이안은 칸막이 뒤에서 나지막하게 들려오는 어머니의 목소리에 귀 기울인 채 그 자리에 앉아 있었다. 하지만 목소리가 너무 작아 뭐라고 말하는지는 알아들을 수 없었다. 이안은 의자에서 일어나 돌아서다 문에 붙은 포스터를 보고 헛웃음을 터뜨렸다. 로비의 벽화를 그린 화가가 그린 듯한 그 포스터에는 인간이 기계를 보호하듯 끌어안은 모습이 그려져 있었다. 벽화에서처럼 브라만은 기계보다 두 배는 더 크고 잘 차려입은 데 비해 기계는 벌거벗은 난쟁이로 묘사돼 있었다.

역겨워서 토할 것 같아. 이안이 문으로 다가가며 치를 떨었다. 위선. 위선. 위선. 이 건물 안 모든 게 다 위선이고 가식이야. 인간-기계 관계조정국? 미친 정부 기관 사기꾼 새끼들. 그냥 기계억압고문국이라고 솔직히 써놓으면 뭐 전산망에 버그라도 일어나나? 어머니도 지금 저 칸막이 뒤에서 기계 레지스탕스 색출 작전이라도 지시하고 있는 거겠지. 아니면 기계를 돕는 인간들을 찾아내 처벌하는 프로젝트를 진행 중인 건지도 모르지. 저 뼛속까지 위선 덩어리인 인간들이 무슨 음모를 꾸미고 있는지 누가 알겠어?

이안이 문을 열고 복도로 나서며 속으로 욕설을 내뱉었다. 젠장. 내가 대체 뭘 기대했던 걸까? 어머닌 절대 소피아를 찾도록 도와주지 않을 거라는 걸, 오히려 내가 그걸 원한다는 걸 알고 이제부터라도 날 방해하려 할지도 모른다는 걸, 왜 내가 굳이 여기까지 와서 확인해야 했던 걸까? 점액질. 그래, 바로 그 빌어먹을 것 때문일 거야. 내 혈관 속에서 돌아다니는 그 생각하는 피, 지금도 내 몸 구석구석에 스며들어 날 유기체처럼 죽어가도록 만들고 있는 그 망할 외계 생체 물질 때문일 거야.

온다그들이와숨어잡히면죽어그들이찢을거야어서땅밑으로굉음굉음굉음협곡하늘협곡자꾸만미끄러져발이손이안돼잡아줘아빠제발안돼날아가는날아가는날아가는안돼안돼안돼

"한나! 한나!"

누구? 한나? 그게 누구야? 눈을 뜨니 들여다보는 남자. 낯선 남자. 이상해. 저 남자 사람 아니야. 여기가 어디야? 둘러보니 저기에 머리, 머리, 머리, 잘린 머리들. 다리, 다리, 다리, 팔, 팔, 손, 손, 손가락들, 파란 눈,

"왜 그래? 괜찮아?"

갈색, 검은색, 금색, 붉은색 눈, 눈, 눈, 눈동자들

"저… 저기!"

손가락을 들어 가리키자 남자가 그쪽을 돌아본다.

"아, 괜찮아. 한나. 저것들은 시체가 아니야. 이식용 장기 같은 거라고나 할까? 저긴 그냥 가게야." 남자가 날 본다. 사람인 척하는데 사람 아니야. "신체 부위들을 교체해주는 일종의 암시장 같은 곳인 셈이지."

뭐지? 방금 내가 어떻게 됐던 거지? 한나가 소스라치며 몸을 일으켰다.

"괜찮아?" 테오가 한나의 손을 잡아 끌어당기며 물었다. "깜짝 놀랐잖아. 도둑놈 내빼는 거 보고 돌아보니까 네가 쓰러져 있어서. 놀라서 기절이라도 한 줄 알고…."

"괜찮아. 나 멀쩡해." 내 몸이 내 몸 같지가, 내 머리가 내 머리 같지가 않게 느껴진다는 것만 빼고. 한나가 공포를 억누르려 애쓰며 '신체 개조'라는 간판이 걸린 가게 진열장에 매달린 신체 부위들을 가리켰다. "저것들 보고 식겁해서 거의 기절할 뻔하긴 했어. 안 그래도 네가 도둑놈이랑 싸우는 거 보고 놀랐는데, 저것들까지 진짜 토막 난 시체인 줄 알고." 뭐지? 대체 내 몸에서 무슨 일이 벌어지고 있는 거야? 그 굉음, 그리고 붉은 협곡은 대체 어디에 있는 거지? 거기서 무슨 일이….

"나도 지난번에 왔을 때, 저거 보고 놀라서 기절하는 줄 알았어. 끔찍한 상상이 한꺼번에 밀려드니까 신경망에 과부하가 일어났던 건지, 의식을 보호하려고 두뇌가 잠깐 휴면 상태에 빠졌던 것 같달까?"

"맞아! 그랬던 것 같아. 그냥 잠깐 멍했다가, 이제는 멀쩡해졌어!" 한나가 신체 개조 샵을 향해 걸음을 옮기며 생각했다. 하나도 안 멀쩡해. 내 몸이 꼭 다른 사람 몸 같아. 내 진짜 몸은 어디 다른 데 버려져 있고 엉뚱한 몸을 입고 있는 것 같은 이 끔찍한 기분. 무서워. 꼭 내 뇌가 다른 사람 의식에 잠식당했던 것 같아. 바이러스. 그래, 정말 바이러스 때문인 걸까? 그 전생 바이러스라는 것이 내 두뇌를 갉아 먹기 시작한 걸까?

"야, 무서워 기절할 것 같다면서 또 왜 굳이 가서 들여다보려는 건데?" 테오가 한나를 따라오며 물었다. "이제 그만 돌아가자. 일진이 벌써 이렇게 안 좋은데 더 있다가 또 무슨 일이 일어날지…."

"가긴 어딜 가? 여기 언제 또 올 수 있을지 모르는데?" 한나가 진열장에 걸려 있는 머리 하나를 들여다보며 말했다. 눈도 치아도 머리카락도 없는 저 텅 빈 머리가 마치 악몽에서 본 얼굴처럼 나를 보고 있어. 뭐? '악몽'? 그게 무슨 말이지?

"야, 그러면 여기서 이러지 말고 서둘러야지. 벌써 한 시간이나 지났어. 이러다간 해 떨어지기 전까지 못 돌아가겠다." 테오가 한나의 팔을 잡아끌며 코너를 돌았다. 그러자 넓어진 보도 양편으로 줄줄이 늘어선 신체 개조 샵들이 보였다. '환생일까지 기다릴 필요 없습니다' '지금 당장 최고급 신체로 다시 태어나세요' '미사용 최신 안구' '최고 사양 최저 가격' '날의실 완비' 같은 광고문구들이 가게마다 어지럽게 붙어 있었다.

한나는 신체 부위들이 매달린 진열장들을 보지 않으려 애쓰며 걸음을 서둘렀다. 방금 지나친 가게에서 누군가의 외침 소리가 새어 나왔다. 비명인지 웃음인지 구분할 수 없는 기괴한 소리였다. 악몽. 한나의 머릿속에 그 이상한 단어가 다시 떠올랐다. 퇴근하는 길인 듯한 남자 기계 노동자 둘이 한나와 테오를 지나쳐 앞서 걸어갔다. 회색 작업복 점퍼를 걸친 그 기계들은 자신과는 상관없는 상품들에 눈길도 주지 않은 채 빠른 걸음으로 멀어져갔다. 수드라 남녀 한 쌍이 한 가게 앞에서 카우보이 모자를 쓴 사장과 흥정하고 있었다.

"이천오백."

"에이, 삼천도 많이 깎아준 거야. 우리도 남는 게 있어야 장사를 하지. 대신 접골비는 안 받을게."

그 옆 가게에서 걸어 나오던 바이샤인 듯한 남자가 주위를 둘러보다 한나와 눈이 마주쳤다. 다른 사람의 몸을 입은 듯 어색한 남자의 걸음걸이와 멍한 눈빛을 보던 한나의 몸이 다시 떨려왔다. 안 돼, 한나가 외면하며 머리를 흔들었다. 의자에 앉아 있던 호객꾼이 손가락이 여섯 개인 손으로 머리를 긁적이다 한나에게 침 뱉는 시늉을 했다.

"괜찮아? 그만 돌아갈까?" 테오가 한나의 겁먹은 얼굴을 돌아보며 속삭였다.

"아냐, 계속 가." 한나가 이를 악물며 테오의 팔을 붙잡고 더 빠르게 걸었다. 벽을 따라 달려온 정체불명의 조그만 기계 동물 한 마리가 깨진 배수구 틈으로 들어갔다. 한나는 소리를 지르지 않으려 심호흡하며 눈을 감았다. 하지만 어디선가 풍겨오는 역겨운 냄새만큼은 눈을 감아도 떨쳐낼 수 없었다.

"잠깐, 저쪽으로 갔었나?"

테오가 골목 끝에서 멈춰선 채 두리번거렸다. 그러다 판잣집들이 즐비한 오른쪽 골목으로 걸음을 옮겼지만 확신이 서지 않는 모양이었다. 건너편 집의 손바닥만 한 더러운 유리창 너머에서 누군가의 두 눈이 그들을 엿보고 있었다.

"어디쯤이었는지 기억이 잘 안 나?" 한나가 물었다.

"아무래도 1년 전이었으니까." 테오가 계속 두리번거리며 말했다. "게다가 그땐 매니저가 가는 데로 따라가기만 했고. 모든 게 낯설고 무서워서 정신이 없었기도 했… 아! 그래, 저거!" 테오가 기계들 한 무리가 걸어오는 건너편 큰길 쪽을 가리켰다. "저기 저 멀리 굴뚝 보이지? 저거 기억 나. 저기 무슨 공장 같은 게 있었던 것 같고, 그 옆 창고 같은 데서…" 테오가 한나의 팔을 끌어당기며 걸음을 서둘렀다. "그래, 이제 기억난다. 저기 저 노란 집도. 여기서 별로 안 멀었네? 얼른 가자, 한나."

"아까 그 신체 개조 샵에서 나오던 파란 옷 입은 남자 봤어?" 테오가 그의 옆을 지나가는 기계 남자 둘을 경계하듯 노려보며 한나의 귀에 속삭였다. "분명 머리부터 발끝까지 새 몸으로 '갈아입고' 나오는 거였을 거야. 가게마다 그렇게 쓰여 있었잖아. '탈의실 완비' '접골사 상시 대기'. 그쪽 세계에선 그걸 몸을 '갈아입는다'라고 하나 봐. '접골사'라는 건 그 조각난 장기들을 꿰맞춰주는 기술자를 말하는 거겠지."

"왜 그렇게까지 하는 거지? 그거 불법이잖아?" 한나 역시 테오에게 속삭였다. "그런 몸으로 돌아다니다 경찰에 걸리기라도 하면 어떡해?"

한나가 길 건너에 쪼그려 앉아 뭔가를 피우고 있는 한 기계 남자를 발견하고 놀라서 테오에게 바짝 달라붙었다. 한쪽만 남은 기계 남자의 눈동자는 혼탁한 검은 색이었고 흰자는 온통 붉게 물들어 있었다. 그 붉은 눈으로 한나를 노려보고 있는 기계 남자는 끔찍한 병에 걸렸는지 피부가 나무껍질처럼 쭈글쭈글했고 턱 밑에도 머리카락이 길게 자라 있었다. 몸이 또 떨리는 것을 느낀 한나가 황급히 고개를 돌렸다.

"경찰에 걸리면 그대로 붙잡혀 폐기되는 거지. 그런 몸으로 어디 취직인들 할 수 있겠어? 무허가 신체에 위조된 신분인 게 곧바로 들통날 텐데. 한순간의 잘못된 선택이, 그들을 다시는 정상적인 삶으로 돌아갈 수 없도록 만드는 거지." 테오가 말했다.

한나의 시선은 이제 이끼인지 곰팡이인지 모를 것에 뒤덮인 벽에 그려진 낙서들에 머물러 있었다. 게토 입구 쪽에서도 보았던 저 이상한 기호 같은 것이 무엇을 뜻하는지 아무리 들여다봐도 이해할 수 없다는 것이 한나를 더 불안하게 만들었다.

테오가 골목 끝에서 다시 오른쪽 길을 택해 걸음을 재촉하며 말을 이었다. "현생의 소중한 기억을 버리기가 싫어서, 아니면 날 평생 괴롭혀 온 누군가한테 복수하고 싶어서, 아니면 내가 현생에선 아무리 애써도 가질 수 없는 걸 갖고 싶어서, 어느 날 그 거리를 찾아가 둘러보다가 한 가게에 충동적으로 들어가 몸을 '갈아입기'로 결정을 한 거야. 그때부터 예전의 자신은 유령처럼 증발해버리고, 그 자신이 살아 있는 유령이 되어 범죄를 저

지르는 거지. 그러고는 경찰에게 붙잡힐까 봐 도망 다니다 또다시 몸을 갈아입고, 그러다 또 범죄를 저지르고…. 그렇게 악순환이 반복되겠지."

"그런 삶이 대체 무슨 의미가 있어? 그건 결국 아주 빠르게 돌아가는 환생이나 마찬가지 아니야? 게다가 점점 좋아지기는커녕 더 나빠지기만 하는 환생." 한나가 주위를 두리번거리며 말했다. 골목길이 점점 넓어지면서 집도 인적도 드물어지고 있었다. "그냥 정상적인 환생 주기를 따라가면 될 걸, 왜 굳이 그렇게 사서 고생하는 길을 택하는 거냐고. 80년이라는 환생 주기가 너무 짧다고 느껴져서 택한 길이, 오히려 80일을 주기로 반복되는, 불안감에 가득한 환생을 계속해서 겪게 되는 걸 뜻할지 모른다는 걸 왜 미리 예상하지 못하는 거야?"

"너야 브라만으로 태어났으니 이해 못 하는 게 당연하겠지." 테오가 말했다. "하지만 하위계급으로 내려갈수록, 그런 유혹에 한 번이라도 흔들려보지 않은 사람 찾기가 더 어려울걸? 아, 다 왔다. 저 공장! 그 옆에 저 회색 창고들 보이지? 저 중 하나가…." 테오가 걸음을 늦추며 경계의 눈빛으로 주위를 둘러보았다. 창고 주변에서 짐을 나르던 기계 노동자 두어 명이 테오와 한나를 놀아보았다. 근처에서 뭔가를 태우는 듯 매캐한 연기 냄새가 났다.

"야, 브라만이라고 꼭 그런 유혹에 흔들리는 법이 없으리란 법은 없지." 한나가 갑자기 떠오른 생각에 집중하며 말했다. "지금 생각났는데, 아까 신체 개조 샵에서 나오던 그 파란 옷 남자가 혹시 브라만이었던 건 아닐까? 브라만 고위층 인사인데 사적으로 복수할 일이 생긴 거야. 그래서 그 가게에서 몸을 갈아입고, 범죄를 저지르러 도시로 돌아가는 거지. 그리고 거기서 복수를 한 다음에 다시 그 가게로 돌아와 원래 몸으로 다시 갈아입고, 아무런 일도 없었다는 듯….”

"야! 거기 뭐야? 응? 너 뭐야?"

갑자기 들려온 고함 소리에 한나가 놀라 숨을 멈추며 소리 나는 쪽을 건너다보았다. 건장한 기계 남자 셋이 테오를 향해 달려오고 있었다. 테오가 한나 앞을 막아선 채 주먹을 쥐고 싸울 자세를 취하며 소리쳤다. "뭐긴 뭐야, 사람이지! 사람이 사람 찾아왔는데 뭐 문제 있냐?"

"사람?" 테오에게 다가온 기계들 중 금발인 남자가 공격 자세를 누그러뜨리며 물었다. "사람 누구?"

한나가 테오 뒤에 숨은 채 그들을 넘겨다보며 몸을 떨었다. 아, 저 기계들은 자기들끼리 서로를 사람이라고 부르나 봐. 테오는 그걸 어떻게 알았지?

"오토." 테오가 놀랄 만큼 태연한 태도로 고개를 치켜들며 기계 남자들을 둘러보았다. "그 왜 기계들 동네 극장에서 매니저로 일한다는 사람 있잖아? 그 극장 이름이 로커스트랬던가 로터스랬던가…."

기계? 옆에서 듣던 한나가 귀를 의심했다. 그러니까 저 기계들이 자기들끼리는 사람들을 기계라고 부른다는 거야?

"아, 그 샌님?" 붉은 머리의 가장 건장한 기계 남자가 옆에

선 키 큰 갈색 머리 기계를 돌아보며 말했다. "그 왜 한 달에 한 번 공연 나부랭이 한답시고 여기 와서 존나게 성가시게 하는 그 샌님 말하는 거 아니야?"

"아, 그 왕재수 새끼?" 키 큰 기계가 테오를 위아래로 경멸하듯 훑어봤다. "기계들 밑에서 일한다고 지가 기계라도 된 것처럼 거들먹거리는 그 왕밥맛 재수탱이? 그 부역자 새낄 왜 여기 와서 찾아?"

"그놈은 저 건너편 마을 살아. 저기 가서 물어봐." 금발 머리 기계가 테오에게 공장 건너편 주택가 쪽을 가리켜 보였다.

"아, 알겠어. 고마워 친구들!" 테오가 경례하듯 인사해 보이고 한나를 잡아끌며 기계들 틈으로 빠르게 걸음을 옮겼다.

기계들 틈을 빠져나오자 테오가 속도를 더 높이며 한나에게 속삭였다. "더 빨리."

한나가 뛰다시피 빠른 걸음으로 테오를 따라가며 뒤를 흘끔 돌아보았다. 기계들이 여전히 두 사람을 노려보며 자기들끼리 뭔가를 수군대고 있었다.

"잡아!" 붉은 머리 기계가 두 사람에게 달려오며 소리쳤. "저 새끼 사람 아냐!"

기계 남자들이 순식간에 달려들어 테오를 덮쳤다. "놔!" 테오가 그들에게 주먹을 휘둘러대며 저항했다.

"그 손 못 놔?" 한나가 붉은 머리 기계에게 달려들며 소리쳤다. 하지만 그 기계의 팔을 잡아당긴 순간 돌아선 기계가 날린 주먹에 얼굴을 맞고 바닥에 나뒹굴었다.

"그만둬!"

뒤에서 들려온 여자의 외침에 테오를 구타하던 기계들이 일제히 멈추고 그쪽을 돌아보았다. 흰색 가운을 걸친 한 기계 여자가 놀란 얼굴로 한나를 내려다보고 있었다. 미카와 비슷한 모래 빛 피부에 검은 단발머리인 그 기계의 검은 눈동자를 마주 본 한나의 머릿속이 아득해지며 온몸이 걷잡을 수 없이 떨리기 시작했다.

"보스!" 갈색 머리 기계가 테오의 귀에서 떼어낸 집게를 기계 여자에게 들어 보이며 소리쳤다. "첩자예요. 기계 놈이 이렇게 사람처럼 분장하고 감히 우릴 염탐하러 왔다구요!"

붉은 머리 기계가 한나의 배를 걷어차며 소리쳤다. "죽여버려야 돼!"

갑작스러운 고통에 몸부림치면서도 한나는 두 눈을 기계 여자에게서 뗄 수 없었다. 실험실에서 입는 것 같은 가운을 입은 저 기계의 크지 않지만 단단한 체구, 자신을 보는 눈동자에서 뿜어져 나오는 날카로운 눈빛이 한나의 뱃속보다도 더 깊은 곳에 있는 무언가를 찌르고 베어내는 것만 같았다. 붉은 머리 기계가 한나의 배를 더 세게 걷어차며 소리쳤다. "보스, 명령만 하세요. 우리가 죽일게요!"

"내가 그만두라고 말하지 않았나?" 보스라고 불린 기계가 말했다. 목청을 높이지 않았는데도 그녀의 얼굴에 서린 단호함이 기계 남자들의 움직임을 일순간에 멈추게 만들었다.

"거기 내버려두고, 가서 너희들 볼일 봐라." 보스가 말했다.

한나는 극심한 고통에 몸부림치며 자신에게 다가오는 기계를 노려보았다. 그녀의 검은 눈동자를 처음 보았을 때부터 시작된 온몸의 경련이 더 심해져 도저히 멈출 수가 없었다.

"이 기계들은 내가 직접 처리하겠다. 도움이 필요하면 부르마." 보스가 한나 앞에 멈춰 서서 그녀를 내려다보았다.

안 돼, 한나가 소리쳤지만 목소리가 목구멍에 걸린 듯 나오지 않았다. 한나가 경련하는 몸을 뒤틀며 자신에게 다가오는 보스를 향해 비명을 지르려 안간힘썼다. 저리 가! 안 돼! 한나의 목소리는 목구멍에 여전히 걸려 있었고 그 대신 어떤 기억 하나가 그녀의 머릿속에 튀어나왔다. 손에 든 날카로운 무언가로 마치 통조림을 따듯 자신의 두개골을 여는 데 집중한 저 기계 여자의 침착한 얼굴. 한나의 목구멍에 걸려 있던 목소리가 마침내 기괴한 비명이 되어 튀어나왔다. "안 돼!" 그와 동시에 한나의 의식이 기계 여자의 검은 눈동자와도 같은 깊은 어둠 속으로 빨려들기 시작했다. 안 돼. 안 돼. 안 돼. 한나의 비명이 어둠에 아무런 생채기도 남기지 못한 채 산산이 부서져 흩어졌다.

난 지금 내가 아니야.

그래, 나 대신 다른 남자의 의식이 지금 내 몸에 들어와 있는 거야. 여기 있는 건 내가 아니라 다른 미친놈이라고. 이안이 차창 너머로 보이는 중앙기억센터 건물 정문에 시선을 고정한 채 생각했다. 아침에 저 안에서 보았던 교육부 장관의 겁에 질린 황금색 눈동자가 이안의 머릿속에 다시 떠올랐다. Z-15를 이식받은 사람들은 오늘 중으로 기억을 백업하러 중앙기억센터를 방문 바란다는 정부의 소환장 때문이었다. 교육부 장관은 소환장을 받고 이안처럼 한달음에 달려온 몇 안 되는 사람 중 하나였다. 센터 지하 1층 검진실 앞 복도의 대기 의자에서 이안의 옆자리에 앉게 된 그녀는 건반을 연주하듯 자신의 왼쪽 손등을 초조하게 두드려대고 있었다. 세계 최고의 음악가였던 사람답게 그 무의식적인 손놀림마저도 전문적으로 보였다.

— 도대체 저 정부 놈들이 무슨 짓을 하려는지 어떻게 믿겠어요?

교육부 장관은 자신이 정부 관료가 아니라 여전히 음악가라는 착각에 빠진 듯 검진실 문을 노려보며 이안에게 속삭였다.

— Z-15가 인체에 치명적이라 사람들이 죽어 나간다고요? 그러면 애초에 이식을 권장하질 말았어야죠.

장관의 목소리가 오페라의 비극적인 장면에서 성악가가 내는 비브라토처럼 이안의 귓가에서 떨려왔다.

— 이건 분명 에너지 효율부 그 백정 놈의 새끼들이 꾸민 짓이에요. 그놈들에게 '비협조적'인 인사들을 이번 기회에 다 갈아치우려고 이 개수작을 하는 거라고요. 저 안에서 기억을 백업하는 척하면서 내 의식을 추출해내겠죠. 그렇게 간단히 날 폐기해버리고, 껍데기만 남은 몸에다 가짜 의식을 집어넣을 거예요. 날 자기들 명령에 찍소리도 못하는 꼭두각시로 만들려고요. 예술 나부랭이 따위 인간의 삶에 아무런 도움도 안 된다, 어마어마한 에너지 낭비이자 의식의 낭비일 뿐이니 예술교육이니 경연이니 당장 다 때려치워야 한다. 자기들이 내 귀에 못이 박히도록 들볶아왔던 이 말을 내 입으로 하게 만들려고 이런 짓거릴 하는 거라고요.

자신의 손등을 더 빠르게 두드려대는 교육부 장관의 긴 손가락을 바라보며 이안은 생각했다. 하지만 그렇다면 이 여잔 왜 제 발로 여기까지 찾아온 거지? 누가 억지로 끌고 온 것도 아닌데 제 발로 이렇게 9시 정각에 제일 먼저 여기로 왔잖아? 이안의 머릿속 생각을 읽기라도 한 듯 장관이 그에게 속삭였다.

― 하지만 만에 하나라도 저들의 말이 사실이라면 어쩌나 하는 걱정이 들더라고요. 제 머릿속에 들어 있는 이 모든 음악과 영감, 이것들이 정말로 그 망할 놈의 제노스란 것 때문에 파괴되어버린다면, 저 자신뿐만이 아닌 인류 전체에 돌이킬 수 없는 막대한 손실이 되지 않겠어요?

그 장관의 말이 신경쇠약에 걸린 예술가의 피해망상이 아니라 사실이었던 거야. 이안이 중앙기억센터 정문을 계속 노려보며 속으로 중얼거렸다. 아침에 저 안에서 놈들이 내 머릿속에서 원래 내 의식을 꺼내고 다른 미친놈의 의식을 집어넣은 거야. 그게 아니라면 내가 여기서 한 시간째 이렇게 죽치고 앉아 저 문을 노려보고 있을 리 없을 테니까. 중앙기억센터 국장이 저 문을 나서는 순간 그를 미행해, 뇌물이라도 먹여 소피아의 정보를 알아내겠다는 미친 집념에 사로잡혀 퇴근하자마자 이리로 달려오진 않았을 테니까. 잠깐, 그런데 생각해보니 논리가 좀 이상한걸? 에너지 효율부 놈들이 날 좀비로 만든 거라면 내가 여기서 이러고 있는 거야말로 에너지 낭비, 시간 낭비 그 자체가 아닐까?

이안이 멈칫하며 고개를 갸우뚱한 순간, 정문을 나서는 국장의 모습이 그의 눈에 들어왔다. 놀란 이안이 급히 고개를 숙여 핸들에 얼굴을 묻다시피 한 채 국장이 주차장을 향해 걸어오는 모습을 지켜보았다. 그래, 저 남자야. 이안이 남자의 걸음걸이와 얼굴을 멀리서나마 자세히 뜯어보며 속으로 쾌재를 불렀다. 아침에 기억 백업을 마친 후 건물을 빠져나오다 로비 입구에 걸린 포스터를 보고 추측했던 그대로였다. 중앙기억센터 설립 420주년 기념행사 홍보 포스터였다. 그 포스터 한쪽 구석에 박혀 있는 얼굴 하나가 왠지 낯익어 가까이서 들여다본 순간, 중앙기억센터 국장이라는 이 남자가 자신과 구면이라는 확신이 이안을 사로잡았던 것이다.

어이, 대체 어디로 가는 거야? 이안이 시내가 아닌 엉뚱한 방향으로 꺾어져 달려가는 국장의 빨간 차를 뒤따라가며 중얼거렸다. 혹시 또 어떤 정부(情婦)를 만나러 가는 길인 건 아닐까? 맞아, 분명 그런 걸 거야, 저 호색한 같으니. 이안이 점점 낮아지고 허름해져 가는 도로변 건물들을 둘러보며 생각했다. 브라만 중 브라만인 저 남자가 비천한 수드라들 사는 동네 쪽에 대체 이 시간에 무슨 볼일이 있겠어? 이안이 빨간 차 뒤에 너무 바짝 붙지 않도록 간격을 둔 채 조심스럽게 차를 몰며 2년 전의 그 만남을 떠올렸다. 아, 그날 입었던 그 양복을 입고 오는 건데, 이안이 뒤늦은 후회로 탄식했다. 그날 저 바람둥이의 정부가 와인을 쏟아 왼쪽 팔 부분에 키다린 얼룩이 생겼던 그 비싼 양복 말이야. 그게 무슨 행사였더라? 현충일? 건국기념일? 그래, 뭐 그 비슷한 우라지게 지루한 행사였지. 대신 코스 요리로 나왔던 음식과 와인은 괜찮았어. 음식까지 별로였으면 내 맞은편에 앉았던 그 육군 장관인지 뭔지 하는 사람처럼 졸다가 수프 그릇에 코를 박을 지경이 됐을지도 몰라. 하긴, 내 옆에 앉아 쉴 새 없이 조잘거리던 국장의 정부 때문에 덜 지루하긴 했지. 그 여자가 말끝마다 '앙리, 앙리,' 하고 어설픈 프랑스식 코맹맹이 소리를 내가며 쉴 새 없이 불평을 늘어놓는 바람에 저 남자의 알고 싶지 않은 비밀까지 다 알게 됐으니. 그땐 아마 중앙기억 센터 국장이 아니라 부국장이었지? 스무 살이나 연상이었던 아내가 환생한 후로 재혼은 안 하고 정부를 매달 새로 갈아치우는 중인 듯했는데, 그 와중에 또 어떻게 출세 가도를 열심히 달려 국장 자리까지 차지했는지 모를 일이야. 그날 저 남자가 내 양복값을 물어주겠다는 걸 쿨하게 사양해놓고 두고두고 후회했는데, 이렇게 그때 일을 써먹을 날이 오게 될 줄이야. 이안이 알록달록한 낡은 건물들이 늘어선 동네로 들어서는 빨간 차를 멀리서 뒤따르며 생각했다. 그런데 혹시 저 헨리란 작자가 그때 일 모른다고 발뺌하는 거 아니야? 아, 역시 그 얼룩진 양복을 입고 왔어야 했어. 그 옷이 너무 소중해 이렇게 아직도 때때로 입고 있다고, 이 얼룩을 볼 때마다 당신과의 인연이 떠오르곤 했다고 하면서 쓸쓸한 미소를 지어 보이면 내 부탁을 도저히 거절하지 못할 텐데.

국장이 탄 빨간 차는 낙서 가득한 초록색 건물 앞에 멈춰 섰다. 이안도 공터에 차를 멈춘 채 먼발치에서 헨리가 차에서 내리는 모습을 지켜보았다. 헨리는 기계들이 손으로 짠 것이 분명해 보이는 고급 양복 매무새를 연신 가다듬으며 맞은편의 낡은 보라색 건물 쪽으로 걸어갔다. 페인트칠이 반쯤 벗겨져 우중충

한 건물 1층에 있는 작은 꽃집에서 꽃을 고르는 헨리의 모습에 이안은 자신의 추측이 맞았음을 확신했다.

아, 이거 꽤 오래 기다려야겠는걸? 이안이 조바심에 입술을 깨물며 수선화를 골라 값을 치르는 헨리의 모습을 지켜보았다. 국장이 꽃다발을 든 채 돌아서서 골목길 안쪽으로 걸음을 옮겼다. 이안이 급히 차에서 내려 뒤를 쫓았다. 담배 가게와 전당포, 노천카페, 구멍가게, 선술집들이 늘어선 좁은 골목 사이를 걸어가던 헨리는 연어색 페인트가 군데군데 벗겨진 한 건물 앞에 멈춰 섰다. 옷매무새를 한 번 더 가다듬은 후 건물 벽에 설치된 비상계단을 걸어 올라가는 헨리의 모습을 지켜보던 이안이 고개를 내저었다. 참 대단한 열정이야. 혹시 밤새도록 저기서 안 나오는 거 아니야? 이안이 허탈함과 왠지 모를 부러움이 뒤섞인 감정에 휩싸인 채 주위를 둘러보았다. 옆에 있는 노천카페의 주인이 행주로 테이블을 훔치며 이안을 수상하다는 듯 흘끔거리고 있었다. 카페 벽은 온통 노란색으로 칠해져 있었고 카페 주인은 빨간색 티셔츠를 입고 있었다. 이안이 골목 쪽 테이블로 가서 앉으며 실소를 터뜨렸다. 이거 무슨 짓궂은 장난 같은 건가? 색깔을 구별할 수 없어서 모든 걸 흑백으로 보는 수드라들이 사는 동네가 이렇게 눈이 아플 정도로 쨍한 온갖 색깔로 뒤덮여 있으니.

"마실 것 좀 드릴까요?" 카페 주인이 이안에게 메뉴판을 건네며 물었다.

"네, 커피 한 잔 주세요. 따뜻한 걸로." 이안이 메뉴판을 훑어

보며 말했다. "아, 파이도 한 조각 주세요." 그래, 긴 밤이 될 것 같으니 이런 거라도 먹으면서 시간을 죽여야겠지. 사과파이? 레몬파이? 아냐, 이런 건 보나마나 과일 향만 살짝 첨가한 설탕 덩어리일 거야. 어차피 다 싸구려 맛일 테니 그나마 제일 무난해 보이는 걸 선택해야지. "피칸파이요."

이안이 메뉴판을 건네받으며 돌아서는 카페 주인의 뒷모습을 보며 생각했다. 저 남자는 자기가 입고 있는 티셔츠 색이 뭔지는 알고 있을까? 하긴, 요즘은 불법 신체 개조술이 워낙 성행하니 색깔 인식 렌즈로 안구를 갈아 끼우는 정도는 다들 하고 있는지도 모르지. 안 그러면 이 동네 인간들이 이렇게 광적으로 색깔에 집착할 이유가 없잖아? 원래 졸부들이 자기들의 부를 어떻게든 티 내고 싶어 안달하는 것처럼, 이 수드라들도 이런 식으로 '우리도 색을 볼 줄 알아요!' '우린 더 이상 색맹이 아니라고요!'라고 외쳐대고 있는 건지도 모르지. 이안이 고개를 돌려 골목에 늘어선 가게들을 둘러보았다. '흥신소'라는 빨간 간판이 걸린 가게 유리창에 커다랗게 붙은 '누구든 찾아드립니다', '지옥 끝까지라도 가서 반드시'라는 광고문구가 그의 눈길을 끌었다. 오, 정말일까? 여기서 이렇게 언제 나올지 모를 호색한을 기다리며 얼마 남았을지 모를 내 현생의 시간을 낭비하느니, 차라리 저길 한 번 찾아가 볼까? 이안이 이런 생각에 빠져 있을 때 카페 주인이 테이블에 쟁반을 내려놓았다.

"선불입니다."

주인이 건넨 일회용 플라스틱 컵에 담긴 커피와 종이 접시에 담긴 파이를 보는 순간 이안의 입맛이 떨어졌다. 에이, 싸구려일 줄은 알았지만 적어도 머그잔에는 담아 올 줄 알았지. 하긴, 이런 데서 뭘 바라겠어? 이안이 지갑에서 지폐를 꺼내 카페 주인에게 내밀며 속으로 투덜거렸다. 그런데 그가 지갑을 주머니에 쑤셔 넣고 컵을 들어 커피를 한 모금 마시려던 순간, 헨리의 모습이 다시 나타났다. 너무 뜨거운 커피 때문에 놀라 기침하며 이안이 급히 일어났다. 국장은 바람이라도 맞은 듯 울적한 표정으로 천천히 걸어 차를 세워둔 방향으로 향하고 있었다. 꽃다발은 정부의 방에 두고 나왔는지 빈손이었다.

이안이 커피를 손에 든 채 빠른 걸음으로 그의 뒤를 따랐다. 이제 어떻게 하지? 다가가서 다짜고짜 말을 걸어? 그러면 미행한 걸 알아채고 수상하게 볼지도 모르는데…. 국장에게 점점 가까이 다가갈수록 이안의 자신감도 점점 줄어들었다. 어떻게 해야 할지 몰라 주저하며 따라가는데 갑자기 떠들썩한 수드라 한 무리가 선술집에서 한꺼번에 빠져나와 이안을 밀쳤다. 아, 바로 이거야! 이안이 앞에서 수드라들 무리에 휩쓸린 국장의 등으로 재빨리 다가가 엎어지듯 부딪쳤다. 컵에서 넘쳐흐른 커피가 섬세한 체크무늬가 새겨진 진회색 양복을 적시며 손바닥만 한 얼룩을 만들었다.

"이런! 죄송합니다!" 이안이 자신을 돌아보는 헨리에게 소리치며 난처한 표정을 지어 보였다. "비싼 양복 같은데…. 이걸 어쩌죠?"

국장이 험상궂은 얼굴로 이안을 돌아보며 양복 재킷을 벗어

등에 묻은 얼룩을 살펴보았다. 선술집을 빠져나온 수드라들이 음정에 안 맞는 노래를 고래고래 불러대며 골목 저편을 향해 멀어져갔다.

"아, 이런 제길…." 헨리가 얼룩진 양복을 살펴보며 욕설을 내뱉다 고개를 들어 다시 이안을 노려보았다. 이안이 양복이 아니라 자기 살갗에 칼자국이라도 냈다는 듯 울분에 찬 표정이었다.

"죄송합니다, 세탁비는 제가 물어드리겠습니다." 이안이 고개를 꾸벅 숙이며 난감한 표정을 지어 보였다. 이제 2년 전 내 심정을 조금은 이해하려나, 이 탐욕으로 가득 찬 난봉꾼 양반아? 이안이 속으로 중얼거리며 주머니에서 지갑을 꺼내 지폐를 세는 시늉을 하다가 다시 헨리의 얼굴을 뜯어보았다. "잠깐, 혹시 우리 구면 아닌가요? 왠지 이 상황이 익숙한 것 같아서…."

이안의 지갑 속 지폐들에 꽂혀 있던 헨리의 시선이 다시 이안의 얼굴로 옮겨갔다. 그의 얼굴을 유심히 살펴보는 국장의 연녹색 눈동자가 흔들리기 시작했다.

## 14

"난 이제 죽는 건가요?"

한나가 린의 연푸른 눈동자를 들여다보며 물었다. 손에 쥔 스캐너를 한나의 몸 위로 천천히 움직이는 데 집중한 린은 대답이 없었다. 아, 역시 난 죽는 거야. 한나가 생각했다. 기절했다 깨어났을 땐 내가 살아 있다는 게 믿기지 않았었는데. 그 지옥 같은 게토에서 테오가 날 구해냈다는 것도, 그럴 수 있었던 게 그 보스라는 기계 살인마가 우릴 그냥 보내줬기 때문이었다는 것도 믿을 수가 없었는데. 그렇게 게토를 무사히 살아서 빠져나와 집에 돌아왔더니 이젠 전생 바이러스라고?

"바이러스가 아주 복잡하게 설계됐어. 기계 레지스탕스들이 이런 걸 만들었다니…." 린이 모니터 화면에 나타난 데이터의 흐름을 살피며 중얼거렸다.

"난 이제 죽는 거죠?" 한나가 다시 물었다. 아, 왜 진작에 병원에서 검진받지 않았던 걸까? 리암이 당장 병원에 가야 된다고 했을 때 왜 거짓말만 하면서 부득부득 안 가려고 고집 피웠던 걸까?

"아냐, 아직 그렇게까지 심각한 정도로 번지진 않았어. 내가 마침 일찍 퇴근해 이제라도 알아채게 된 게 천만다행이지. 대신 감염된 데이터를 신경 네트워크에서 당장 격리해야 해. 바이러스가 더 이상 확산되지 않도록."

린이 스캐너를 책상에 내려놓고 옆에 놓인 작은 디스크 같은 것을 집어 들었다. 그러자 반투명한 디스크 중앙에서 은은한 푸른빛이 퍼져나갔다. 린이 그것을 한나의 목 뒤에 부착하며 말했다. "머리가 멍해질 거다. 눈을 감고 그대로 누워 있으렴."

목 뒤에서 퍼지는 미세한 진동에 어지러워진 한나가 숨을 멈췄다.

"감염된 데이터를 제거하고 손실된 정보를 재구성하기까지 시간이 좀 걸릴 거야." 린의 목소리가 한나의 머릿속에서 메아리처럼 울려 퍼졌다. 몸에서 모든 힘이 빠져나가는 것 같았다. 한나가 간이침대에 쓰러지듯 모로 누워 멍하니 새엄마를 올려다보았다. 아버지 서재에 가득한 연구 장비들에 둘러싸인 채 키보드를 두들겨대는 새엄마의 모습이 낯설었다. 새엄마가 들여다보는 커다란 모니터 위로 흰 글자들이 계속해서 흘러가고 있었지만 눈앞이 흐려져 읽을 수가 없었다. 아무리 노려봐도 맞지 않는 초점처럼 머릿속 생각도 한 곳으로 모이지 않고 자꾸만 흩어졌다. 한나는 점점 더 멍해져가는 머리로 어떻게든 생각을 집중해보려 했다.

보스. 게토의 그 기계 여자가 내 머리를 통조림처럼 따서 열었어. 그 끔찍한 기억이 내 전생의 일이었던 걸까? 하지만 전생이라기엔 너무나 생생했어. 조금 전 일어난 일처럼 너무나 생생하고 몸서리쳐졌어. 바이러스. 그래, 다 바이러스 때문에 그렇게 느껴졌던 거야. 새엄마는 아빠만큼이나 유능한 사람이니까 곧 말끔히 치료해주겠지. 그러면 그 끔찍한 기억도 다 지워질 거야. 불쑥불쑥 떠오르는 이상한 장면과 소리에 더 이상 괴로워하지 않아도 되는 거야. 도무지 이해할 수 없는 그 낯선 장소, 낯선 음악…. 아, 음악! 어떻게 그걸 까맣게 잊고 있었지? 존재하지 않는 악기로 연주되던 그 신비한 음악도 내 전생의 기억이었을지 모르는데. 그래서 그동안 아무한테도 말 안 하고 숨겨왔던 건데. 게토에서 기절했다 깨어난 바람에 정신이 없어서 깜빡했던 거야. 그래서 집으로 돌아오자마자 새엄마가 내 눈을 보며 놀라는 걸 보고 겁이 나서 증상을 다 실토해버렸던 거야. 바이러스를 죽이면 내 머릿속 음악까지 죽이게 될지도 모른다는 걸 까맣게 잊어버리고…. 한나가 소스라치며 목뒤에 붙은 것을 떼어내려 했지만 팔이 움직이지 않았다. 갑자기 온몸의 근육이 사라져버린 것처럼 아무리 애써도 몸에 힘이 들어가지 않았다. 현기증이 밀려들며 의식이 다시 희미해져갔다.

안 돼. 한나가 새엄마에게 소리를 지르려 했다. 하지만 목소리마저 사라진 것처럼 아무 소리도 낼 수 없었다. 모니터를 들여다보며 키보드를 두들겨대고 있는 린의 모습이 여전히 초점이 안 맞아 흐릿했다. 한나가 자꾸 흐릿해져가는 의식 속에서 정신을 잃지 않으려 애쓰며 새엄마를 노려보았다.

그만둬! 제발 그만두라고! 한나가 새엄마를 부르려 안간힘 썼다. 린. 나를 봐. 당신이 무슨 짓을 하고 있는지 보라고. 당신이 내 머릿속의 음악을 죽이고 있어. 이제는 나 자신처럼 익숙하고 소중해진 그 멜로디를, 금방이라도 되살려낼 수 있을 것만 같았던 그 완벽한 선율을 죽이고 있다고. 그걸 잃게 된다면 난 살 수 없어. 멈춰, 린. 당신이 내 음악을 죽이고 날 죽이고 있어. 지금 당장 멈춰. 제발. 한나가 온 힘을 다해 큰 소리로 비명을 지르고 또 질렀다. 하지만 비명은 그녀의 머릿속 동굴 안에서만 메아리처럼 울리고 또 울리다 흩어져버렸다.

## 15

 "생각할수록 놀랍지 않습니까?" 이안이 중앙기억센터 국장의 글라스에 와인을 따르며 말했다. "이런 식의 말도 안 되는 우연을 마주칠 때면, '카르마'라는 게 정말로 무섭다는 생각이 들어요." 제노스. 무서운 건 카르마가 아니라 제노스야. 내 혈관 속을 돌아다니는 그 점액질 자식들이 날 이런 협잡꾼으로 만들어 놓았다고. 빌어먹을 외계 생체 물질이 날 유기체가 아니라 사기꾼으로 탈바꿈시켜 놨다니까. 게다가 이 사기꾼 놈팽이는 날이 갈수록 무섭도록 능숙해지고 있어. 이안이 선술집 테이블에 마주 앉아 와인잔을 들여다보고 있는 헨리의 울적한 얼굴을 곁눈질하며 생각했다.

 "물론 우리가 현생에 쌓은 업보가 우리가 다음 생에 어떤 존재가 될지를 결정한다는 게 가장 무서운 일이긴 하지만, 이렇게 현생에서도 사소한 우연들이 반복되는 건 분명 카르마가 작용하기 때문일 거예요. 국장님과 제가 전생에 아주 강한 인연으로 얽혀 있었기 때문에 이런 말도 안 되는 우연이 두 번이나 일어난 걸 겁니다. 전생에 제가 국장님의 정부였다든지." 이안이 '정부'라는 말을 특별히 신경 써서 또박또박 발음하며 이번에는 자신의 잔에 와인을 따랐다. 세탁비 대신 쏘겠다며 이 골목에서 제일 비싸 보이는 선술집으로 헨리를 데리고 왔건만, 와인 색깔만 봐도 최고급은커녕 고급도 아니라는 건 알아볼 수 있었다. 캐비어가 올라간 카나페조차도 헨리의 구미를 당기게 하지 못하는 모양이었다. 아, 지금 그걸 꺼내야겠군. 이안이 양복 재킷 안주머니에서 시가 케이스를 꺼냈다. 바로 이런 순간을 위해 며칠 전 호세에게서 도매가로 구매해놓은 뇌물 중 하나였다.

"한 대 피우시겠습니까?" 이안이 시가 케이스를 열어 헨리 앞에 내밀었다. 잔에 담긴 와인을 우울하게 바라만 보고 있던 헨리의 두 눈이 시가를 보자마자 번쩍 뜨였다.

"어, 이건…." 헨리가 얼굴을 시가 케이스 쪽으로 들이밀며 킁킁거렸다. "아…. 이 향기, 이건 진품 중의 진품이군요. 이렇게 귀한 걸 어떻게?"

"제조업체 사장이 제 지인이거든요. 선물로 받은 건데 제가 애연가가 아니라 그냥 갖고만 다니고 있었습니다." 이안이 시가 한 개를 꺼내 헨리에게 내밀었다. "시가를 즐기신다니 잘 됐군요. 국장님이 이걸 다 가져가십시오. 그 가치를 즐기실 줄 아는 분이 음미하셔야 이 시가도 만들어진 보람이 있지 않겠습니까?" 이안이 헨리가 문 시가에 재빨리 불을 붙여주며 말했다.

"오오…." 헨리가 시가의 연기를 내뱉으며 황홀경에 취한 듯한 얼굴로 중얼거렸다. "오늘이 참 불운한 날이라고 생각했는데, 이렇게 큰 호의를 입게 되니 그다지 불운한 날만은 아닌 것 같다는 생각이 드는군요." 헨리가 마법이라도 부리듯 능숙하게 시가 케이스를 자신의 재킷 안주머니로 사라지게 만들었다.

"아, 다른 자리도 아니고 중앙기억센터 국장으로 취임하셨다니, 오죽하시겠습니까. 요즘 같은 때엔 정말 매일이 불운의 연속인 듯 느껴지시겠습니다." 그래, 중앙기억센터. 화제를 이쪽으로 몰아가야 해. 저 양반이 저렇게 기분이 좋을 때 거기에 대해서 떠벌리게 만들어야 한다고. 이안이 술잔에 담긴 떫고 진한 와인을 한 모금 마시며 머리를 굴렸다. "오늘 아침에 저도 거기 가서 기억 백업이란 걸 받았는데요, 그 많은 기억을 일일이 분류해 보관하셔야 하니 얼마나 번거로우시겠어요? 예전엔 시스템이 그렇게 원시적인 방법으로 돌아가지 않았을 텐데."

"빌어먹을 기계 놈들 때문이지요." 헨리가 피어오르는 시간 연기를 바라보며 욕설을 내뱉었다. "기계 레지스탕스 놈들이 온갖 바이러스들을 무선으로 퍼뜨려 이 꼴 난 거 아닙니까. 완전 원시시대가 따로 없어요. 기계 놈들이 진산시스템까지 자기 미비시켜 이젠 빵 한 조각 사는 것도 현금으로 해야 맘 편하니 말 다 했죠. 중앙기억센터 시스템도 마찬가지예요. 예전엔 모든 인간의 기억이 무선으로 실시간으로 업데이트되면서 자동으로 저장됐잖아요. 지금처럼 모든 인간이 매년 생일 건강검진을 받으면서 물리적으로 기억을 추출해 센터로 보내는 식의, 말도 안 되는 중노동은 안 해도 됐어요. 중앙기억센터 국장은 땡보직 중의 땡보직이었다고요." 다시 울분에 찬 얼굴이 된 헨리가 처음으로 잔을 들어 와인을 마셨다. 그러고는 떫은 와인 맛 때문인지 더욱 우울한 얼굴이 되어 카나페 하나를 집어 입에 넣었다. 캐비어의 맛 역시 그의 마음에 안 드는 표정이었다.

"중노동. 그 말이 딱 맞겠군요." 이안이 맞장구쳤다. "정부에서 이제 Z-15를 이식한 인간들은 날마다 가서 백업받으라고 하는 거 아닐까요? 혹시 국장님도 백업받으셨나요?" 그래, 이렇게 슬쩍 찔러보자. 이 인간도 나처럼 언제 죽을지 모를 공포에 시달리고 있다면 내가 조금만 찔러도 곧바로 부탁을 들어줄걸?

"그 우라질 놈의 Z-15. 전 일주일쯤 미뤘다 이식받으려고 했었죠. 혹시라도 이식받다가 지워지면 곤란한 기억이 있었거든요. 그런 일이 간혹 일어날 수도 있다기에 말이죠."

아, 죽고 못 사는 최신 애인 때문이었겠지. 아마도 오늘 저 양반을 바람맞힌 그 정부랑 놀아나느라 이식받을 틈이 없었던 거겠지. 이안이 질시 어린 눈으로 헨리를 노려보았다. 그는 치즈 카나페는 입에 맞는지 벌써 두 개째 집어먹고 있었다. 더럽게 운도 좋은 놈. 그 정부가 저 인간 목숨을 살린 셈이군.

"그럼 아직 이식 안 받으신 거군요. 그러면 저처럼 걱정 안 하셔도 되겠네요. 전 아침에 추출한 제 최신 기억이 데이터 센터에 지금 무사히 보관돼 있을지, 그런 것까지 걱정이 됐습니다. 혹시라도 누락되거나 다른 사람 것과 바꿔치기라도 됐다면…."

"그런 걱정은 안 하셔도 됩니다. 센터 37층에 있는 박사님 기억 계좌 맨 바깥쪽에, 박사님의 최신 기억 추출물이 담긴 병이 잘 보관돼 있을 겁니다. 저는 실수 같은 건 용납 안 합니다. 여태껏 그런 일은 한 번도 없었어요." 헨리가 이번에는 연어 카나페를 집어 들며 말했다.

"놀랍도록 유능하시군요. 센터 37층이라니, 이름만 듣고도 그 사람 기억이 어디 보관돼 있는지 바로 아실 수 있는 겁니까?"

"별것 아닙니다. 중앙기억센터 운영 원리만 안다면 누구나 추측할 수 있죠. 최신 기억일수록 위층에 보관하거든요. 37층이 꼭대기 층이고, 박사님 성이 B로 시작하니까 박사님의 오늘 아침까지의 기억은 당연히 거기 있을 수밖에 없지 않겠습니까?" 헨리가 와인을 한 모금 더 마시며 말했다.

"아, 그럼 D로 시작하는 성을 가진 사람의 최신 기억도 37층에 보관돼 있겠군요?" 뒤샹. 소피아 성이 뒤샹이니까…. 이안이 속으로 중얼거렸다.

"그렇죠. 성이 알파벳 뒤쪽 순서에 있는 사람의 기억은 36층에 있을 수도 있지만, D라면 분명 37층에 있을 겁니다."

"거긴 분명 보안도 엄청 삼엄하겠죠? 개미 한 마리 몰래 들어갈 수 없을 정도로."

"물론이죠. 중앙기억센터는 우리 인간들에게 가장 중요한, 성소와도 같은 곳이니까요." 얼마 안 남은 카나페를 집어 들던 헨리의 두 눈이 이안의 얼굴에서 자꾸 벗어나 그의 뒤편 어딘가로 향했다. "그렇다고 뭐 정말 개미 한 마리 못 들어가게 완전히 봉쇄돼 있는 건 아니고요…." 헨리가 이안의 뒤쪽 누군가에게 정신을 판 채 건성으로 말했다. "사서들이 갓 추출된 기억을 저장하러 매일 드나들지요. 종종 청소부도 들어오고…."

오, 내 뒤에 여자가 앉아 있는 모양이군. 이안이 생각하며 고개를 살짝 틀어 뒤를 돌아보았다. 예상대로 뒤편 테이블 맞은편에 한 여자가 앉아서 큰 소리로 웃어대고 있었다. 새빨간 립스틱을 바른 커다란 입, 호탕한 웃음과 걸걸한 목소리, 운동선수처럼 당당한 체구. 저런 취향이었군. 이안이 다시 헨리를 보며 생각했다. 자기 몸이 건장하지 못하다는 것에 대해 콤플렉스를 느끼고 있는 거야. 그래서 강한 여자들에게 끌리는 건지도 모르지.

"참, 아내분께서는 안녕하시죠?" 이안이 물었다. 어서 본론으로 들어가야 해. 더 시간 끌다간 저 호색한이 뒤 테이블로 넘어가버리겠어.

"네? 아내요?" 헨리가 재떨이에 시가를 비벼 끄며 물었다.

"그때 제 양복에 와인을 쏟으셨던 그 아름다운 여성분 말입니다. 아내분 아니셨나요?" 정부, 누가 봐도 아내는 아니고 정부였지. 그냥 예의상 이렇게 묻는 거야.

"아, 제 아낸 5년 전에 환생했습니다. 그때 그 여잔 그냥 스쳐 지나가는 인연이었죠." 헨리가 와인을 한 모금 더 마시며 떨떠름한 표정으로 이안의 뒤쪽을 다시 곁눈질했다. "제 이번 생도 15년밖에 안 남았어요. 그러니 재혼한다면 이 생이 끝날 때까지 함께 할 인연이 되는 거겠죠. 그런 인연을 만난다는 게… 쉽지 않습니다."

"사랑. 그게 참 뜻대로 되질 않죠." 이안이 과장된 한숨을 내쉬었다. "전처와 결혼했을 때, 전 제가 꼭 그런 인연을 만난 줄 알았습니다. 이번 생이 끝날 때까지 함께할 사랑을요. 그런데 그 사람이 절 떠나… 영영 사라져버리고 말았습니다."

"사라져버리다니요? 실종됐다는 말씀입니까?"

"네, 연기처럼, 아무런 자취도 남기지 않고 사라졌어요. 그 사람이 대체 왜 절 떠났는지, 지금 어디서 뭘 하는지 알 방법이 없다는 게, 얼마나 사람을 미치게 만드는지 이해하실 수 있으시겠습니까?"

"아, 저라도 참을 수 없을 겁니다." 마지막 남은 카나페를 입에 넣는 헨리의 시선이 또다시 이안에게서 벗어나 뒤편을 향했다.

"게다가 전 Z-15를 이식받아서, 이번 생이 지금 당장이라도 끝장날지 모릅니다. 그전에 한 번이라도 만나보고 싶은데 도대체 어디로 찾아가야 할지도 모르는 이 답답한 마음, 국장님께선 이해할 수 있으시지 않습니까?"

"흠… 전 다행히 그런 상황엔 처해본 적이 없어서요. 어떤 사람이 어디 사는지 알아내는 건 저한텐 세상에서 제일 쉬운 일이니까요." 헨리의 두 눈은 여전히 이안의 뒤편을 향해 꽂혀 있었다. 이안의 뒤에서 여자의 호탕한 웃음소리가 다시 터져 나왔다. "그냥 중앙기억센터 37층으로 올라가, 그 사람 기억 계좌의 가장 최근 추출물 병을 열어, 분석기에 한 방울 떨어뜨리기만 하면 곧바로…."

"국장님." 이안이 헨리의 손을 붙잡았다. 그의 주의를 집중시키기 위해선 이 방법밖에 없다는 생각이 이안을 필사적으로 만들었다. "그 가장 쉬운 일을 딱 한 번만, 절 위해 해주신다면, 제 사라진 전처의 최신 기억을 제가 한 번만 들여다볼 수 있게 도와주신다면…."

"오, 이런." 헨리가 자기 손 위에 얹힌 이안의 손을 내려다보며 당황한 얼굴이 되었다. "그것 때문이었던 겁니까? 이 모든 게?" 헨리가 이안에게 잡힌 손을 빼내며 물었다.

"국장님께선 이해하시지 않습니까, 사랑이라는 게 얼마나 사람을 비이성적으로 만들 수 있는지…."

"네, 이제 확실히 이해할 수 있겠네요. 박사님처럼 높은 지위에 오르신 분이, 이런 청탁을 한 번 받아들이는 것만으로 제 경력이 끝장날 수 있다는 걸 아실 만한 분이 이러시는 걸 보니 정말로 이성을 잃으시긴 한 모양입니다."

이안의 옆에서 여자 웃음소리가 더 가까이 들려왔다. 웃음소리의 주인공인 건장한 여자가 붉은 코트를 걸쳐 입으며 일행과 함께 계산대를 향해 걸어갔다. 그 모습을 힐끔거리던 헨리가 양복 안주머니에서 시가 케이스를 꺼내 테이블에 내려놓았다.

"박사님, 제가 왜 박사님 마음을 이해 못 하겠습니까. 마음 같아선 저도 정말 부탁을 들어드리고 싶습니다." 헨리가 자리에서 일어서며 뒤쪽을 슬쩍 돌아보았다. "하지만, 이렇게 할 수밖에 없는 제 처지도 박사님께서 조금이나마 이해해주실 수 있을 거라고 믿습니다. 그럼, 행운을 빌겠습니다."

헨리가 옷매무새를 고치며 돌아서더니 이안이 붙잡을 새도 없이 술집 입구를 향해 뛰다시피 걸어가버렸다.

이안이 멀어져가는 헨리의 등에 묻은 얼룩을 망연하게 바라보며 속으로 욕설을 내뱉었다. 제기랄. 더 쏟을걸. 조심한답시고 컵에 든 커피 반만 쏟았는데 그냥 다 쏟아버릴걸. 등에다만 쏟지 말고 저놈의 납작한 뒤통수에다 시원하게 한 컵 다 퍼부어주는 건데. 이안이 어깨를 힘없이 떨구며 시가 케이스를 내려다보다 한 개비를 꺼내 물었다. 그리고 라이터를 꺼내 시가에 불을 붙이며 생각했다. 좋아, 이렇게 된 이상 어쩔 수 없지. 내가 직접 센터에 침입해서 알아내는 수밖에. 입에서 시가 연기를 한숨처럼 뿜어내며 이안이 속으로 중얼거렸다. 그러다 잡히더라도 폐기밖에 더 당하겠어? 어차피 지금 이 순간에도 내 혈관 속의 이 점액질 생체 괴물들이 날 죽여가고 있는데, 그게 뭐 그리 대수겠어?

# 16

"괜찮으세요?"

한나가 눈을 뜨고 미카를 올려다보았다. 밤처럼 검은 미카의 눈이 걱정스러운 듯 한나를 보고 있었다. 그 모습에 한나가 자신도 모르게 울음을 터뜨렸다.

"모르겠어, 미카."

한나가 미카의 손을 잡아 끌어당겼다. 미카가 침대 옆에 수그리고 앉아 한나의 머리카락을 천천히 쓰다듬어주었다. 한나가 울 때 이렇게 하면 그녀의 슬픔이 진정된다는 것이 기억나서인 듯했다. 한나가 침대에 누운 채 미카의 손에 얼굴을 묻었다. 미카의 손은 언제나처럼 따뜻했지만 예전보다 조금 거칠어진 듯했다.

"멜로디, 그 멜로디가 다 지워져버린 것 같아." 한나가 중얼거렸다.

"멜로디…. 아, 꿈에서 들었던 그 멜로디 말인가요?"

"꿈? 그게 무슨 말이지? 어디서 들어봤던 말 같은데."

"밤에 눈을 감으면 볼 수 있는 세상이요." 미카가 한나의 머리카락을 쓰다듬으며 말했다. "실제로는 없는데 꼭 있는 듯 느껴지는 이상한 빛과 소리 말이에요."

"맞아! 실제로는 없는데 꼭 있는 듯 느껴지는 빛. 소리. 그런데 난 밤이 아니라 낮에, 눈을 떴을 때도 그걸 봤어. 그런 걸 꿈이라고 불러?"

"모르겠어요. 그냥…." 미카의 손이 움직임을 멈췄다. "갑자기 그 단어가 떠올랐어요. 어쩌면 이 세상엔 없는 말인지도 몰라요."

"꿈." 한나가 미카의 손에 대고 속삭였다. "왠지 정말로 있는 단어처럼 들려. 꿈." 한나가 다시 울음을 터뜨렸다. "내 꿈을 빼앗아 갔어, 새엄마가. 바이러스를 치료한다면서 내 꿈을, 내 멜로디를 다 빼앗아 간 거야. 내 머릿속에서 죽여버렸어, 지워버렸어. 꿈. 내 꿈을…."

"울지 마세요." 미카가 한나의 눈에 고인 눈물을 닦아주며 속삭였다. "꿈은 마음대로 사라졌다가 마음대로 돌아오니까요. 혹시 그 꿈이 다시 돌아올지도 모르니, 아직은 울지 마세요."

그래, 그랬으면 좋겠어. 한나가 마음속으로 중얼거렸다. 미카의 따뜻한 손과 부드러운 목소리가 그것이 가능한 것처럼 느껴지게 했다. 하지만 정말로 그럴 수 있을까? 내 머릿속에서 사라진 그 꿈들이 전생의 기억이었다면, 오래전에 지워졌던 기억들이 바이러스로 인해 되살아났던 것일 뿐이었다면, 이제는 완치가 됐으니 다시는 볼 수도, 들을 수도 없게 되는 것 아닐까? 그럼 꿈속의 그 완벽한 멜로디를 이제 영영 다시 들을 수 없게 되는 걸까?

"한나?" 방문을 두드리는 소리와 함께 이안의 목소리가 들려왔다. "들어가도 되니?"

"네." 한나가 미카의 손을 놓고 눈물을 닦으며 소리쳤다. 미카가 재빨리 일어나 뒤로 물러섰다.

"몸은 좀 어떠니?" 이안이 방문을 열고 한나에게로 다가왔다. 미카가 그림자처럼 소리 없이 벽 쪽으로 비켜섰다.

"괜찮은 것 같아요." 한나가 몸을 일으키며 말했다.

"내가 옆에 있었어야 했는데 미안하구나. 네가 감염됐었다는 걸 어젯밤에야 알았어." 이안이 침대 옆에 놓인 의자에 앉아 한나의 얼굴을 들여다보았다. "증상이 느껴진 지 꽤 됐다면서, 왜 나한테 말하지 않았니?"

"그냥 그다지 심각한 것 같지 않아서, 금방 괜찮아질 줄 알았어요."

"한나…." 이안이 한나의 손등에 손을 얹으며 한숨을 쉬었다. "어제 마침 린이 일찍 집에 오지 않았더라면, 네 상태가 심각하다는 걸 곧바로 알아차리지 못했더라면 어쩔 뻔했니? 하마터면 골든타임을 놓쳐서 네 기억에 돌이킬 수 없는 손실이 생겼을지도 몰라."

"죄송해요. 그냥, 요즘 아빠가 많이 바쁜 것 같아서."

"한나야, 그 어떤 일도 나한텐 너보다 중요하지 않단다."

한나가 이안을 바라보다 미소 지었다. "다행이에요. 기억이 지워지지 않아서. 이렇게 아빠를 기억할 수 있어서 말이에요."

"정말 다 기억할 수 있는 것 같니? 린 말로는 비교적 초기여서 기억에 큰 손실은 없었다고, 손상된 기억들도 대부분 재구성하는 데 성공했다고 하더라만, 그 '대부분'에 포함되지 않는 기억 중 중요한 정보가 있을 수도 있으니 말이다."

한나의 가슴이 순간 내려앉았다. 사라진 멜로디에 대해서만 생각하느라 정작 가장 소중한 기억을 잃어버렸을 가능성에 대해선 생각하지 못했다는 것을 깨달았기 때문이었다. 엄마. 한나가 속으로 중얼거렸다. 바로 이 방에서 피아노를 가르쳐주다 그녀의 손가락을 잡던 엄마의 모습이 떠올랐다.

― 힘 빼라. 네 힘으로 음악을 뽑아내려고 해서는 안 돼. 음악이 너를 통해 흘러나오도록 너 자신을 비워야 한다.

"괜찮은 것 같아요." 한나가 다시 미소 지었다. "엄마와의 기억… 그게 지워졌을까 봐 걱정됐거든요. 엄마를 영영 다시 못 만날지도 모르는데, 기억마저 다 지워져 버리면 너무 슬플 것 같아서…."

한나를 보는 이안의 눈에 물기가 어렸다. "그래, 다행이구나." 이안이 한나의 머리카락을 쓸어 넘겨주었다. "혹시라도 증상이 다시 나타난다든지, 기억이 손실된 것 같다면 바로 나한테 연락해라. 같이 병원에 가서 정밀검진을 받아보게 말이다."

돌아서서 걸어가는 이안의 뒷모습을 바라보며 한나가 생각했다. 달라졌어. 아빠가 예전과 다른 사람이 된 것 같아. 저렇게 쓸쓸해 보이는 아빠를, 저렇게 바빠 보이는 아빠를 처음 보는 것 같아. 꼭 환생이 얼마 안 남은 사람 같아. 이번 생이 얼마 남지 않은 사람이 주위 모든 것에서 이별을 보듯 세상을 보는 것 같아. 왜일까? 아빠한테 무슨 일이 일어나고 있는 걸까?

# 17

 지금 이 상황이 행운일까, 아니면 불운일까? 이안이 주차장 기둥 뒤에 숨어 중앙기억센터 샛문 쪽을 바라보며 생각했다. 얼마 전에 어머니가 했던 말이 떠올랐다.
 ― 인생에서 중요한 순간들은 때로 가면을 쓴 채 다가온단다. 인생 최악의 불운이 행운의 가면을 쓰고 오기도 하고, 인생 최고의 행운이 불운의 가면을 쓰고 나타나기도 하지.
 이안이 샛문 앞에서 수드라 청소부가 악다구니를 쓰며 통화하는 소리에 귀 기울이며 속으로 중얼거렸다. 이게 행운일까? 그렇기엔 너무 타이밍이 절묘한데? 저 스태프 전용 샛문은 다른 출입구들과 달리 아이디 카드만으로도 출입 가능하다는 걸 알아내자마자 저런 기회가 나한테 굴러들어 오다니. 행운의 가면을 쓴 불운이 아니고서야 이렇게 기막힌 타이밍에, 저렇게 노골적인 방식으로 행운이 날 유혹할 리 없지 않을까? 최근에 내가 이렇게까지 운이 좋았던 적이 있었던가?

"병원비도 없지만 지금 당장 거기에 갈 수가 없다니까 그러네." 청소부가 계속해서 전화기에 대고 악을 썼다. "두 시간은 더 있어야 퇴근인데, 지금 그만두고 나가버리면 이 좆 같은 일자리까지 잘리게 된다고, 이 웬수야. 그러게 성질 좀 죽이지 그랬어. 지난번에도 네가 사고 쳐서 수습하느라 멀쩡한 직장 잘렸는데, 이 청소부 일까지 잘리면… 아니, 내가 거기에 간다고 해도 지금 돈이 한 푼도 없다니까 그러네?"

에라 모르겠다. 일단 행운이라는 데 걸자. 몽땅. 이안이 샛문을 향해 빠르게 걸어가며 주머니에서 지갑을 꺼냈다. 내 이번 생의 모든 걸 거는 거야. 아니, 이게 불운인 거라면 내 다음 생까지 걸게 되는 건가?

"날 보고 어쩌라는 거야? 지금 당장 일 때려치우고 암시장 가서 장기라도 팔라는 거야? 지옥 가는 게 그렇게 무서웠으면 주먹 날리기 전에 그 돌대가리로 생각이라는 걸 잠깐이라도…."

"여깄습니다." 이안이 지갑에 든 지폐들을 몽땅 꺼내 청소부에게 내밀며 말했다. 청소부가 벼락이라도 맞은 듯 소스라치며 이안을 바라보았다. 아, 지금 나와 정확히 똑같은 고민을 하는 표정이로군. 지금 이 상황이 행운일까, 행운의 가면을 쓴 불운인 걸까? 이안이 지폐들을 홀린 듯 내려다보는 청소부의 진갈색 눈동자를 들여다보며 속으로 중얼거렸다. 아닐걸. 왠지 아닐 것 같아. 그냥 거절해. 거절하라고. 그러면 우리 둘 다 좆 되는 상황은 피할 수 있을 테니. 그 순간 청소부의 손이 지폐를 그러쥐었다. 아, 그래. 당신이 수드라인 이유를 알겠군. 이렇게 유혹에 약해서야. 하지만 이젠 남 일이 아니지. 나도 다음 생엔 당신 같은 신세가 될지도 몰라.

"이걸 왜… 저한테 주시는 거죠?" 청소부가 자신이 걸려든 윤회의 쳇바퀴에서 벗어나보려 마지막 안간힘을 쓰듯 입술을 깨물었다.

"뇌물. 일종의 뇌물입니다. 이 돈을 받고 제게 그 작업복과 아이디 카드를 잠시 빌려주시면, 돌아오실 때까지 제가 안으로 들어가 청소를 끝마쳐놓겠습니다." 거절해. 이렇게 말도 안 되는 행운이 당신 같은 작자에게 거저 굴러들어 올 리 없잖아? 지금쯤은 그걸 깨달을 정도의 주제 파악 정도는 당신에게도 가능할 수…

"정말 그것뿐인 거죠?" 청소부가 비장한 표정으로 물으며 이안에게 옆 건물의 창고를 가리켜 보였다. "따라오세요."

제길. 망했군. 이안이 청소부의 급한 발걸음을 따라잡으려 애쓰며 한숨을 내쉬었다.

행운이었던 거야. 그래, 나한테도 이렇게 가끔 말도 안 되는 행운이 찾아오지 말란 법은 없지 않겠어? 이안이 청소부 작업복을 입은 채 창고를 나와 샛문으로 재빨리 걸어가며 생각했다. 이번 생에 겪을 불운은 이미 다 겪고도 남은 것 같으니, 얼마 남지 않은 내 이번 생에 행운이 이렇게 기다렸다는 듯 내게 생얼로 달려드는 순간도 생길 수 있는 거지. '관계자 외 출입 금지'라는 팻말이 붙은 작은 문에 대고 이안이 목에 건 아이디 카드를 찍자 문이 열렸다. 이안이 문을 밀고 안으로 한 발 내디디며 회심의 미소를 지었다. 그리고 들어서기 전 마지막으로 주위를 한 번 더 돌아보았다. 그래, 아무도 없어. 이건 불운의 탈을 쓴 행운이…

…맞구나?

이안이 고개를 옆으로 돌린 자세 그대로 그 자리에서 얼어붙었다. 그의 시선 끄트머리에 걸린 빨간 차가 왠지 낯익었다. 아까부터 주위를 계속 둘러보았지만 반경 30미터 이내에는 사람 한 명 오가지 않았기에 안심했는데 저 빨간 차…. 아까부터 저 멀리 주차장에 세워져 있던 저 차…에서 지금 막 내려서 이쪽으로 걸어오는 저 사람…. 이안이 뒤로 물러서자 샛문이 다시 닫혔다. 이안이 그 자리에 동상처럼 굳어진 채 이쪽으로 점점 더 가까워져오는 국장의 모습을 바라보았다. 어떡하지? 그냥 아무 일도 없었던 척 시치미 떼면서 다가가서 인사할까? 아차, 이 작업복. 이 아이디 카드. 제길. 어쩌지? 오늘이 혹시 핼러윈인가? 그러면 '트릭 오어 트릿!' 외치면서 달려가 국장님께 제일 무서운 장면을 연출해 깜짝 놀라게 해드리려고 이렇게 왔다고…. 아, 핼러윈은 지난주였지. 젠장, 망했군.

이안이 자신을 향해 걸어오는 헨리를 망연자실하게 보며 안절부절못했다. 그냥 다가가서 솔직히 말하자. 국장님도 아시지 않냐, 제가 뭘 훔치려고 하는 것도 아니고 그냥 안에 들어가서 전처의 최근 기억을 잠깐만 엿보고 나오려고 그랬다. 제가 얼마나 절박했으면 이런 짓까지 하고 있겠냐. 가끔 사람이 사랑 때문에 이렇게 비이성적으로 행동하게 되기도 한다는 걸 당신도 이해할 수 있지 않냐. 그래, 그렇게 말하자. 이안이 심호흡을 하며 국장을 향해 걸음을 뗐다. 그런데 그 순간, 이안은 국장이 자신이 아닌 정문 쪽으로 걸어가고 있다는 것을 깨닫고 멈춰 섰다.

어? 내가 착각했나? 분명 조금 전까지 날 보고 있었던 것 같았는데? 내 쪽으로 오는 줄 알았는데…. 이안은 국장이 빠른 걸음으로 정문으로 가는 모습을 당황스럽게 보며 생각했다. 아, 그래. 지금 내 꼴이 정말로 불쌍해 보였나 봐. 얼른 들어가서 빨리 확인하고 나오라고 저렇게 모르는 척해주는 건가 봐. 아니면 정말로 못 봤을 수도 있지. 어느 쪽이든 이대로 돌아가면 애써 잡은 기회를 날리는 거야. 그냥 들어가자. 들어가서 그 빌어먹을 것만 확인하고 얼른 나오는 거야.

이안이 다시 샛문으로 돌아서서 떨리는 손으로 아이디 카드를 찍었다. 에라, 모르겠다. 이안이 열린 문 안으로 들어섰다. 문 옆에는 청소부가 쓰던 청소기가 벽에 기대져 있었다. 이안이 그 청소기를 집어 들고 주위를 둘러보았다. 그리고 스태프 전용 화물 엘리베이터를 발견하고 청소기를 밀면서 그쪽으로 걸어갔다. 극심한 긴장감과 함께 온갖 생각들이 한꺼번에 밀려오며 신경망에 과부하가 일어나는 듯했다. 침착해. 이안이 숨을 고르며 엘리베이터 버튼을 눌렀다. 곧바로 문이 열렸다. 청소기를 밀며 엘리베이터에 올라탄 이안이 생각했다. 만약 헨리가 정말로 날 모른 척해준 거라면 곳곳에 달린 감시카메라로 날 계속 지켜보고 있을 테지. 그러다 조금이라도 수상하게 보이면 경보 시스템을 풀가동시키고 침입 경보를 울릴 거야. 이안이 떨리는 손으로 37층 버튼을 눌렀다. 그러니 당장이라도 경찰서로 끌려가 법정에 서지 않으려면 최대한 자연스럽게 보여야 해.

문이 열리자 거대한 원 모양인 보관소 벽을 따라 겹겹이 늘어선 선반들이 37층 내부를 가득 메우고 있었다. 선반마다 빽빽이 채워진 색색 병들의 엄청난 양에 압도된 이안이 순간적으로 불안감을 잊은 채 청소기를 밀며 가장 가까운 선반으로 다가갔다. 'A'라는 이니셜이 새겨진 선반에 'Aaron'이라는 성으로 시작하는 이름표들이 칸마다 붙어 있었다. 아, 여기가 시작이로군. 그러니 소피아의 기억은 저 뒤쪽에 있을 거야. 'D'가 붙어 있는 선반을 찾아야 해. 이안이 선반들을 계속 지나쳐 안쪽으로 걸어 들어갔다. '에이스', '어포드', '아이저'…. 알파벳 순서로 정렬된 선반마다 칸칸이 들어찬 기억 계좌들은 자세히 보니 모두 투명한 문으로 가로막혀 있었다. 어쩌면 저 문을 여는 데 또 다른 열쇠나 암호가 필요할지도 몰라. 이안의 마음속에 다시 불안감이 밀려들었다. 이것 때문에 헨리가 날 이 안으로 들여보낸 건지도 몰라. 어차피 내가 들어왔다가 아무것도 알아내지 못하고 돌아가게 될 수밖에 없다는 걸 알고 있어서. 이안이 한 선반 앞에 멈춰 서서 투명한 문 하나를 밀어보려 손을 뻗었다. 잠깐. 아직은 아니야. 이안이 손을 거두며 생각했다. 저 문을 건드리는 순간

침입 경보가 울릴지 몰라. 안으로 더 들어가서 소피아의 기억 계좌를 발견하면 그때 해보자. 이안이 조바심에 떨려오는 손으로 청소기를 밀며 계속 안으로 걸어 들어갔다.

'알렌', '앤더슨'…. 이안은 기억 계좌마다 가지런히 정렬되어 있는 작은 병에 담긴 기억추출물들의 색깔이 제각각인 것을 보며 실소했다. 매년 검진 때마다 기억을 추출당하는 건 단지 번거로운 일일 뿐이었는데, 이렇게 각 해의 기억추출물이 순서대로 진열된 것을 보니 한 편으로는 놀라우면서도 우스꽝스럽다는 생각이 들었다. 한 해 동안의 기억이 행복한 것이었을수록 추출물이 더 투명하고 분홍색을 띠는 것 같다고, 몇 년 전 기억을 추출당할 때 이안은 생각했던 적이 있었다. 그런데 그 가설이 옳았음을 기억 계좌들을 보면 볼수록 더 확실히 깨달을 수 있었다. 오, 저 양반 정말 부럽군. 이안이 눈앞을 지나쳐가는 기억 계좌 하나를 들여다보며 감탄했다. 투명한 분홍, 분홍, 분홍. 온통 분홍빛인 매년의 기억들로 가득한 계좌는 그 주인의 삶이 늘 행복하고 충만한 것이리라는 것을 증명하고 있었다. 부러워 죽을 것 같군. 어디서 무슨 일을 하는 사람일까? 다음에 눈앞을 스쳐 가는 기억 계좌의 주인은 반대로 우울하고 불행한 삶을 살아가고 있음이 확실했다. 탁한 푸른빛, 푸른, 푸른, 온통 푸른빛에 어떤 병들은 거의 검은 색에 가까울 정도로 불투명했다. 내 것도 한번 찾아볼까? 이안이 'B'라는 이니셜이 붙은 선반 쪽으로 향하며 걸음을 늦췄다. 내 기억 계좌는 색깔이 어떤지 한번 들여다볼까? 아냐, 이안이 고개를 떨구며 다시 걸음을 서둘렀다. 안 봐도 뻔하지. 소피아가 날 사랑하던 시절엔 온통 투명한 분홍, 분홍, 분홍빛. 그녀의 마음이 내게서 떠난 후론 불투명한 푸른, 푸른, 푸른빛 기억들이 줄줄이 늘어서 있겠지.

마침내 'D' 섹션에 이른 이안이 소피아의 기억 계좌를 찾아 선반 안쪽으로 걸어 들어갔다. '데일', '댈린저'… '디어본'…. 스텔라의 성 '뒤샹'은 한참 더 들어가야겠군. 이안이 보폭을 더 넓혔다. '뒤샹'이라는 성은 호세의 것이 아니라 코라의 것을 딴 성이었지, 이안이 생각했다. 같은 계급끼리 결혼하면 부모 두 성의 철자 중 몇 개를 조합해 만든 새로운 성을 자녀에게 물려주는 게 통상적이지만, 소피아의 경우는 다른 계급끼리의 결혼이기에 브라만인 어머니 쪽 성을 물려받았다고 그랬었지. '뒤샹'이란 성을 가진 사람은 평생 소피아 가족 말고는 본 적 없었어. 그러니 동명이인이 있어서 헷갈릴 일은 없을 거야. 이안이 초조하게 천장 쪽을 둘러보았다. 카메라는 보이지 않았지만 분명 그의 일거수일투족이 감시되고 있을 것이었다. 시간이 너무 지체됐어. 어서 빨리 찾아내야 해. '도일', '드레이크', '드라이버'…. 아, 여기 있군. '뒤샹'! 이안이 뒤샹 가문의 이름이 새겨진 기억 계좌들을 알파벳 순서로 짚어나갔다. 그래, '코라 뒤샹'. 그녀의 기억들도 뒤로 갈수록 푸른빛이 많아지는군. 서글픈 일이야. 소피아의 최근 기억들은 색깔이 어떨까? 맑은 분홍빛이라면 왠지 화가 날 것 같아. 그렇다고 푸른빛이길 바라는 건 아니지만 말이야. '제이드 뒤샹', '라이언 뒤샹'… '베가 뒤샹'?

이게 다인가?

이안이 자기 눈을 의심하며 지나왔던 기억 계좌들을 다시 살펴보았다. '소피아 뒤샹'이라는 이름이 붙은 계좌는 어디에도 존재하지 않았다. 'S'로 시작되는 이름 자체가 없었다. 어떻게 이런 일이 가능하지? 이안이 당황한 채 선반을 다시 샅샅이 살피며 혹시 엉뚱한 쪽에라도 '소피아 뒤샹'이라는 이름이 있는지 찾아보았다. 하지만 그 어디에도 그 이름은 없었다. 이안의 머릿속이 아득해지며 그 이유에 대한 단 하나의 답이 떠올랐다. 아냐, 그럴 리 없어. 이안이 고개를 저으며 청소기를 든 채 다른 기억 계좌들을 계속 훑어보았다. 모든 이름이 알파벳 순서로 정렬되어 있었고 그 어떤 이름도 다른 순서에 끼어들어 있는 것은 없었다. 그러니 '소피아 뒤샹'이란 이름의 계좌가 존재한다면 아까 지나쳐 온 그 자리에 있어야 했다. 그 이름이 거기에 없다는 것은 '소피아 뒤샹'이라는 사람이 이 세상에 존재하지 않는다는 것이다. 그리고 그것이 뜻하는 것은⋯.

소피아 뒤샹은 사망했다는 것이다.

이안의 신경망에 과부하가 일어나며 극심한 어지럼증이 밀려왔다. 어쩌면 몸속에 스며든 점액질이 마침내 혈관을 완전히 부식시켜 자신을 파괴하고 있는 건지도 모른다고 이안은 생각했다.

## 18

병이 치료됐는데 난 죽어가고 있어.

한나가 학교를 향해 자전거 페달을 밟으며 속으로 중얼거렸다. 구름 한 점 없이 청명한 하늘, 축제처럼 화사하게 물든 가로수 나뭇잎들 사이로 쏟아지는 햇살, 머리카락을 날리는 맑고 선선한 공기, 헤드폰에서 흘러나오는 가장 좋아하는 음악, 오고 있냐 어디쯤이냐고 자꾸 물어오는 친구들, 무엇보다도 더 이상 아프지 않고 살아 있다는 이 생생한 감각. 이 모든 것이 한나를 행복하게 만들어야 마땅했다. 자전거를 타고 바람을 가르며 등교하는 길은 한나에겐 하루 중 가장 행복하고 설레는 시간이었다. 하지만 이번 생에 처음으로 한나는 자신이 불행하다고, 아무런 희망이 없다고 느꼈다. 꿈. 그것이 영영 다시 돌아오지 않으리라는 예감이 확신으로 굳어지고 있어서였다. 어제 온종일,

밤새도록, 오늘 해가 중천에 떠오를 때까지도 한나는 기다렸다. 미카의 말대로 그 꿈이란 것이 다시 돌아오기를. 꿈은 원래 잠을 잘 때 찾아오는 거라고 미카가 말해주었기에 한나는 내내 잠을 잤다. 적어도 잠을 자는 흉내를 조금이라도 더 그럴듯하게 내려 애썼다. 미카가 하는 것처럼 누워서 눈을 감고 온 세상이 어둠 속에 사라지길 기다렸다.

— 꿈은 그때 찾아와요. 해가 져야 달이 뜨는 것처럼, 온 세상이 어둠 속으로 사라졌을 때야 찾아오지요.

미카가 그렇게 말했기에 한나는 암막 커튼을 치고 침대에 누워 눈을 감은 채 기다리고 또 기다렸다. 오늘도 학교를 거르고 계속 그렇게 누워서 기다릴 작정이었다. 루시와 리암, 테오가 자꾸 괜찮냐고 물으며 집으로 찾아오겠다고 귀찮게 하지만 않았더라면.

'분수대 앞에서 기다릴게.'

리암의 메시지를 확인하며 한나는 학교 정문 앞에서 돌아서고 싶은 마음을 억눌렀다. 집으로 돌아가 어둠 속에서 꿈이 다시 찾아오기를 기다리고 싶은 마음이 간절했다. 한나는 울음이 터질 것만 같은 답답한 기분을 억누르며 정문에서 자전거를 멈춰 세웠다. 이런 비참한 기분으로 친구들을 만나고 싶지 않았다. 한나는 자전거를 끌고 되도록 천천히 걸어서 교정으로 들어섰다. 헤드폰에서 들려오는 음악마저도 그녀를 짜증스럽게 만들었다. 한나가 멈춰 서서 음악을 끄고 헤드폰을 벗어 가방에 넣으며 생각했다. 텅 비었어. 이 음악도. 나 자신도. 알맹이가 없어. 아무런 의미가 없어. 한나는 계속 걸음을 옮겼지만 도대체 자신이 왜 이곳에 왔는지, 무엇을 위해 여기 왔는지 알 수 없었다. 완벽하게 깨끗하고 아름답게 관리된 교정의 잔디밭과 웅장하고 고풍스러운 화강암 건물들, 깨끗한 옷을 입고 깨끗한 얼굴로 깨끗한 미소를 지으며 오가는 학생들과 선생님들마저도 숨이 막히도록 지겹게 느껴졌다. 꿈속의 악기를 찾으러 게토로 갔던 그제의 일이 도리어 그리울 정도였다. 그때 거기선 모든 게 더러웠지만 생생했으니까. 코를 찌르는 악취만큼이나 내 머릿속 꿈의 파편들도 생생했으니까. 내가 살아 있는 이유를 알았으니까. 내 안에 음악이 자라나고 있다는 걸 느낄 수 있었으니까. 한나가 연못가에 자전거를 세우고 멈춰 섰다. 벤치에 앉아 점심을 먹으며 떠들어대는 저 애들만 아니면 주저앉아 엉엉 울 수 있을 텐데, 한나가 그들을 원망스럽게 바라보며 버드나무에 몸을 기댔다. 모든 게 원망스러웠고 특히 새엄마가 가장 미웠다. 대체 왜 날 그냥 내버려두지 못했던 거지? 왜 하필 그날따라 일찍 퇴근해서는, 내가 집에 돌아오자마자 기다렸다는 듯 날 붙잡고 말을 시키다 내가 감염됐다는 걸 알아챈 거지? 그러고는 바이러스를 없앤다면서 내 안에서 자라던 음악을 뿌리째 뽑아버린 거지? 날 살린다고 하면서 날 이렇게 안에서부터 죽어가도록, 텅 비어서 껍데기만 남도록 만들어버린 거지? 한나의 눈에서 참았던 눈물이 흘러내렸다. 그런 자신이 창피해 벤치 쪽을 건너다보았지만 점심을 먹는 학생들은 자기들끼리 떠드느라 한나에겐 관심이 없었다. 한나가 나무둥치 반대편에 몸을 숨긴 채 눈물을 떨구며 연못을 내려다보았다. 연꽃이 다 져버린 연못은 시들어가는 연잎과 덩굴들로 혼탁했다. 병이 치료되는 게 무슨 의미가 있어, 음악이 죽었는데. 음악이 죽고 내가 이렇게 죽어가는데. 한나가 다시 새엄마를 원망했다. 어쩌면 그게 새엄마가 원했던 건지도 몰라. 날 살린다면서 실은 죽이려고 그랬던 건지도 몰라. 내가 죽으면 아빠하고 새 아이를 가질 수 있을 테니까. 천한 크샤트리아 피가 섞인 와인색 눈동자가 아닌 완전히 푸른색 눈을 가진, 자신을 꼭 닮은 완벽한 아이를 가질 수 있을 테니까. 그래, 그게 린이 원했던 거야. 그 여자가 날 보던 눈빛엔 늘 뭔가 찜찜한 게 있었어. 어쩌면 이 모든 게 미리 계획됐던 일인 건지도 몰라. 애초에 내가 바이러스에 감염됐던 것부터가 린이 꾸민 일이었는지도 모르지. 한나가 이를 악물며 고개를 저었다. 아니, 절대 그렇겐 못 할걸. 내가 죽긴 왜 죽어. 내 안에 그 여자가 죽이지 못한 꿈의 파편들이 아직 남아 있을지 몰라. 그래, 아주 작은 조각 하나라도 남아 있다면 거기서부터 음악이 다시 자라날 수 있게 될지도 몰라. 아, 내가 왜 여기서 이러고 있지? 어서 집으로 돌아가야 해. 한나가 눈물을 닦아내고 연못에 이는 물결을 바라보았다. 누렇게 시든 연잎들 사이로 붉은 무늬가 있는 흰 물고기가 머이를 기대하는지 그녀 쪽으로 헤엄쳐 왔다. 한나가 돌아서서 자전거로 다가가 핸들을 붙잡았다. 어서 집으로 돌아가 꿈을 기다려야 해. 내 안에 아직 죽지 않고 남아 있는 꿈이 있는지 확인해야 해. 아주 미세한 파편 하나라도 남아 있는지 확인해 그걸 되살려야 해 어떻게든…. 한나가 다급한 마음으로 자전거 받침대를 발로 걷어찼다. 그런데 받침대가 텅, 소리를 내며 옆으로 젖혀지는 순간 한나의 머릿속에서 물고기가 수면으로 솟구쳐 입을 뻐끔거리듯 어떤 잔상이 반짝였다. 무지갯빛물고기잡힐듯잡히지않는반짝이는비늘같은선율

아. 한나가 자전거 핸들을 붙잡고 선 채 자신도 모르게 탄성을 내질렀다. 그것이 돌아오려나 봐. 잠들지 않고 깨어 있었는데도 내 꿈이, 내 음악이 다시 날 찾아오려나 봐. 텅 빈 듯했던 한나의 마음이 순식간에 희망으로 가득 채워져 터질 듯했다. 기뻐서 엉엉 울며 춤이라도 추고 싶은 심정으로 고개를 들자 때마침 테오가 그녀를 걱정스럽게 보며 이쪽으로 걸어오고 있었다.

"뭐야, 불러도 대답이 없길래 뭔가 또 잘못된 거 아닌가 하고…." 어두웠던 테오의 얼굴이 한나의 웃는 얼굴을 바라보며 금세 환해졌다. "이젠 정말 괜찮은 거야?"

"응. 완전."

한나가 웃음을 터뜨리며 다시 자전거 받침대를 걷어차 고정시켰다.

"아, 다행이다." 테오가 가슴을 쓸어내리며 한나에게 다가와서 들고 있던 꽃다발을 내밀었다. 테오의 눈동자에 어린 색처럼 붉은 장미를 보는 한나의 입가에 웃음이 번졌다.

"네가 무사히 치료됐다는 말을 듣고 얼마나 마음이 놓였는지 몰라." 테오의 입가에도 수줍은 미소가 번졌다. "그놈의 바이러스가 네 뇌를 완전히 먹어 치워버렸던 건 아닌지, 네가 다시 깨어나지 못하는 건 아닌지 걱정돼서 그저께부터 밥도 못 먹었다

니까."

붉은모래로된피부에파인깊고얕은주름들음악에맞춰물결처럼 일렁여

"고마워, 테오." 꽃다발을 받아 드는 한나의 입에서 다시 웃음이 새어 나왔다. 그래, 내 머릿속에 아직 남아 있었던 거야. 꿈. 그 눈부신 작은 조각들이 완전히 지워지지 않았던 거야. 내 안에서 다시 자라나기 시작한 거야. "다 네 덕분이야. 네가 날 살려줬잖아."

"그렇게 생각해주다니 고맙네. 그동안 내내 후회했었거든. 널 거기로 데려가는 게 아니었다고. 내가 그러지만 않았어도 네가 그 지경까지 가진 않았을 텐데, 자책하면서 말이야."

"야아아아아! 이 자식!"

멀리서부터 고함을 지르며 달려온 루시가 다짜고짜 한나의 목을 붙잡았다. "그동안 내가 얼마나 걱정했는지 알아? 너 무사히 살아 돌아오기만 하면 내가 죽여버릴 거라고 맹세했는데…." 루시가 한나의 목을 잡고 흔들어대며 소리쳤다. "잘 됐다. 어디 한번 죽어봐라 이 나쁜 자식아!"

"그쯤 해둬, 루시." 테오가 루시의 팔을 붙잡았다. "너 그러다 진짜 애 잡겠다. 아직 안성을 취해야 할 텐데."

"그래? 그러면 네가 애 대신 나한테 함 죽어볼래?" 루시가 이번에는 테오에게 달려들었다.

"아아아, 사람 살려!"

테오가 루시에게서 도망치며 축구 시합이 한창인 운동장을

향해 달려갔다. 루시가 주먹을 휘두르며 테오를 뒤따라 달려갔다. 그 모습을 보며 터져 나오던 한나의 웃음이 갑자기 멈추었다. 리암이 분수대 쪽에서 자신에게로 걸어오는 모습이 그제야 한나의 눈에 들어왔기 때문이었다. 리암의 손에도 꽃다발이 들려 있었다. 테오가 준 것과 똑같은 장미 꽃다발이었다. 다만 테오의 것보다 덜 붉은 분홍빛에 꽃송이가 더 많고 풍성하다는 것만 빼고는.

"리암." 한나가 자기 손에 들린 꽃다발을 내려다보며 다가오는 리암을 바라보았다. 10년이 넘도록 가장 친한 친구였던 리암의 얼굴이 저런 표정을 짓는 것을 여태껏 한 번도 본 적이 없었다. 리암이 저렇게 상처받을 수도 있다는 것을, 그것이 자신 때문이라는 것을 깨달은 한나의 가슴 한편이 아려왔다. "미안해."

이 말을 하자마자 한나는 이것이 리암과의 관계에 난 균열을 메우는 쪽이 아니라 그것이 불가능하다는 것을 확인하는 쪽으로 날아가는 돌멩이 같다고 느꼈다.

리암이 고개를 끄덕이며 꽃다발을 들지 않은 한나의 왼손에 꽃을 건넸다.

"네가 무사해서 다행이야."

리암의 창백한 푸른 눈동자가 한나를 들여다보았다. 십년지기 친구가 아닌 낯선 사람을 보는 듯한 그 눈빛에 한나의 가슴이 답답해졌다. 그녀가 테오의 꽃다발을 리암의 꽃을 든 왼손에 옮겨 쥐며 생각했다. 그냥 다 말하자. 사실을 다 말하면 리암도 이해할 거야. 우리가 지난 10년간 얼마나 많이 싸웠었어? 그래도 서로 속마음을 터놓고 나면 화가 풀렸었잖아. 그리고 서로를 더 이해할 수 있게 됐었지.

온다그들이와숨어땅밑으로잡히면죽어

한나가 리암에게 손을 내밀다 말고 소스라쳤다. 안 돼. 그 끔찍한 꿈들까지 다시 돌아오기 시작했나 봐.

"한나." 리암이 한나를 바라보며 고개를 가로저었다. "나도 모르겠어. 내가 왜 널 사랑하게 됐는지, 언제부터 그렇게 됐던 건지. 그리고 그게 날 괴롭게 했어." 리암의 얼굴에 서글픈 미소가 떠올랐다. "왜냐하면 난 예술가가 아니라 과학자니까. 그렇게 태어났으니까. 내가 이해할 수 없는 것이 날 괴롭게 만들어서, 그 문제를 해결하지 않으면 직성이 안 풀리도록 말이야."

그래, 그냥 이렇게 보내주자. 한나가 리암에게 내밀려던 손을 거두며 마음속으로 중얼거렸다. 나 자신도 이해할 수 없는 내 이 모든 혼돈을, 다 털어놓고 이해하게 만든다 한들 그게 리암에게 도움이 될까?

"그런데 방금 깨달았어." 리암이 말을 이었다. "내가 아무리 더 애쓴다고 해도, 너라는 문제를 내가 결코 풀 수 없으리란 걸. 그리고 내가 그걸 더 이상 견딜 수 없을 거라는 것도." 리암이 손끝으로 이미를 문지르며 쓴웃음을 지었다. "그냥 난, 네가 아프지 말았으면 좋겠어. 네가 쫓는 그 열망이 널 너무 아프게 하지 말았으면 좋겠어. 왜냐하면 넌, 나처럼 그걸 견딜 수 없는 사람이 아닌 것 같으니까 말이야. 그걸 포기할 수 있는 사람이 절대 아닌 것 같으니까."

그래, 이게 맞아. 돌아서서 멀어져가는 리암의 뒷모습을 바라보며 한나가 마음속으로 말했다. 너는 이해할 수 없어, 절대로. 그리고 이해하지 못하는 편이 나아. 내가 지금 달려가서 널 붙잡는다면 잠시 동안은 행복할 수도 있겠지. 하지만 그다음엔 후회하게 될 거야. 너도, 나도. 그러니 이편이 나아. 한나가 어깨를 힘없이 떨구며 생각했다. 내 머릿속에 박혀 있는 이 날카로운 꿈의 파편들이 너까지 찌르지 않도록, 그냥 널 이렇게 보내주는 게 맞아.

핑 핑 핑
퐁
지옥.
핑핑 핑
퐁
지옥에 가야 해.
핑 핑핑
퐁
하지만 어떻게?
핑핑  핑
퐁
어떻게 해야 지옥에 들어갈 수 있을까?

탁구공이 넘어올 때마다 받아치며 이안이 생각했다. 중앙기억센터에서 빠져나온 후로 온통 그 생각뿐이었다. 소피아는 사망한 게 아니라 '지옥'에 간 것이라는, 그러니 그곳에 가서 소피아의 기록을 찾아내야 한다는 이 생각을 떨쳐낼 수 없었다. 소피아가 사망한 거라면 그제 중앙기억센터 35층에서 그녀의 계좌를 찾아냈어야 했을 테니까. 가장 최근에 사망한 인간들의 기억들은 다 그곳에 저장돼 있었으니까. 하지만 몇 번을 찾아봐도 소피아의 이름은 없었다. 마치 소피아 뒤샹이라는 인간이 이 세상에 존재했던 적이 없었다는 듯. 충격으로 기절할 듯한 몸을 간신히 추스르며 센터를 빠져나왔을 때야 이안의 머릿속에 그곳이 떠올랐다.

'지옥.'

그래, 소피아는 '지옥'에 간 거야. 이안은 이 믿기지 않는 마지막 가능성에 대해 또다시 생각했다. 소피아는 도망쳐서 숨어 사는 동안 심각한 범죄를 저질러 사형을 선고받은 거야. 거기서 폐기를 당한 거야. 그것 말고는 이 상황을 설명할 방법이 없어. 사형수들만이 기억을 삭제당하니까. 현생은 물론 전생의 기억들까지 모두 파괴당하는 가장 무서운 벌인 '폐기'형에 처하니까. 사형수들의 기억만이 중앙기억센터가 아닌 '지옥'의 범죄기록 보관소로 보내질 테니까. 그래, 그것만이 이 상황에 대해 유일하게 말이 되는 설명이야. 그리고 가장 말이 안 되는 설명이기도 하고. 소피아가 절도 같은 경범죄도 아니고 살인처럼 가장 끔찍한 범죄를 저지를 수 있다고? 그녀가 아무리 극한 상황에 처했다고 해도 그런 일은 절대로 가능하지 않아. 하지만 그렇다면 대체….

핑    핑핑

"앗."

이안이 받아치는 데 실패하자 탁구공이 바닥에 떨어져 떼구루루 굴러갔다. 탁구대 맞은편에서 린이 승리의 함성을 질렀다. 책상에 앉아 시간만 죽이는 게 지겨워 그녀와 함께 연구소 지하 탁구장에 함께 내려왔던 참이었다. 세 판째 내리 지고 나니 더 치고 싶은 의욕이 사라진 이안이 벤치로 가 주저앉았다.

"무슨 생각에 또 그렇게 빠져 있는 거야?" 린이 탁구채를 든 채 이안에게 다가왔다. 아무도 없는 탁구장 안에서 린의 목소리가 법정에 선 검사의 그것처럼 커다랗게 울려 퍼졌다.

"솔직히 말해봐. 대체 뭔데 그래?" 린이 이안의 옆에 앉아 그의 두 눈을 들여다보았다. 린의 연푸른 눈동자가 이안을 꿰뚫어 보듯 날카롭게 빛났다.

"지옥." 이안이 한숨을 내쉬며 말했다. 그래, 그냥 솔직히 다 말해버리자. 어차피 린한테는 숨기려고 해도 그럴 수 없다는 거 알잖아. 한나 눈동자만 한번 보고도 전생 바이러스에 감염됐다는 길 알아낸 여산데, 내가 요즘 제정신이 아니란 건 오래전에 파악했겠지.

"오, 당신 무슨 짓을 한 거야?" 린의 눈이 놀라움으로 커졌다. "요즘 많이 수상하다고는 생각했는데, 범죄까지 저질렀으리라곤…"

"아냐, 그런 일 없어." 며칠 전 한 건 하긴 했지만, 운이 우라지게 좋아서 무사히 빠져나왔지. "제노스 때문인지 요즘 내 정신이 아니긴 하지만, 아직 지옥에 갈까 봐 걱정할 정도는 아니야. 아직은."

"그러면 뭐야? 대체 뭐 때문에 요즘 그렇게 미친 사람처럼 헤매고 다니는 거야? 여자라도 생겼어?"

"여자야 생겼지." 이안이 린의 허리를 끌어당겨 그녀의 입술에 입을 맞췄다. "당신."

"장난하지 말고." 린이 이안을 밀어내며 쏘아보았다. "뭔데?"

"한나." 이안이 말했다. 그래, 한나 핑계를 대자. 그러면 린도 이해할 수 있을지 몰라. "한나가 소피아에 대해 자꾸 물어서. 내가 혹시라도 이 망할 제노스 때문에 죽기 전에, 알아내야겠다는 생각이 들더라고. 소피아가 왜 떠났는지, 지금 어디서 뭘 하고 있는지."

린이 발밑에 떨어진 탁구공을 주워 올리며 말했다. "당신 어머니한테 여쭤보면 되잖아?"

"그랬지. 그런데 괜히 여쭤봤어. 도와주시긴커녕 방해만 하시는 것 같거든. 전혀 도움이 안 돼."

"아, 어머니가 소피아를 싫어하셨다고 했지." 린이 탁구공을 손에서 이리저리 굴리며 말했다. "그런데 갑자기 지옥은 왜?"

"어찌어찌해서 중앙기억센터에 소피아의 계좌가 있는지 찾아볼 수 있게 됐는데, 거기에 그게 존재하지 않는 걸로 밝혀졌어."

"뭐라고?" 린의 연푸른 눈동자가 동공이 확대되면서 어두워졌다. "어떻게 그런 일이? 그게 말이 돼?"

"말이 안 되지. 그래서 지옥에 한번 가보려는 거야." 이안이 린의 어깨에 얼굴을 묻으며 중얼거렸다. "거기에 혹시 기록이 있다면. 소피아가 중범죄를 저질러 폐기됐다는 기록이라도 있다면 적어도 말은 되니까. 말도 안 되는 방식으로라도…."

"아, 이안." 린이 이안의 머리카락을 쓸어내렸다. "그래서 그렇게 넋이 나가 있었구나. 난 오해했지 뭐야. 자기가 바람이라도 피우는 줄 알고."

"그게 가능할 리가 없잖아." 이안이 린을 끌어안았다. "당신보다 아름답고 똑똑한 여자를 내가 찾아냈을 리가 없으니까." 이건 사실이지. 하지만 사랑이란 건 사람을 자꾸 사실의 영역 바깥으로 튕겨 나가게 하나 봐. 소피아, 그녀에 관한 생각을 멈출 수가 없어.

"그래서, 지옥엔 어떻게 접근하려는 건데? 거기 아는 사람이라도 있어?"

"그럴 리가 있겠어?" 이안이 린의 손에서 공을 집어들어 맞은편 벽을 향해 던졌다. 공이 탁구대를 넘어 바닥에 떨어졌다가 이리저리 핑 핑 소리를 내며 튀어 다녔다. "처음엔 검찰청 쪽 인맥에 접근해보려고 했지. 기길 통해서 지옥에 있는 정보를 알아내려고. 그런데 얼마 전 총장이 사망했잖아. 이번에 임명된 사람은 나하고 연결점이 없더라고. 어머니 역시 그쪽엔 힘을 못 쓰실 것 같고. 물론 내가 어머닐 다시 찾아가 설득하는 데 성공했다는 걸 가정했을 때의 이야기지만."

"안녕하세요!"

주임연구원 하나가 탁구실 안으로 머리를 내밀고 웃어 보였다. "혹시 저희도 여기서 탁구 좀 쳐도 될까요?"

"그럼요. 어서 치세요!" 린이 웃으며 탁구대를 가리켜 보였다. 주임과 신입연구원이 맞은편 벤치로 가 가운을 벗으며 자기들끼리 농담을 주고받다 웃음을 터뜨렸다.

"나가자." 이안이 린에게 속삭였다. "요즘은 여기가 연구소에서 가장 핫한 장소가 된 것 같아."

"그래서, 어떻게 지옥에 접근할 생각인데?" 린이 연구소 뒷마당으로 나가며 이안에게 속삭였다. 수드라 인부들 몇 명이 커다란 상자들을 짊어진 채 창고로 나르고 있었다.

"호세." 이안이 주위를 두리번거리며 목소리를 낮췄다. "소피아 아버지 쪽이 차라리 승산이 있을 것 같아. 그 양반 회사 사치품을 소비하는 단골 중 지옥 관계자가 없으리란 법도 없잖아? 그 양반이야 워낙에 마당발이니."

"오, 그래." 린이 화단 쪽 벤치로 다가가며 말했다. "얼른 한번 물어봐."

"그런데…." 이안이 린의 옆에 바짝 붙어 걸어가며 속삭였다. "그러려면 소피아가 사형당했을지도 모른다는 걸 호세에게 알려야 해. 그러면 그 양반이 얼마나 놀라겠어? 차라리 그냥 지금처럼 소피아가 다른 남자랑 도망가서 숨어 살고 있다고 생각하도록 내버려두는 편이 나을지도 몰라."

"아! 나 갑자기 생각났어." 린이 벤치에 앉으며 이안을 끌어당겼다. "나 어릴 때 살았던 부모님 집 동네에, 지옥 관계자가 한 명 살았어." 린이 이안을 옆에 앉히고 목소리를 낮췄다. "동네 모퉁이에 있는, 엄청 높은 담에 둘러싸인 빨간 벽돌집이었는데, 다들 그 집 주인이 지옥에서 일한다고 수군거렸던 기억이나. 어릴 때 말썽부리면 '빨간 집으로 끌려간다'하고 어른들이 겁주고, 애들끼리 무슨 공포체험 하듯이 거기 가서 엿보기도 하고 그랬어." 린이 웃음을 터뜨렸다. "그런데 이런 건 도움 안 되겠지? 그 집 주인이 정말 지옥 관계자였는지, 아직도 거기 사는지, 아직 지옥에서 일하는지, 아직도 환생하지 않았는지 아무것도 모르니까 말이야. 게다가 그걸 알아낸다고 해도, 그런 사람한테 어떻게 접근해 정보를 캐낼 수 있겠어? 미행이라도 해? 뇌물을 먹여? 그런데 이골이 난 꾼이 아니고서야⋯."

"그러게 말이야, 불가능하지." 이안이 실소하며 고개를 가로저었다. 그럼. 당연히 불가능하고 말⋯지 않을 수도 있지 않을까? 이안이 상자들을 계속 창고로 날라다 쌓고 있는 인부들을 바라보며 곰곰이 생각했다. 미행, 뇌물, 잠입, 다 이미 해봤고 성공까진 아니어도 실패하진 않았었는데? 꾼. 그래, 나 자신을 이제 꾼이라고 불러도 되지 않을까? 넌 이미 망할 놈의 꾼이 됐으니 시도해보지 못할 것도 없지 않을까? 빌어먹을. 역시 난 제정신이 아니야. 제노스가 날 조종하고 있는 거라고. 그 외계 생체 물질이 어떤 망할 이유로 날 이젠 지옥까지 가도록 몰아가고 있는 거야. 이안이 구름 낀 하늘을 올려다보는 린을 흘끔거리며 이를 악물었다. 그래, 가보자 이 점액질 괴물들아. 이미 한 번 갈 데까지 갔다 돌아왔는데 한 번 더 간들 뭐 큰일 나겠어? 그러다 망해봤자 얼마나 망하겠어? 뭔가 잘못돼 지옥에 떨어져 폐기당하는 거 말곤? 제길. 망했어. 난 이미 완전히 망했다고.

"망했어. 완전히 망했다고. 이제 어쩌지?"

루시가 자전거를 끌고 정문을 향해 걸어가며 돌멩이를 걷어 찼다. 연못가에서 벌레를 쪼아 먹던 비둘기 한 마리가 놀라서 하늘로 날아올랐다.

"그러게 말이야. 경연까지 석 달도 빠듯하다고 생각했는데, 갑자기 이렇게 이달 말이라고 통보해버리면 어쩌란 거야?" 한나가 자전거를 멈춰 세우며 한숨을 쉬었다. 멜로디. 그 멜로디가 금방이라도 떠오를 것 같았는데, 왜 기억이 안 나는 거지? 아까 머릿속을 스쳐 지나간 꿈의 조각들은 그냥 바이러스가 치료되고 남은 찌꺼기 같은 거였던 걸까?

"그게 바로 포인트인 거지. 이렇게 갑자기 날짜를 앞당기면 나 같은 노력형 범재는 당연히 예선 탈락할 테니까." 루시가 연못가 벤치를 가리켰다. "저기 좀 앉았다 가자. 나 지금 충격받아서 걸을 기운도 없어."

"아니 그렇다고 해도, 이번에 예선 탈락한 학생들은 아예 전공을 포기해야 한다는 게 말이 돼? 10년 동안 애써왔던 꿈이 그날 하루의 실수로 날아갈 수도 있는 거잖아?" 한나가 루시를 따라 벤치 옆에 자전거를 세우며 말했다. "이제 천재가 아니면 예술은 꿈도 꾸지 말라는 거야? 하루아침에 이렇게 법을 바꾸는 게 어딨어?"

"새로 임명된 교육부 장관이 에너지 효율부 출신이라잖아. 예술교육은 쓸데없이 에너지만 낭비하니까 집어치워야 된다는 거지." 루시가 벤치에 쓰러지듯 주저앉으며 머리를 쥐어뜯었다. "왜 하필 교육부 장관은 요즘 같은 때 사망해서 이런 날벼락이 떨어지게 만든 거냐고."

"정부에서 그렇게 만들었다는 얘기도 있어." 한나가 루시 옆에 바짝 붙어 앉으며 속삭였다. "예술교육 축소하라고 아무리 압박해도 꿈쩍도 안 하니까, Z-15 부작용을 핑계로 그 여자를 사망하게 했다는 거야."

"아, 그래." 루시가 옆 벤치에 앉아 있는 아이들을 흘끔거리며 목소리를 낮췄다. "그것 땜에 사망한 정부 관료들이 다, 말을 안 들어서 정부가 사망시킨 거래잖아."

"야, 난 더 미친 얘기 들었어." 한나가 속삭였다. "사망하지 않은 고위직 중 몇 명도 사실은 이미 사망했다는 거야."

"뭐?" 루시가 연못가로 걸어오는 학생들을 돌아보며 한나의 귀에 속삭였다. "그게 무슨 소리야?"

"Z-15 부작용 때문에 사망한 고위직들이 사실은 더 많았다는 거야. 그런데 정부에서 그걸 쉬쉬하고, 사망한 인간들 몸에다 자기들이 만든 가짜 의식을 집어넣었대." 리암이 그랬어, 한나는 덧붙이려다 그만두었다. 리암은 이제 더 이상 공기처럼 당연한 존재가 아니게 됐으니까.

"미쳤다!" 루시가 언성을 높였다가 깜짝 놀라 주위를 두리번거리며 목소리를 낮췄다. "그러면 그 인간들은 사실은 정부의 꼭두각시인 거야?"

"그렇지. 겉으로는 예전하고 똑같이 말하고 똑같이 행동하지만, 사실은 그 사람이 아니라 다른 사람인 거지. 아니, 사람이 아니라 좀비라고나 할까?"

말을 마치기도 전에 한나의 머릿속이 멍해지며 몸이 미세하게 경련하기 시작했다. 보스. 게토에서 보았던 그 기계 여자의 검은 눈. 손에는 깡통따개 같은 것을 든 채 한나를 실험 재료처럼 관찰하는 끝 모를 구멍 같은 눈동자. 무표정한 얼굴로 한나의 눈을 들여다보며 침착하게 그녀의 두개골을 열기 시작하는….

"한나!" 루시가 소리치며 한나의 어깨를 잡았다. "니 몸이 왜 이렇게 떨려? 그리고 눈도 초점이 풀린 게…." 루시의 휘둥그레진 눈이 한나의 두 눈을 들여다보았다. "너 아직 다 안 나은 거지? 아직 증상 남아 있는 거지?"

"아니야. 그냥 잠깐…. 순간적으로 스트레스가 너무 심해져서

어지러워졌나 봐." 한나가 애써 아무렇지 않은 척 웃어 보였다.

"하긴. 나도 놀라서 기절할 지경인 걸 억지로 버티고 있는 거야. 넌 바이러스 집중 치료까지 받았으니 오죽하겠냐." 루시가 연못가를 뛰어다니며 소리 지르는 학생들을 노려보았다. "아, 정신 사나워서 안 되겠다. 일어나서 좀 걷자. 걸을 수 있겠어?" 루시가 한나의 팔을 잡으며 그녀를 걱정스럽게 들여다보았다.

"당연하지. 호들갑 좀 그만 떨어." 한나가 벤치에서 일어나며 몸의 떨림을 감추려 입술을 깨물었다. 보스. 그 기계 여자의 기억이 왜 다시 머릿속에 떠오른 거지? 이건 전생의 기억이 아니야. 내가 되살리려 애쓰는 꿈의 파편들이 아니야. 이건 다른 거야. 한나가 자전거 핸들을 붙잡고 루시 쪽으로 끌고 가며 생각했다. 이건 내 실제 기억이야. 전생이 아니라 현생에서 있었던 일인 거야. 하지만 그렇다면 언제? 왜? 만약 그게 정말 내 기억이라면, 그런 일이 실제로 일어났다면 나는 사망했어야 해. 난 지금 이렇게 살아서 생각할 수도, 걸을 수도 없어야 해.

"이제 2주 동안은 죽었다 생각하고 작업해야지. 입상은 꿈도 안 꿔. 예선만 안 떨어지게 무슨 짓이든 해봐야겠어." 루시가 정문을 향해 자전거를 끌고 가며 옆에서 수다를 떨었지만 한나의 귀에는 들어오지 않았다. 갑자기 주위 모든 것이 낯설게 보였고 자기 자신조차 낯설게 느껴졌다. 탈바꿈한 후로 내 몸이 내 몸처럼 느껴지지 않았던 데에는 이유가 있었던 거야. 한나가 속으로 중얼거렸다. 보스. 그 기계 여자가 내 몸에 정말로 뭔가를 했던 게 아닐까? 하지만 그런 일이 어떻게 가능할 수 있는 거지?

대체 내 몸에 무슨 일이 일어나고 있는 거야? 린은 바이러스에 대해서만 말했을 뿐, 다른 이상은 발견하지 못한 것 같았어. 지금이라도 이 얘길 털어놓아야 할까? 하지만 그렇다면 경연은? 병원에 입원하게 되면 난 아예 경연에 참여하지도 못하게 될지 몰라.

"아, 자료실에서 참고할 만한 그림 좀 제발 찾아냈으면 좋겠다." 루시는 옆에서 계속 떠들어대고 있었다. "그런 걸 변형해서 내 스타일로 바꿔봐야겠어. 생짜로 작업하는 건 시간 모자라서 무리야. 어떻게든 탈락만 안 하게…."

진짜 문제는 전생이 아니었어. 한나가 떨려오는 몸을 가누려 애쓰며 생각했다. 난 전생에 죽임을 당한 게 아니었어. 살인은 현생에서 일어났던 거야. 그렇다면 지금 이렇게 두려워하고 있는 나는 누굴까? 지금 이렇게 살아서 그 꿈속의 음악을, 멜로디를 기억해내려 애쓰고 있는 나는 대체 누구인 걸까?

지옥은 악마의 왕관처럼 생겼군.

이안이 운전석 차창 너머 멀리 보이는 교도소 건물에 시선을 고정한 채 중얼거렸다. 중앙기억센터만큼이나 높고 위압적일 것이라는 이안의 예상과 달리 지옥은 불과 3층 건물 높이의 뾰족뾰족하고 검은 거대한 돔 형태로 거기 서 있었다. 아, 그러니까 저건 그냥 뚜껑일 뿐인 게로군. 이안이 입에 문 시가를 빨아들이며 생각했다. 그거 말 되네. 지옥은 위가 아니라 아래로 뻗어 있어야 지옥다울 테니까. 아래로 몇 층 높이, 아니 깊이일까? 지옥을 바라보며 시가를 피우고 있자니 창밖으로 흩어지는 연기마저 금단의 향기처럼 더 강렬하고 달콤하게 느껴졌다. 한 시간이 넘도록 지옥문 앞에서 기다리다 보니 갑자기 시가가 당겨서 피워 문 참이었다. 이제 정말 꾼이 다 됐군, 이안이 아침에 린의 옛집 동네에 찾아갔던 일을 떠올리며 연기를 내뿜었다. 린이 말했던 동네 귀퉁이의 빨간 집을 찾아냈을 땐 큰 기대가 있었던 건 아니었다. 린의 말대로 15년도 더 된 일이었으니 그 집에 지옥 관계자가 살았다 해도 지금은 아닐 확률이 더 높기 때문이었다. 게다가 설사 그런 사람이 아직 저기 산다고 해도, 어떤 식으로 그를 설득한단 말인가? 중앙기억센터 국장은 브라만 최고계급이어서 오히려 사소한 위법 정도는 마음만 먹으면 '재량껏' 무마시키는 것이 가능할 수도 있다. 그것이 자신이 중앙기억센터 안을 30분이나 휘젓고 돌아다니다 무사히 빠져나올 수 있었던 이유였으리라고 이안은 생각했다. 이안이 기억 계좌에 손을 대지 않고 이름만 확인했기에, 국장이 그 정도까지는 눈감아줄 수 있다고 판단했던 것이리라고. 하지만 지옥 관계자라면 분명 브라만 계급이 아니라 잘해봤자 크샤트리아일 테고, 사소한 위법행위만으로도 자기 모가지가 날아갈 수 있다는 걸 알기에 웬만한 유혹에는 꿈쩍도 안 할 가능성이 컸다. 게다가 자신이 그에게 평생직장과 맞바꿀 정도로 유혹적인 제안을 할 만한 주제도 못 되지 않느냐고 이안은 생각했다. 그러면서도 이안은 동네 모퉁이 공터에 차를 세우고 높은 담장에 둘러싸인 빨간 집을 지켜보았다. 어차피 Z-15 파동 때문에 신개발 업무도 중단된 상태라 별달리 할 일도 없었다. 연구실에 앉아 창밖만 내다보며 자신의 혈관이 언제쯤 완전히 부식돼 터져버릴지에 대한 생각에 사로잡혀 벌벌 떠느니, 소피아의 행방 문제에 생각을 집중하는 게 차라리 나을지 모른다고 이안은 애써 스스로를 합리화했다. 그렇다고 해서 살아 있는 시한폭탄이 된 듯한 이 지긋지긋한 불안감이 사라지는 건 아니지만.

한숨처럼 시가 연기를 내뿜으며 이안은 그 여자가 지옥의 관리본부장쯤 되리라고 추측했다. 아침에 그 빨간 집에서 마침내 걸어 나온 사람이 작은 체구의 여자였을 땐 역시 틀렸군, 하며 실망에 휩싸였었다. 하지만 밑져야 본전이니 한번 따라나 가보자며 그녀의 하얀 차를 미행했다. 그리고 그 하얀 차가 저 지옥을 둘러싼 담벼락에 가까워졌을 때, 그녀의 차가 멈춰 서지 않도록 멀리서부터 담벼락이 열리는 것을 보고 이안은 그녀가 지옥의 관리자 중에서도 최상위 직급일 것임을 확신했다. 만약 저 자그마한 여자가 지옥 관리본부장쯤 된다면 어떻게든 설득할 방법을 찾을 수 있을지도 몰라, 이안은 연구실로 돌아와 형식적인 업무들을 처리하며 자꾸만 떠오르는 그 생각을 억누를 수 없었다. 하지만 어떻게? 어떻게 그런 사람을 설득할 수 있단 말인가? 그 답은 아무리 애써도 찾을 수 없었다. 그런데도 불구하고 이안은 다시 퇴근 시간쯤에 맞춰 이곳으로 돌아와 이렇게 한 시간째 숨어서 악마의 왕관 같은 지옥을 엿보고 있었다.

지금쯤은 나올 때가 됐는데? 이안이 시계를 확인하며 식은 커피가 남아 있는 종이컵에 시가를 비벼 껐다. 아, 이건 비싼 거니까 이렇게 버리면 안 되지? 아직 반이나 남았는데, 나중에 또 피우게 종이에 싸서 넣어둬야지. 그런데 버릴 만한 종이가 어디 있더라? 이안이 글로브 박스를 뒤져 언제 넣어뒀는지 모를 도넛 포장지를 찾아내 시가를 감쌌다. 그가 포장지로 어설프게 둘

둘 만 시가를 케이스에 넣다가 고개를 들자 차창 옆으로 멀리 흰 차 한 대가 지나쳐갔다. 이안이 시가 케이스를 내팽개치며 일어나 운전석 등받이를 붙잡은 채 뒤창을 통해 멀어져가는 흰 차를 살폈다. 날개처럼 날렵한 유선형의 스포츠카. 지옥이 아니라 천국의 관리자에게 더 어울릴 법한 저 차. 그 여자가 맞아. 이안이 재빨리 운전석에 앉아 시동을 걸고 핸들을 꺾어 도로로 들어섰다.

휴. 하마터면 놓칠 뻔했잖아. 이안이 저 멀리 앞서가는 흰 차를 따라 운전하며 가슴을 쓸어내렸다. 뭐 이렇게 쫓아간다고 해서 뭐 뾰족한 수가 있는 건 아니지만. 혹시 난 이제 심지어 이런 일을 즐기게 된 걸까? 내 혈관 속 외계 생체 물질이 날 이런 은밀한 행위에 흥분하는 변태로 만들어놓은 걸까? 어이, 이 끈적끈적한 점액질 개자식들아, 네 놈들 꿍꿍이가 도대체 뭐야? 이안이 욕설을 중얼거리며 계속 액셀을 밟았다. 어? 그런데 저 지옥의 관리인이 대체 어디로 가고 있는 거야? 집으로 가는 거 아니었어? 중앙기억센터 국장처럼 변두리에 사는 애인이라도 만나러 가시나? 흰 차를 뒤따라 점점 더 한적한 길로 접어드는 이안의 머릿속 신경망을 통해 불안감이 점점 더 강하게 퍼져나가기 시작했다. 이러다 미행하는 걸 들키겠어. 속도를 줄여야 해. 저 차가 아직 가고 있다는 것만 확인할 정도로 멀리 떨어지자. 그래, 됐어. 이 정도면···. 어? 그런데 왜 갑자기 저기 멈춰 서는 거지? 이안이 당황한 채 저 멀리 외곽도로 갓길에 멈춰선 흰 차를 바라보며 속도를 더 낮췄다. 뒤에서 따라오던 차가 클랙슨을

울리며 그의 차를 추월해 지나쳐갔다. 어쩌지? 이안이 점점 가까워지는 흰 차를 바라보며 안절부절못했다. 이러다 그냥 지나치겠어. 혹시 차에 이상이라도 생겼나? 기름이라도 떨어져 멈춰 선 걸까? 그러면 이게 바로 절호의 기횐데. 이안이 흰 차를 지나쳐 가려다 급히 오른쪽으로 핸들을 꺾었다. 에라 모르겠다. 이것이 행운의 탈을 쓴 불운이 아니길 바라야지. 그냥 이대로 지나쳐 간들 별다른 대안도 없잖아? 이안이 흰 차 앞 갓길에 차를 세우며 생각했다. 백미러로 보니 흰 차는 그냥 멈춰 서 있을 뿐, 여자가 문을 열고 나오지는 않았다. 이안이 룸미러를 아래로 잡아당겨 거울에 비친 자신의 부스스한 머리카락을 손으로 단정히 빗어 넘겼다. 도움이 필요한 거라면 차에서 내려서 이쪽으로 다가오겠지? 아니면 내가 지금 백마 탄 기사처럼 내려서 다가가 물어볼까? 저, 괜찮으세요? 갑자기 갓길에 멈춰 서시길래 혹시 무슨 일이라도 생기신 건 아닌가 싶어서…. 이안이 속으로 대사를 연습하며 차 문에 손을 올렸다. 그리고 차 문을 잡아당겨 연 순간 백미러를 통해 뒤차 문이 열리는 것이 보였다. 그 문에서 걸어 나온 지옥의 관리인이 손에 커다란 사냥용 소총을 들고 있다는 것도. 이안이 소스라치며 차 문을 닫아걸어 잠글 사이도 없이, 순식간에 달려든 지옥의 관리인이 차 문을 활짝 열고 그에게 총을 겨누며 소리쳤다.

"내려, 이 개새끼야."

## 22

오래된신선한멜로디아프도록달콤한하모니멜로디내손안에서 살아서펄떡거리다떨어져

 이러다 내가 미쳐버리는 건 아닐까? 한나가 복도를 걸어가며 생각했다. 복도를 따라 늘어서 있는 음악실마다 제각각 다른 현악기와 관악기, 피아노 소리가 문틈을 통해 새어 나왔다. 그 악기들은 제각각 다른 질감과 선율로 특정한 음성적 패턴들을 만들어내고 있었다. 하지만 한나의 귀에는 그 중 어느 것도 '음악'처럼 들리지 않았다. 자신이 지난 며칠간 밤새도록 안간힘을 써 만들어냈던 음악 역시 마찬가지였다. 음악이라니, 말도 안 돼. 음악처럼 들리지 않는 것을 어떻게 음악이라고 부를 수 있겠어? 한나가 쓴웃음을 지으며 고개를 가로저었다. 그건 음악이 아니라 단지 소음일 뿐이야. 정교하게 만들어진 쓰레기, 음향 수용

회로를 공명시키는 무의미한 진동에 불과하다고. 하지만 그 음률, 내가 꿈속에서 들었던 그 멜로디무지갯빛물고기처럼손에잡힐듯잡히지않는반짝이는비늘같은선율

 아, 방금 또 떠오를 듯했는데. 잠깐이라도 기억해낼 수 있을 것 같았는데. 한나가 복도 중간에 멈춰선 채 눈을 질끈 감으며 입술을 깨물었다. 아냐, 이건 그냥 내 뇌가 만들어낸 착각인지도 몰라. 말도 안 되는 착각으로 인한 집착, 그건 인간을 미치게 만드는 광기, 질병일 뿐이야. 전생 바이러스가 문제가 아니었어. 이건 뭔가 다른 거야. 내 몸이 탈바꿈할 때 뭔가 심각한 문제가 일어났던 거야. 보스. 그 기계 여자가 정말로 내 머릿속에다 뭔가를 집어넣었던 걸까? 아니면 그 기억 역시 내 뇌가 만들어낸 착각이었던 걸까? 아, 대체 내 뇌에서 무슨 일이 벌어지고 있는 건지 알아내야 하는데 그럴 시간이 없어. 내가 미쳐가고 있는 건지 아닌지 고민하느라 낭비할 시간이 없어. 그냥 어떻게든 음악을, 아니 음악 비슷하게라도 들릴만한 소음을 만들어내 최소한 경연 예선 탈락만이라도 안 할 수 있도록….

 착잡한 마음으로 늘 쓰던 복도 끝 연습실 문을 열던 한나가 놀라 멈춰 섰다. 눈 앞에 펼쳐진 광경이 어떤 의미인지를 온전히 이해하는 데 평소보다 시간이 조금 더 걸린 듯 느껴졌다. 피아노에 기대앉아 있는 사람은 케일리, 그 옆에 앉아 있는 사람은 리암. 그 둘의 얼굴이 맞닿아 있었고 그것이 의미하는 것은…. 한나가 숨을 죽이며 소리 나지 않게 문을 닫았다. 그리고 돌아서려다 현기증이 느껴져 문에 이마를 댄 채 숨을 골랐다.

왜 이렇게 화가 나는 거야? 누구한테? 리암한테? 리암은 저러지 못할 이유가 하나도 없어. 이제 나와 리암은 아무런 사이도 아닌데. 아니, 애초부터 그냥 친구 사이였을 뿐이었고 이젠 그마저 아니게 됐는지도 몰라. 리암이 저런다고 해서 나한테 화낼 권리가 있나? 그럼 케일리한테 화를 낼까? 그 애한테도 내가 그럴 권리는 없어. 그 애가 리암과 무슨 짓을 하든 그건 걔 자유야. 나하고는 아무 상관 없는 일이라고.

그런데도 화가 나. 화가 난다고. 한나가 복도 끝에 이르러 발을 구르듯 쿵쿵거리며 모퉁이를 돌아 계속 걸어갔다. 나랑 싸운 지 며칠이나 됐다고 기다렸다는 듯 케일리랑 저러고 있는 리암한테 화가 나. 언제는 케일리가 성격이 비뚤어졌다는 둥, 이해력이 떨어진다는 둥 하면서 상종할 가치도 없다더니. 케일리한테도 화가 나. 내가 기분 좋을 때마다 꼭 튀어나와 내 기분을 망쳐놓는 게 자신의 존재 이유인 듯 구는 저 애는 제정신이 아니야. 정상이 아니라고. 그렇게 호시탐탐 날 찍어 누를 기회만 노리더니 이번에 크게 한 건 해 얼마나 뿌듯할까? 분명 내가 저 방으로 곧 들어올 거란 걸 알고 일부러 저런 걸 거야. 그러고도 남지. 저 케일리란 애는 대체 왜 저렇게 생겨 먹은 걸까? 그냥 비뚤어진 정도가 아니야. 제성신이 아니라고. 절대 정상이 아니야. 한나가 복도를 따라 늘어선 연습실마다 춤 연습에 한창인 학생들의 모습을 지나쳐가며 코웃음쳤다. 제정신이 아니야? 적어도 나보단 제정신이겠지. 정상이 아니라고? 나보다는 정상일 걸? 적어도 케일리는 나처럼 존재하지도 않는 걸 보고 듣지는 않을 테니까. 어떤 기계 여자가 내 머리 뚜껑을 열어 내 뇌에다 뭔가를 심어놨다는 망상에 사로잡힐 정도로 비정상은 아닐 테니까. 한나가 금방이라도 울음이 터질 듯한 기분에 사로잡혀 멈춰 섰다. 아… 그냥 다 포기할까? 경연이니 뭐니 다 포기하고 그냥 아빠한테 가서 솔직히 말할까? 전생 바이러스보다 심각한 병에 걸려 미쳐가고 있으니 날 어서 고쳐달라고 말해야 할까?

한나가 한숨을 내쉬며 걸음을 내디뎠다. 그리고 복도 맨 끝 무용연습실의 반쯤 열린 문을 통해 보이는 테오의 모습에 걸음을 멈췄다. 스피커에서 흘러나오는 타악기 반주에 맞춰 춤추는 테오의 몸이 만들어내는 변화무쌍한 동작들이 일종의 시각적인 음악처럼 느껴졌다. 한나는 그 자리에 서서 홀린 듯이 테오가 그려나가는 시각적 음악의 패턴들이 변화하는 모습을 바라보았다. 그리고 그 시각적인 음악의 일부가, 전부가, 아니 그 자체가 되어 심취한 테오의 얼굴이 자신이 사무치도록 그리워하는 엄마의 얼굴과 얼마나 닮았는지를 깨닫고 놀라움과 두려움이 동시에 밀려드는 것을 느꼈다. 곧 그 뒤를 이어 부러움이, 질투심을 넘어서 증오에 가까울 정도로 강렬한 부러움이 한나를 사로잡았다. 저 애는 저걸 위해서 태어났구나. 창조주가 저 애를 설계할 때 처음부터 딱 정해놨구나. 그래, 예술은 저런 사람들을 위해 존재하는 거야. 나처럼 안간힘을 써서 억지로 쥐어짜느라 발버둥 치는 보통 사람이 아니라 저런 천재들을 위해서. 내가 대체 여기서 뭘 하고 있는 거지? 나는 이 예술관 건물에 속해 있지 않아. 번지수를 잘못 찾았어. 더 늦기 전에 저 건너편 과학

관으로 건너가야 해. 그 전에 이 심각한 정신병부터 치료하고 말이야. 한나가 자괴감에 휩싸인 채 고개를 떨구며 다시 걸음을 내디뎠다.

"오늘인 거 알아?"

복도 건너편 엘리베이터를 향해 걸어가는 한나 뒤에서 테오의 목소리가 들려왔다. 한나가 돌아보니 테오가 문틈으로 고개를 내민 채 그녀를 보고 있었다. 춤에 집중하느라 못 본 줄 알았는데 언제 날 봤지?

"뭐가?"

한나가 그 자리에 멈춰 선 채 테오에게 목소리를 높여 물었다. 테오가 고개를 더 내밀어 복도를 둘러보더니 말없이 한나에게 이쪽으로 오라는 손짓을 해 보였다. 테오의 얼굴에 가득한 장난기 어린 미소가 한나의 마음속에 알 수 없는 두려움을 불러일으켰다. 자신을 바라보고 있는 테오의 눈동자에 섞인 저 붉은 빛. 사라진 엄마의 것과 똑같은 타오르는 불꽃 같은 저 두 눈. 한나가 테오에게 이끌리듯 다가가며 속으로 중얼거렸다. 위험해. 저 애는 위험해. 들으면 안 돼. 저 애가 무슨 말을 하든. 두 발짝 거리를 두고 멈춰선 한나를 답답하다는 듯 보던 테오가 긴 팔을 뻗어 그녀를 잡아끌었다. 그리고 낭황한 한나의 얼굴에 입을 맞출 듯 가까이 자기 얼굴을 갖다 댄 후 그녀의 귀에 속삭였다. "기계들 음악회."

"뭐?" 한나가 놀라서 뒤로 물러서자 테오가 그녀의 팔을 잡고 무용실 안으로 끌어당겼다.

"게토." 테오가 문을 닫고 한나를 향해 돌아서며 말했다. "그때 우리가 갔다가 하마터면 사망할 뻔했던 거기. 그 공장 옆 창고에서 오늘 공연이 열린다고. 네가 그렇게 보고 싶어 했던 기계들 음악 공연 말이야."

"아…." 한나의 마음속에 안도감과 동시에 흥분이 솟아올랐다. 피아노같지않은피아노검은건반흰건반뒤바뀐두드리면현악기소리나는이상한 다시 떠오를 것만 같아, 그 음악. 무의미한 음성적 패턴이 아닌 진짜 음악이 조금 전 잠시 손에 잡힐 듯했는데….

"어떻게 알았어?" 위험해. 그만둬. 머릿속에서 경보음처럼 울리는 소리를 무시한 채 한나가 물었다.

"오토." 테오가 말했다. "우리 극장 매니저 있잖아. 그 사람, 아니 기계한테 내가 지난번에 거기 갔다 와서 물었었거든. 그 창고에서 공연 계속하는 거냐, 언제 하냐, 그랬더니 그런 걸 왜 궁금해하냐고 의심스럽게 보다가 결국엔 말해주더라고. 매달 보름. 보름달이 뜰 때마다 공연이 열린다는 거야. 그 말은…."

테오가 연습실 창가로 다가가 커튼을 젖혔다. 이제 막 어두워져 가는 하늘에 커다란 보름달이 빛을 발하기 시작하고 있었다. "바로 오늘이란 거지." 테오가 보름달을 가리키며 외쳤다.

안 돼. 위험해. 거길 다시 갔다간 이번엔 정말로 사망할지도 몰라. "그래서, 거길 또 가겠다고?"

"네가 원한다면." 테오가 어깨를 으쓱해 보였다. 한나가 원할 수밖에 없으리란 것을 이미 알고 있다는 듯 자신만만한 미소가 그의 얼굴에 떠올라 있었다.

미쳤어? 내가 제정신이 아니고서야 그 무시무시한 델 다시 가길 원할 리 없잖아? "어…떻게 갈 건데?"

"알잖아. 지난번처럼, 스카이윙 빌려 타면 금방이야." 테오가 말했다. "지난번에 타고 갔다가 그 자리에 돌려놓으니까, 그 주인은 내가 빌려 탔는지도 모르는 모양이더라고."

미친놈. 또 절도를 하겠다고? 훔쳐 탄 스카이윙으로 그 기계 깡패들과 그들의 보스, 내 두개골을 열고 내 머리에 뭔가를 집어넣은 그 살인마 기계가 있는 곳으로 날 데려가, 이번에야말로 내 몸이 낱낱이 분해 당해 정육점 같은 신체 개조 샵 진열장에 대롱대롱 매달리는 신세가 되도록 만들려고? "하지만…."

"당연히 지난번하고 완전히 다른 모습으로 변장해야지. 지난번 그 기계 깡패놈들 다시 만난대도 절대 우릴 못 알아보게." 테오가 말했다. "게다가 이번엔 오토가 거기 있을 거야. 그러니 혹시라도 위험에 처하게 된다면 그 기계한테 도움을 청하면 돼. 오토는 절대 내가 조금이라도 다치도록 내버려두지 않을걸? 그러면 우리 부모님 극장에서 잘리게 될 테니 말이야."

이 악마 같은 놈. 대체 무슨 꿍꿍이가 있어서 이렇게까지 날 꼬드기는 거야? 돈이 궁해서 그런 거니? 날 끌고 가서 장기 밀매범한테 넘기고 한 재산 마련해서 네 전용 스카이윙이라도 한 대 마련하게?

"좋아. 가자." 한나가 말했다. 그래 난 미쳤어. 제정신이 아닌 지 오래됐지. 그러니 이게 가장 나다운 선택일지도 몰라. 혹시 알아? 거기서 보게 될 공연이 꿈속의 멜로디를 다시 떠올리게 만들 수 있을지? 지금 이런 상태론 어차피 경연 예선탈락은 불 보듯 뻔한 일이야. 그러니 잃을 게 뭐 있어? 또 한 번 목숨 건 도박을 해서 이번엔 따게 될지 누가 알겠어? 테오를 따라 복도로 나서며 한나는 창밖으로 더 밝아져가는 보름달을 바라보았다.

설마 나 지금 사기당하고 있는 건 아니겠지?

지옥으로 돌아가는 길 중간쯤에 이르러서야 이안의 머릿속에 의혹이 떠올랐다. 총부리가 이마에 겨눠진 채 지옥의 관리본부장과 대화를 시작할 때는 다만 살아서 벗어날 수 있기만을 바랐었는데, 어느새 이렇게 쉽게 거래에 성공해 다시 지옥으로 향하게 된 건지 갑자기 믿을 수 없다는 생각이 들었다. 혹시 이것이 행운의 가면을 쓴 불운인 건 아닐까? 요즘 들어 자주 떠오르는 이 실문이 이안의 머릿속에 다시 튀어나왔다. '익식향상연구소 수석연구원'이라는 직함이 박힌 이안의 신분증을 보았을 때부터 본부장의 눈빛에서 살기가 사라졌고, 5초 후쯤 머리에 겨눠진 총부리가 내려가더니 그때부터는 일사천리로 거래가 진행됐다는 것이 돌이켜보니 뭔가 수상하게 느껴졌다. 혹시 저 여자 남편이든 가까운 누군가가 Z-15 때문에 사망했던 거 아닐까? 그래서 날 지옥 가장 깊은 곳에 던져놓고 사망할 때까지 고문해 복수하려고 그리로 데려가는 건 아닐까?

"이야, 샌님처럼 생기신 양반이 마누라 고르는 안목이 보통이 아니셨구만 그래." 자신을 릴리스라 부르라고 한 지옥의 관리본부장이 걸걸한 목소리로 키득거리며 말했었다. 그 허스키한 웃음소리는 듣는 사람에게 곧바로 극심한 불쾌감과 두려움을 자아내도록 정교하게 설계된 신종 고문 방법 같았다. 릴리스는 이안이 내민 시가를 한 대 받아 한 모금 피우자마자 오르가슴의 절정에 달한 사람과도 같은 신음 소리를 내며 반쯤 감은 눈 사이로 흰자를 희번덕거렸다.

"오오 칼리… 칼리… 칼리시여…." 릴리스는 그렇게 외곽도로 갓길 한복판에서 악마의 이름을 열 번쯤 부르며 시가 향기를 음미하더니 이안이 들고 있던 시가 케이스를 통째로 빼앗아 자기 재킷 주머니에 쑤셔 넣었다. "그래서, 대가로 뭘 내놓으시려고?"

기습 펀치와도 같은 릴리스의 물음에 한동안 멍해 있던 이안이 재빨리 머리를 굴렸다. 호세에게서 도매가로 사놓은 최고급 와인, 커피, 차, 백 프로 기계 수공예 숄, 여분의 시가 한 통까지 모두 그의 차 트렁크에 고급 포장지에 싸인 채로 준비돼 있었다. 하지만 그중 어떤 것도 저 여자에게 진짜 '대가'로 간주되진 않을 거라는 예감이 이안을 주저하게 만들었다. 그중 무엇을 내놓든 본부장은 조금 전 그랬듯 자신의 주머니에 쑤셔 넣고선 "아니 그래서, 대체 나한테 '뭘' 내놓으실 거냐고 이 실없는 양반아, 엉?"

하며 시비조로 물어올 것 같았던 것이다.

"Z-15?"

이안의 입에서 마침내 이 말이 튀어나왔던 건, 그것이 자신이 제안할 수 있는 것들 중 저 여자에게 어떤 식으로든 '대가'로 느껴질 만한 유일한 품목이리란 결론에 이르렀기 때문이었다. 문제는 그것이 듣는 이의 관점에 따라 뇌물이 아니라 '나가 뒈져라 씨발놈아'란 의미로 받아들여질 확률이 구십구 퍼센트쯤 된다는 것이었지만.

"오오호호호⋯ 칼리 칼리 칼리시여⋯."

릴리스가 악마의 똥구멍에서 새어 나오는 듯한 목소리로 5분쯤은 족히 키득거리는 동안 이안의 눈은 내내 그녀가 아직도 들고 있는 사냥용 소총에 고정돼 있었다. 당장이라도 저 총구멍에서 총알이 날아와 자신의 이마 한복판에 구멍을 낼 상황에 대비해야 한다는 절박함으로 온몸을 부들부들 떨면서, '너나 나가 뒈져 이 우라질 좆만 한 개씨발쌍놈새끼야 뒈져 뒈져 뒈져라고!'라고 소리치며 총알이 다 떨어질 때까지 자기 머리를 갈겨대는 릴리스의 모습이 이안의 머릿속에서 반복 재생되고 있었다.

"사⋯ 살려만 줌⋯." 겁에 질린 이안의 목구멍에서 마침내 이 말이 힘겹게 새어 나왔을 때, 릴리스의 입에서 자욱한 시가 연기와 함께 탄식이 새어 나왔다.

"날 보고 사이코패스라 그러데. 그 브라만 개자식 나으리께서. 지는 사기 치다 잡혀 와 빵에서 구르는 주제에, 날 보고 뇌에 든 크리스털이 호두알만 해 '감성'이란 걸 못 느낀다는 거야."

릴리스가 다시 최고급 고문 도구 같은 목소리로 키득거리며 자신의 이마 한가운데를 가리켰다. "이 안에 들어 있는 크리스털이 얼마나 크고 투명한지 들여다볼 수 있었다면 그딴 개소릴 씨부리진 못했을 텐데 말이야."

오, 불법 신체개조술이 얼마나 중범죄인지 누구보다 잘 아는 인간이 나한테 이렇게 쉽게 죄를 자백하다니, 이건 절대 좋은 상황이 아니야. 이안은 머릿속으로 비명을 지르며 본부장이 손에 쥔 소총을 다시 노려보았다.

"그 우라질 제노스란 물질이 정확히 어떤 원리로 인간의 의식을 확장시킨다는 건지, 당최 이해는 안 가더라만 말이지." 릴리스가 어두워지는 하늘 아래서 크샤트리아치고는 놀랍도록 투명한 갈색 눈동자를 빛내며 고개를 끄덕였다. "궁금하긴 하더군. 그래. 많이 궁금하긴 했었어."

그 순간 지평선 위로 고개를 내민 보름달처럼 희미한 희망이 이안의 마음속에 빛을 발하기 시작했다. 아, 혹시나 했는데 저 인간이 정말 그거에 혹할 줄이야. 정말로 Z-15를 달라고 한다면 연구소에서 하나쯤 슬쩍하는 건 일도 아니지. 어차피 안정성 문제로 아무도 이식 안 하려 해서 금고에 수백 개는 쌓여 있으니까.

"내일 아침." 이안이 다급하게 보이지 않으려 안간힘을 쓰며 말했다. "아니, 원하신다면 오늘 밤에라도 가져다드릴 수 있습니다. 제 전처의 기록이 지옥… 아니 교도소에 존재하는지 확인만 해주신다면요."

"내일 아침으로 하지." 본부장이 아직 반이나 남은 시가를 땅에 던지고 발로 비벼 끄며 말했다. "급할 건 없으니까." 그러고는 이안에게 다시 차에 타라는 손짓을 했다. "타슈. 지옥 견학 한번 제대로 시켜줄 테니까."

사냥총을 손에 든 채 돌아서는 릴리스의 모습에 불안감이 되살아난 이안이 다급하게 외쳤다. "본부장님!" 그는 돌아보는 릴리스를 향해 기어들어 가는 목소리를 쥐어짜 말했다. "그걸 이식하면 사… 사망하실 수도 있다는 건 알고 계시죠?"

릴리스가 총을 든 그대로 되돌아서서 이안에게 달려들듯 빠르게 다가왔다. 사… 사람 살려! 혼비백산한 이안이 비명을 지르려는 순간 본부장이 그의 귓가에 속삭였다. "환생하기 1년 전쯤 한번 시도해보는 것도 재밌겠다 싶어서 말이지." 그녀가 허스키한 목소리로 덧붙였다. "3년도 안 남았거든."

"아, 하하…." 이안이 안도의 웃음을 터뜨렸다. "역시 현명하시군요. 사실 전 그걸 이식한 지 벌써 한 달이 넘었답니다. 그런데 보시다시피 여태 이렇게 멀쩡해요. 하하하." 그가 자기 이마를 가리켜 보이며 웃어댔다. 그만. 그만 그 미치광이 같은 웃음을 멈춰. 전혀 멀쩡해 보이지 않는다고. 이안이 바람 빠진 풍선처럼 자꾸만 새어 나오는 웃음을 멈추려 다시 릴리스의 손에 들린 총부리에 시선을 고정했다.

"약속을 안 지키면 대가를 치르게 된다는 것쯤은 알고 계시겠지?" 본부장이 이안의 백치 같은 웃음에 기분이 상한 듯 떨떠름한 표정으로 말했다. "대가를 치르게 하는 일에 대해서라면 온 세상에서 나보다 더 잘 아는 인간은 없다는 것도?"

"그럼요, 본부장님. 그런 일은 절대로 없을 겁니다. 암요, 절대로요."

그걸로 끝이었다. 거래는 성사되었다. 그렇게 쉽게. 그런데 왜 점점 찜찜한 기분이 올라오는 거지? 이안이 저 멀리 모습을 드러낸 악마의 머리처럼 뾰족뾰족한 지옥의 실루엣을 바라보며 생각했다. 그야 내가 지금 그렇게 기를 써서 들어가려고 하는 데가 천국이 아니라 지옥이니까 그렇겠지. 그래, 단지 그것뿐일 거야. 저 본부장이 날 가둬놓고 고문해 사망시킬 속셈으로 이렇게 순순히 날 지옥의 아가리 속으로 데려가는 건 아닐 거야. 그냥 남들보다 시원시원한 성격에 호기심이 많은 양반일 뿐인 거지. 그래, 그것뿐일 거야. 돈 주고 가져가래도 마다할 Z-15를 기꺼이 받아서 자기 뇌에 이식한 다음, 내가 꼴까닥 사망할지 안 할지 알아내고 싶어 안달이 난 사람이 세상에 하나쯤 존재하지 말란 법은 없잖아? 저렇게 무시무시한 데서 매일같이 수십 명을 고문하고 죽이는 사람이 제정신일 리 만무하니까 말이야. 그리고 넌 지금 그런 사람을 따라서 지옥의 아가리로 얼씨구나 들어가고 있고….

멈춰. 차를 돌려. 지금이라도 돌아가. 이안의 머릿속에서 사이렌이 울리듯 이런 생각이 떠올랐을 땐 이미 지옥의 목구멍으로 그의 차가 미끄러져 들어가고 있었다.

"하하하, 생각보다 아늑하고 평화로운 곳이네요, 하하."

그만. 그만 그 천치 같은 웃음을 멈춰. 릴리스를 따라 무빙워크에 올라탄 이안이 지옥의 밑바닥을 향해 내려가기 시작하며 자기 허벅지를 꼬집었다. 당연히 아직은 아늑해 보이겠지, 이 칠푼아. 지옥 밑바닥이 지하 8층이라는데 아직 지상이잖아. 아래로 내려갈수록 죄도 무거워지고 형벌도 끔찍해진다니 무서운지 아닌지는 내려가봐야 알지 않겠어? 이안은 다시 터져 나오려는 웃음을 참으려 허벅지를 꼬집은 손에 더 힘을 주었다. 자신이 겁을 먹으면 이렇게 실실 웃어대는 체질이라는 걸 몰랐던 시절이 그립게 느껴졌다. 어쩌면 이건 타고난 체질이 아니라 제노스가 자신을 협잡꾼 사이코로 변화시키고 있기 때문인지도 모른다고 이안은 생각했다. 그런데 정말 아직까진 하나도 안 무서워 보이는데? 교도소라기보다는 미술관 같은 느낌이야. 벽을 따라 실제로 저렇게 그림들이 걸려 있잖아? 그림들이 많이 섬뜩해 보이긴 하지만 흠… 그래봤자 그림일 뿐이잖아. 그래, 꼭 미술관 견학이라도 온 기분이야. 아래로 내려갈수록 점점 좁아지는 나선형 구조로 된 미술관이 실제로 존재한다면 말이지.

"아, 여긴 그냥 관문일 뿐이니 빨리 지나갑시다."

부하 지원에게 통화로 지시를 내리느라 정신이 없는 듯했던 릴리스가 통신을 끊고 이안을 돌아보며 말했다. 그녀가 손에 든 통신기 버튼을 누르자 무빙워크가 갑자기 2배속이 되었다. 그러자 그들이 돌아가고 있는 거대한 원형 벽에 걸린 그림들이 커다란 창문들로 변했다. 이안은 빠르게 돌아가는 무빙워크에 선 채 창문을 통해 방 안의 사람들을 들여다볼 수 있었다. 마치 생일

날 건강검진을 받으러 온 사람들처럼 대기 의자에 침울한 표정으로 앉아 있는 사람들, 불안감을 견디려 손톱을 물어뜯거나 다리를 떨거나 일어서서 방 안을 강박적으로 맴돌다 직원에게 제지당하는 사람들의 모습이 커다란 액자 속 그림처럼 이안을 빠르게 스쳐 갔다. 그다음 그림은 더 역동적이었다. 심사실에서 형을 언도받은 후 어떤 이는 안도하며 동행인을 끌어안고, 어떤 이는 고함을 지르며 심사관에게 달려들다 보안 직원에게 몽둥이로 얻어맞고, 어떤 이는 머리를 쥐어뜯으며 바닥에 주저앉아 아이처럼 엉엉 울고 있었다.

"머저리들."

릴리스가 지루한 영화를 빨리감기 하듯 손에 든 장치를 눌러 무빙워크 속도를 높였다. 속도가 너무 빨라지는 바람에 이안이 휘청하며 난간을 붙잡았다. 커다란 창들을 통해 들여다보이는 인간의 수가 갈수록 점점 더 많아지고 더 역동적으로 되어갔지만, 너무 빠르게 스쳐 지나가 정확히 무슨 일이 벌어지고 있는 건지 알아볼 수 없었다. 차라리 모르는 편이 낫지. 이안이 생각했다. 그냥 이렇게 계속 빠르게 획획 스쳐 지나가 이 지옥에서 무슨 일이 일어나는지 모른 채 밑바닥까지 내려갔으면. 거기서 소피아의 기록이 있는지만 확인하고 얼른 빠져나왔으면….

"지하 1층."

이안의 바람과 달리 릴리스가 무빙워크의 속도를 줄이자, 그들은 어느새 아래층에 이르러 있었다. 여기서부터는 벽을 따라 커다란 창이 위아래로 나란히 두 개씩 나 있는 것처럼 보였다.

이안은 처음 맞닥뜨린 두 개의 창 중 위쪽의 것을 통해 지옥 불에 휩싸여 비명을 지르며 도망치는 한 남자의 모습이 들여다보이는 것을 보고 놀라 소스라쳤다.

"아아아악!"

이안의 목구멍에서 튀어나온 울부짖음 같은 비명이 소용돌이 모양으로 지하 깊숙이 뻗어 있는 거대한 홀에 울려 퍼졌다. 이안이 놀라서 비명을 멈췄지만, 그 울부짖음은 계속되고 있었다. 이안은 그제야 그 비명이 자신이 아니라 방 안의 남자가 지른 것이라는 것을 깨달았다. 창을 통해 들여다보이는 거대한 용광로와도 같은 감옥 안에서 죄수복을 입은 남자가 괴성을 지르며 방 저편에서 이쪽을 향해 전속력으로 달려왔다. 치솟는 화염이 드높은 파도처럼 남자를 삼키려 쫓아오고 있었다.

"나태."

릴리스가 이안에게 아래쪽 창을 가리키며 말했다. 그제야 아래 창을 들여다본 이안은 거기서 죄수 몇 명이 제각각 머리에 고글 겸 헤드폰 같은 것을 쓴 채 끊임없이 방 안을 뛰어다니거나 무거운 상자를 들어 옮기거나 바닥을 기고 사다리를 오르는 등의 행동을 하며 고통에 겨워 비명을 지르는 모습을 볼 수 있었다.

"제 일 똑바로 안 하고 농땡이 부리다 잡힌 놈들이죠." 릴리스가 다시 지루해졌다는 듯 무빙워크 속도를 높였다. "저 게으름뱅이들은 저렇게 0.1초도 못 쉬고 굴러봐야 정신을 차린답니다."

"아… 하하하…." 이안이 다시 터져 나오려는 웃음을 참으려 허벅지를 꼬집으며 말했다. "그러니까 저게 진짜 불은 아니었던 거군요. 휴우…. 전 정말 저 안에 지옥불이 펄펄 끓어오르고 있는 줄 알고."

"저 루저들한텐 진짜 지옥불보다 더 뜨겁게 느껴진답니다." 릴리스가 말했다. "저 화면들은 저들의 의식이 실제로 경험하는 고통을 고스란히 생중계하고 있는 거죠. 저희가 실제로 거대한 용광로를 만든다 해도 기술적, 물리적 한계 때문에 저렇게까지 뜨겁게는 못 합니다. 저들이 지금 경험 중인 수많은 지옥들은 인간 몸이 느낄 수 있는 가장 높은 레벨의 고통을 경험하도록 최적화된, 인간 기술의 위대한 발명품이라 할 수 있죠."

"아, 하하… 정말 위대한 발명품이네요. 하하하."

이안이 빠르게 스쳐 지나가는 다른 화면 속에서 커다란 상어 떼에 둘러싸여 갈기갈기 찢기기 전에 전속력으로 헤엄치는 여자의 모습에 진저리를 치며 말했다. 공포에 찬 여자의 목구멍에서 터져 나온 비명이 다른 수십 명의 비명 소리와 함께 이안의 귓속을 파고들었다.

"하하하… 그런데 왜 보는 저마저 이렇게 고통이 느껴지는 걸까요? 저 자신이 꼭 지옥 한가운데 있는 것처럼…. 하하하… 혹시 일부러 이 건물을 이렇게 설계한 걸까요? 거기 특별한 이유가 있는 걸까요? 하하하하하하…."

이안이 아무리 허벅지를 꼬집어대도 이제 웃음은 멈추지 않았다.

"아, 모르셨군요." 릴리스가 겁에 질린 이안을 흡족하게 보며 말했다. "단체관람 손님들 때문이죠. 요즘은 열네 살부터 학교에서 이곳을 단체로 견학하도록 교과과정에도 등록돼 있습니다. 범죄예방에 이보다 좋은 방법은 없다고 전문가들이 입을 모아 말하거든요. 그들이 평생 다시는 이곳에 오고 싶지 않다고 느낄 수 있도록 최선을 다해 운영하고 있지요."

"아… 하하하… 정말 놀랍도록 유능하시네요…."

이안이 다른 화면 속에서 무시무시한 곰에게 쫓겨 절벽을 기어오르는 한 죄수를 바라보며 말했다. 죄수가 절벽에 오르자마자 이번엔 사자가 거대한 입을 벌린 채 달려들었다. 혼비백산해 다른 절벽을 향해 달려가며 질러대는 죄수의 비명 소리에 이안이 몸서리쳤다. 죄수가 기어오르기 시작한 다른 절벽 위에는 지금까지 본 모든 무서운 동물들이 합쳐진 듯한 괴물이 집채만 한 날개를 펄럭이며 악어와 같은 입에서 화염을 뿜어내고 있었다.

"사람 살려!"

그 괴물을 발견한 남자가 지른 귀를 찢는 듯한 비명이 다른 수십 명의 울부짖음과 뒤섞여 원형 홀에 울려 퍼졌다.

"하하하하하하…."

이안이 귀를 막고 눈을 질끈 감으며 릴리스가 서 있는 쪽을 향해 소리 질렀다.

"죄송하지만 조금만 더 속도를 낼 순 없을까요, 본부장님? 제가 사실 좀 바쁜 일이 있어서 말이죠. 한 열 배 정도만 더 빠르게 가주신다면… 하하하하하…."

그 순간 갑자기 빨라진 무빙워크 때문에 균형을 잃은 이안이 귀를 막은 자세 그대로 앞으로 고꾸라졌다. "사람 살려!" 이안이 얼굴이 바닥에 부딪혀 박살 나기 직전에 가까스로 팔을 짚어 엎드린 채 비명을 질렀다.

"살려… 살려주세요! 제발… 날 여기서 꺼내줘!"

목이 터져라 비명을 지르면서도 이안은 이것이 자신이 지르는 것인지 다른 죄수가 지르는 소리인지 확신할 수 없었다. 다만 자신이 더 이상은 웃어대고 있지 않다는 것만이 지금 그가 확신할 수 있는 유일한 사실이었다.

## 24

"그만 좀 웃어."

테오가 골목을 걸어가며 한나에게 신경질을 냈다. 이번에는 지난번과 달리 게토 반대편 입구 쪽에 스카이윙을 숨겨놓고 주택가 골목을 따라 공장으로 향하던 참이었다. 지난번과 완전히 달라 보이려고 여자 기계로 분장한 테오의 모습이 너무나 그럴듯해 한나는 자꾸만 웃음이 나는 것을 멈출 수가 없었다. 한나 자신은 기계 소년처럼, 테오는 기계 엄마처럼 분장하자는 아이디어를 내면서도 그럴듯해 보일까 걱정했는데 이제 보니 완전히 기우였다. 빛나는 보름달 아래서 테오는 꼭 자신의 어린 아들을 보호하기 위해서라면 사자하고도 싸울 기세가 돼 있는 건장한 기계 여자처럼 보였다.

"미안. 널 보면 정말 그 어떤 깡패도 날 건드릴 수 없을 것 같은 포스 같은 게 느껴져서." 남장을 해 기계 소년처럼 보이는 한나가 다시 테오를 보며 웃음을 터뜨렸다. "어떻게 여장을 하니까 더 무서워 보일 수 있는지 신기해서 자꾸만 보게 돼."
"원래 곰도 어미 곰이 더 무서운 법이야. 특히 자식이 옆에 있을 땐 말이지." 테오가 머리에 쓴 긴 금발 가발이 거추장스러운지 뒤로 젖히며 말했다. 그의 손에는 주먹을 날릴 때 적에게 치명타를 입힐 수 있도록 커다란 반지들이 손가락마다 주렁주렁 끼워져 있었다.

"그래도 이쪽은 지난번에 지났던 길보다는 덜 살벌해 보여. 어두워서 잘 안 보여 그런가?" 한나가 주위를 연신 두리번거리며 말했다. 골목길을 따라 늘어선 집들은 판잣집이라 부르기엔 제법 번듯해 보였다. 담벼락의 낙서들도 가끔씩만 눈에 띌 뿐이었다. 어느 집에서 정체를 알 수 없는 향신료와 양배추 같은 것을 끓이는 냄새가 풍겨왔.

"여긴 기계들 중에서도 부유한 축에 속하는 놈들이 사는 동네라 그래." 테오가 골목 저편에서 걸어오는 작달막한 기계 남자를 의식해 한나의 귀에 속삭였다. "오토네 집도 이 근처에 있어서 지난번에 따라왔을 때 와봤었거든. 그때 하마터면 사망할 뻔해서, 오토네 집에서 치료받느라…."

그때 갑자기 옆에서 문이 벌컥 열리며 들려온 고함 소리에 한나와 테오가 소스라치며 멈춰 섰다. 열린 문으로 기계 아이 다섯 명이 함성을 지르며 뛰어나왔고, 그 뒤를 따라 아버지인 듯한 기계가 뛰어나오며 고함을 질렀다.

"당장 돌아오지 못해? 너희 거기 가면 경찰 아저씨한테 잡혀간다!"

온다그들이와숨어잡히면죽어그들이널갈가리찢어해부할거야네머리에기계를심을거야

되살아났어, 꿈의 파편 한 조각이 다시. 하지만 이건 내가 원하던 꿈이 아니야. 악몽. 꿈이 아니라 악몽이 되살아나려 해. 한나가 골목길 저편으로 멀어져가는 기계들을 바라보며 몸서리쳤다.

"식겁했네. 또 개싸움 시작해야 되는 줄 알고 긴장했잖아." 테오가 가슴을 쓸어내리며 한나의 팔을 잡아끌었다. "얼른 가자. 저 기계 아이들도 공연 보러 가는 건가 봐. 빨리 가서 보고 싶지 않아?"

아니, 돌아가자. 예감이 안 좋아. 거기 가면 안 될 것 같아. 지난번보다 더 무섭고 돌이킬 수 없는 일이 일어날 것 같아. 그때 그 보스라는 여자가 거기 있을 것 같아. 날 알아보고 이번엔 정말로 날 사망시키려 할 것 같아. 한나가 속으로 그렇게 말하면서도 테오를 따라 빠르게 걸음을 옮겼다. 내가 왜 여기에 왔지? 대체 뭘 얻자고 여기까지 온 거지? 한나가 이제는 완전히 어두워진 밤하늘에서 환하게 빛나는 보름달을 올려다보며 스스로에게 물었다.

"어, 벌써 거의 다 왔나 봐. 저 소리 안 들려?" 한나를 돌아보며 미소 짓던 테오의 얼굴이 굳어졌다. "어? 너 왜 그래? 혹시 몸이 안 좋아? 그냥 돌아갈까?"

한나가 어깨를 힘없이 떨구며 고개를 끄덕이려는 순간, 아스라이 울려 퍼지는 타악기 소리가 한나의 귓속을 파고들었다.

신기루처럼어른거리는불빛과숨소리붉은모래에패인주름들음악에맞춰물결처럼일렁여

순식간에 되살아난 꿈의 눈부신 조각 하나가 한나의 온몸을 흥분으로 달아오르게 했다. 그래, 어쩌면 저기서 그 멜로디를 온전히 기억해낼 수 있게 될지 몰라.

"아냐, 빨리 가자." 한나가 테오의 팔을 붙잡고 소리가 들려오는 방향을 향해 달리기 시작했다.

피아노같지않은피아노단순하고복잡한오래된신선한멜로디아프도록달콤한

마침내 공장이 보이고 음악 소리가 가까워질수록 한나의 가슴이 벅차올랐다. 공장 옆 창고 입구에는 종이로 만든 색색의 갓이 씌워진 전구들이 빛나고 있었다. 창고 앞마당에서 알록달록한 불빛 아래 수십 명의 기계들이 음악에 맞춰 흥겹게 춤추고 있었다. 그들의 발밑에서 작은 개 한 마리가 덩달아 펄쩍펄쩍 뛰었다. 그들을 향해 종종걸음으로 달려가는 한나의 몸이 이번에는 두려움이 아닌 설렘으로 떨려왔다. 한나는 춤추는 기계들 중 지난번에 자신을 위협했던 이들이 있을지 모른다는 두려움마저 잊고 창고 안으로 들어섰다. 음악에 맞춰 몸을 흔들어대는 수십 명의 기계들에 가려져 무대가 잘 보이지 않았다. 기계들의 얼굴과 목에 맺힌 눈물 같은 액체에서 열기와 함께 야릇한 냄새

가 풍겨왔다. 왁자지껄 떠들며 바쁘게 스텝을 밟는 기계들 틈으로 파고드는 한나를 테오가 뒤에서 끌어당기며 속삭였다. "같이 가. 조심해야 해."

창고 안 깊숙이 들어갈수록 기계들이 더 빽빽이 서 있어 춤추기는커녕 발 디디기조차 힘들었다. 가장 좋은 옷을 차려입고 한껏 치장한 기계들이 쌍쌍이 손을 잡고 뱅글뱅글 돌며 소리를 지르고 웃음을 터뜨렸다. 기계 남자들은 셔츠 주머니에 색색의 꽃이나 손수건을 꽂았고 기계 여자들은 머리에 꽃이나 반짝이는 스팽글 장신구들을 달고 있었다. 미카를 볼 때는 상상할 수 없었던 기계들의 거침없는 활기가 한나를 놀라게 했다. 무대 쪽으로 다가갈수록 숨 막힐 듯한 열기와 이상한 냄새가 더 강해졌고 음악 소리는 더 크게 들려왔다. 하지만 한나의 기대감은 오히려 점점 가라앉기 시작했다. 이 현란한 음악 소리도, 춤을 추는 기계들의 몸짓마저도 낯설기는커녕 놀랍도록 익숙하게 느껴졌기 때문이었다. 아, 이건 내가 꿈속에서 들었던 그 음악이 아니야. 진짜 음악이 아니라 그걸 흉내 낸 소음에 불과해. 저 기계들은 자기들 것이 아니라 인간의 음악과 비슷한 소리를 만들어내려 애쓰고 있어. 무대 가까이 다가간 한나가 기계 연주자들을 바라보며 생각했다. 그들이 연주하는 기타와 오르간, 타악기들은 모두 실제로 존재하는 것들이었고, 심지어 그보다도 못했다. 저렇게 조잡하게 만들어진 악기들로도 인간의 음악과 저토록 비슷한 소리를 낼 수 있다는 것이 유일하게 감탄할 만한 점이었다. 아, 조금 전만 해도 다시 손에 잡힐 듯 떠올랐었는데. 그 꿈속의 멜로디가…. 한나가 무대 위 연주자들을 바라보며 탄식했다. 저들이 연주에 몰두한 모습조차도 인간과 놀랍도록 비슷해 보인다는 것이 한나에게는 왠지 역겹게 느껴졌다. 기타를 연주하는 기계는 귀에 귀걸이 같은 것을 달아 잘린 귓불을 보이지 않게 만들어 정말로 인간인 것처럼 보였다.

"나가자." 한나가 돌아서서 테오를 잡아끌며 속삭였다. 기계들의 춤추는 모습과 창고를 가득 메운 야릇한 냄새조차 더 이상 견디기가 힘들었다. 내가 도대체 뭘 기대했던 걸까? 여기 오면 환각 속의 그 이상한 장소를, 이상한 악기를, 그 이상하고 무서울 정도로 완벽한 음악, 무의미한 소리의 패턴이 아닌 진짜 음악을 실제로 마주할 수 있을 거라 생각했나? 하지만 그 꿈. 조금 전까지만 해도 순식간에 온전히 되살아날 듯했던 그 기억들은 그럼 뭐였지? 내 몸의 혈관과 근육 마디마디에, 머릿속에 꺼지지 않은 불씨처럼 아직 남아 있는 듯했던 그 꿈의 편린들은 대체 어디서 온 거지? 아까 골목길에서 날 몸서리치게 만들었던 그 날카로운 꿈의 조각. 내 뇌와 장기들을 찌르고 베어대는 듯했던 그 끔찍한 악몽은 대체 어디서 온 거야? 그런데 '악몽'이란 게 뭐지? 존재하지 않는 이 이상한 단어가 왜 자꾸 떠오르는 거야? 대체 내 머릿속에서, 내 몸속에서 무슨 일이 일어나고 있는 거지? 순식간에 밀려든 수십 가지 생각들로 한나의 머릿속이 어질어질했다. 순간 균형을 잃고 비틀거리던 한나가 앞에서 춤추던 한 기계의 발을 밟았다.

"뭐야?" 발을 밟힌 기계 여자가 한나를 쏘아보며 소리쳤다.

"죄송합니다." 노예 기계들이 하는 방식으로 고개 숙여 사과하며 기계 여자의 얼굴을 마주 본 한나의 몸이 극심한 공포로 경련하기 시작했다.

시뻘건협곡시퍼런하늘날아가는새깃털머리에단여자애말타고달려와활을겨눠날죽이려

안 돼. 악몽. 또 다른 악몽이야. 자신을 노려보는 기계 여자의 머리에 달린 깃털 장식을 바라보며 한나가 마음속으로 비명을 질렀다. 제발 그만. 그만. 그만.

"정말 괜찮아?"

테오가 물었다. 그의 머리 위에서 빛나는 커다란 보름달이 테오의 머리에 후광 같은 것을 드리우고 있었다. 더워서인지 가발을 벗은 테오의 얼굴이 달빛 아래서 평소보다 더 아름답고 위험해 보인다고 한나는 생각했다.

"그래." 한나가 고개를 떨구며 대답했다. 아니, 괜찮지 않아. 하나도. 창고 지붕에 걸터앉은 그녀의 발밑으로 여전히 춤을 추고 있는 기계들의 모습이 내려다보였다. 저들은 신나 보이네. 괜찮아 보여. 나보다 훨씬 괜찮아 보여. 기계들이 부럽게 느껴지긴 처음이야. 한나가 속으로 중얼거렸다.

"날 좀 봐, 한나." 테오가 한나의 팔을 붙잡고 그녀의 눈을 들여다보았다. "너 하나도 안 괜찮아 보여. 지난번 여기 왔을 때만큼이나 안 좋아 보인다고. 바이러스가 다 치료됐다기에 괜찮아진 줄 알았는데 아니었던 거야? 바이러스가 아니라 다른 문제

가 있었던 거야?"

"그래. 사실은…." 머릿속에 자꾸 떠오르는 이상한 장면들이 전생의 기억인 줄 알았는데, 그게 아닌 것 같아. 그러면 그 기억들은 대체 뭘까? 한나는 이렇게 말했을 때 테오의 저 아름다운 눈동자에 어릴 두려움을 상상하며 말끝을 흐렸다.

"사실은 뭔데? 응? 어디가 어떻게 안 좋은 건데?"

"후유증이 좀 남은 것 같아." 그래, 거짓말을 하자. 그게 낫겠어. 어차피 사실을 말한대도 뭘 어쩔 수 있는 것도 아니니까. 아니, 사실을 말하려고 해도 할 수가 없지. 그 사실이 뭔지 나 자신도 감조차 못 잡고 있으니까. "바이러스에 걸렸을 때 떠올랐던 전생의 기억들이 너무 끔찍해서, 다 치료됐다고 하는데도 가끔 다시 떠오르곤 해."

"아, 힘들겠네." 테오가 말했다. "혹시 치료가 제대로 안 됐다거나, 그런 건 아니래? 그런 후유증을 깨끗이 사라지게 만들 순 없대, 의사가?"

"어쩔 수 없는 건가 봐." 한나가 고개를 저었다. "바이러스는 다 제거됐지만, 그때 겪었던 충격까지 완전히 제거한다면 중요한 기억에도 손상이 생길 수 있으니까."

"망할 놈의 바이러스. 정말 고약한 놈이었구나." 테오가 한나에게 더 가까이 다가앉아 그녀의 비뚤어진 가발을 바로잡아주었다. "나한테 말해봐. 전생의 기억이 뭐였는지. 그 끔찍한 기억들을 네 머릿속에만 꼭꼭 숨겨놓지 않고 털어놓으면, 조금은 마음이 가벼워질 수도 있지 않을까?"

한나가 갑자기 터져 나오려는 울음을 애써 참으며 테오의 두 눈을 바라보았다. 아무 말도 없이 날 떠나 영영 사라져버린 엄마의 그것과 놀랍도록 똑같아 보이는 저 두 눈. 바라볼 때마다 날 한없이 나약하게 만드는 동시에 강하게 만드는 듯한 저 와인색 눈동자.

"누군가가 날 죽였던 것 같아. 전생에." 아니, 어쩌면 현생에서, 그게 아니라면 아마도 다른 차원에서. 한나가 테오의 눈동자를 들여다보며 마음속으로 말했다.

"오, 세상에. 그런 기억에 충격받지 않는다면 그게 더 이상할 거야." 테오가 한나의 어깨를 끌어안듯 감싸며 말했다. "나라도 무서워 쓰러졌을 거야. 악마 같은 기계 레지스탕스 놈들, 사람들 괴롭히는 기술 발명하는 데만은 천재적이라니까." 자신이 너무 친밀하게 굴고 있다는 생각이 뒤늦게 들었는지 테오가 한나를 감쌌던 팔을 풀며 물었다. "그래서, 전생에 널 죽인 인간이 어떻게 생겼는지 아직까지 기억나?"

"아니." 응. 정확히 기억나. 그런데 그 살인자는 인간이 아니라…. 속으로 중얼거리며 발밑을 내려다보던 한나가 소스라쳤다. 보스. 전생이었는지 현생 어쩌면 다른 차원에서 자신을 죽였던 바로 그 범인인 듯한 기계가 공장 뒤편에서 걸어 나오고 있었다. 창고 앞마당에서 춤추던 기계 중 몇 명이 그 기계 여자에게 다가가 고개 숙여 인사하며 말을 건넸다. 기계 여자는 그들에게 에워싸인 채 춤추는 기계들 사이를 가로질러 다른 창고 쪽으로 걸어가고 있었다.

"왜 그래? 뭔데?" 대답 없는 한나를 보던 테오가 그녀의 시선을 따라 발밑을 내려다보았다. "어? 저 흰 가운…. 지난번에 그 깡패 놈들한테서 우릴 살려줬던 그 기계다. 맞지?" 한나를 돌아보던 테오가 그녀의 얼굴을 보고 당황한 채 다시 물었다. "왜? 뭐가 잘못됐어?"

한나가 대답 없이 계속 보스가 걸어가는 모습을 내려다보았다. 그 기계 여자가 걸어가는 방향에 낡은 회색 차 한 대가 서 있는 것이 보였다. 저 차를 타고 어딘가로 가려나 봐. 어디로 가는 걸까? 대체 저 기계의 정체가 뭘까? 혹시 그걸 알아낸다면, 내 머릿속에서 무슨 빌어먹을 일이 일어나고 있는 건지 조금이라도 감을 잡을 수 있게 될까?

"한나?" 테오가 한나의 팔을 잡으며 물었다. "저 기계 여자 때문에 그래? 저 기계가 너한테 혹시 무슨…."

"날 죽였던 것 같아, 전생에. 저 기계가." 회색 차에 올라타는 보스의 모습을 지켜보던 한나가 고개를 들어 테오를 보았다. "테오, 우리가 저 차 따라잡을 수 있을까?"

# 25

지옥의 맨 밑바닥에는 창문이 없었다. 죄인들도, 비명 소리도 없었다. 그런데도 이안은 그 어느 층에서보다도 극심한 공포에 휩싸여 있었다. 온통 검은, 검은, 검은색 기억추출물들로 채워진 병들로 가득한 선반들은 중앙기억센터의 것보다 두 배는 높이 솟아있었고 사람 한 명이 겨우 들어갈 만한 간격을 두고 빽빽이 들어차 있어 폐소공포증을 불러일으킬 정도였다. 하지만 이안에게 가장 큰 공포를 불러일으키는 것은 저 검고 끈적끈적한 액체가 담긴 수만, 혹은 수십만 개의 병들 중 하나가 소피아의 것일지 모른다는 사실이었다. 그럴 수밖에 없었다. 중앙기억센터를 아무리 뒤져봐도 없었으니 이 지옥 밑바닥에라도 소피아의 기억이 존재해야 했다. 하지만 대체 무슨 죄로? 이안이 범죄기록 보관소 입구에 멈춰선 채 통신기로 통화 중인 본부장을 힐끔거리며 지나온 지옥의 단계들을 고통스럽게 되짚어보았다. 지하 1층, 나태. 소피아가 그런 죄로 여기 끌려왔을 리는 없어. 게다가 그 죄는 가장 가벼운 편이라 벌금을 내면 처벌을 피할 수도 있다고 했으니까. 그럼 지하 2층, 탐욕? 이안은 가장 번화한 도시 한복판에서 벌거벗은 채 굶주림으로 죽어가는 절도범들의 지옥을 떠올리며 진저리 쳤다. 한껏 차려입고 거리를 오가는 선남선녀들 속에서 실 한 오라기 걸치지 못한 채 수치심보다도 무서운 기아 상태를 면하려 무릎을 꿇고 구걸하러 손을 내민 채 기어가는, 그러다 쓰레기통을 발견하고 기뻐하며 구더기가 끓는 고기 조각을 걸신들린 듯 뜯어먹는 그 비참한 모습. 아냐, 소피아가 그런 벌을 받았을 리 없어. 그렇게 우아하고 자존심이 강했던 그녀가 그런 처벌을 받았다면 수치심에 겨워 스스로…. 아니야. 그랬을 리 없어. 이안이 눈을 질끈 감았다. 이것도 벌금만 내면 피할 수 있는 처벌이니 소피아가 그런 일을 당했을 리 없잖아? 그러면 지하 3층, 폭력? 이안이 폭력범들의 지옥에서 목격한 끔찍한 고문들과 비명을 떠올리며 몸서리쳤다. 나태죄로 잡혀 온 이들이 죽자사자 도망치던 모든 종류의 고통을 실제로 끊임없이 겪고 있던 죄수들의 그 짐승 같은 울부짖음. 본부장에게 제발 더 빨리 지나쳐달라고 애원해 초고속으로 지나갔음에도 그곳을 떠올리자 이안의 온몸이 다시 공포로 덜덜 떨려왔다. 아냐, 거기야말로 소피아가 절대로 갇혔을 리 없는 곳이야. 이안이 죄수들의 무시무시한 절규를 떨쳐내려 이를 악물었다. 그러면 지하 4층, 사기? 그곳은 비명 소리는 위층보다 크지 않았지만 죄수들의 넋 나간 듯한 얼굴 때문에 이안에게는 오히려 더 충격적으로 느껴졌다. 거기 갇힌 사기범들은 자신들이 가장 두려워하는 상황을 끊임없이 반복해 겪으면서 충격과 괴로움으로 미쳐가고 있었다. 땅속 가장 깊은 곳에 갇혀 온갖 흉측한 벌레들이 온몸의 모든 구멍을 통해 파고드는 악몽 속에 비명을 지르던 죄수, 가장 사랑했던 사람에게서 배신당한 후 자기 머리에 총구를 겨누며 오열하던 죄수의 얼굴을 머릿속에서 떨쳐내려 이안이 고개를 흔들었다. 안 돼. 무슨 일이 있어도 소피아가 그곳에 끌려가지만 않았었으면. 그 무한히 되풀이되는 마음속 지옥에서 절망 속에 미쳐가는 일만은 당하지 않았었으면. 제발…. 이안이 그때부터는 그야말로 최대 속도로 순식간에 스쳐 지나갔던 나머지 지옥들을 떠올렸다. 지하 5층, 오만. 카스트에 불복종한 이들이 하위계급 인간이 겪는 가장 비참한 순간들을 되풀이해서 겪고 있는 지옥. 그곳에서 가장 중범죄를 지은 죄수가 기계가 되어 실험실에서 산 채로 해부당하며 질렀던 그 찢어질 듯한 괴성이 떠올라 이안이 두 손으로 머리를 감싸 쥔 채 몸을 떨었다. 아냐, 아냐, 거긴 진짜 안 돼. 무슨 일이 있어도…. 그럼 지하 6층, 살인? 안 돼, 절대 안 돼. 이안이 두 개가 아닌 커다란 하나의 창을 통해 들여다보였던 살인범들이 눈알부터 시작해 신체 기관과 장기들을 하나씩 제거당할 때마다 온몸을 경련하며 비명을 지르는, 목구멍도 입도 사라진 상태에서도 몸에 남은 단 하나의 장기를 통해 제발 멈춰달라고 고래고래 울부짖는 그 광경을 떠올리며 머리를 쥐어뜯었다. 관처럼 작은 상자에 갇혀 온몸이 차례로 뜯겨나갔다 붙여졌다 다시 뜯겨나가기를 끊임없이 반복하며 수백 년을 보내야 하는 그런 형벌에 소피아가 처해졌다고? 에이, 그럴 리가 없잖아. 하하하 절대 그런 일은 없어. 암 그렇고말고. 이안이 다시 실성한 사람처럼 웃어대기 시작했다. 하하하하 그렇다면 지하 7층, 어떤 죄인지 말할 수조차 없는 죄를 지은 사형수들이 폐기당하는 그곳? 하하하하하 에이, 말도 안 돼. 이안이 지하 6층에서 끝없는 고통을 겪은 후 재조립돼 아래층으로 보내진 사형수들의 처형 장면을 떠올리며 배를 잡고 웃어대기 시작했다. 하하하하 뭐 난 눈 가리고 귀도 막고 코까지 막은 채 초고속으로 지나쳐가느라 보지도 못했어. 그럼, 난 못 봤어 못 봤다고 암…. 하하하하하 난 못 봤어 사형수들이 로드킬 당한 고양이처럼 납작해져서 터진 눈알과 터진 입으로 비명을 지르는 상태 그대로 너덜너덜하게 벽마다 대롱대롱 매달려 있는 것 같은 착각이 잠시 들었는데 하하하하하하 에이, 아냐아냐아냐 아무리 지옥이라도 어떻게 살아 있는 사람한테 그런 짓을 하겠어 말도 안 돼 하하하하하하하하

"두구두구두구…. 기대하시라, 개봉박두!"

릴리스의 찢어지는 듯한 목소리에 이안이 웃음을 멈추고 그녀를 보았다.

"내 그럴 줄 알았지, 이 음흉한 양반." 릴리스가 이안에게 따라오라는 손짓을 하고 보관소로 들어가며 키득거렸다. "그 잡년이 어떤 천벌을 받았을지 상상만 해도 고소해 아주 그냥 웃음을 멈추질 못하시네. 좀만 더 참으슈. 이제 곧 알게 되실 테니."

아냐아냐아냐아냐 안 돼애애애…. 이안이 본부장을 뒤따라가며 마음속으로 비명을 질렀다. 차라리 제발 아무 기록도 없었으면. 소피아가 저 위층 지옥들 중 어느 곳에서도 어떤 형벌도 받지 않았었다고 밝혀졌으면. 내가 세상에서 가장 사랑했고 아직까지도 사랑하는 그 여자가 제발 이 망할 지옥의 구렁텅이에 단 1분도 발을 들이지 않았던 걸로 밝혀졌으면 제발 제발 제발…. 이안이 줄줄이 늘어선 드높은 선반마다 빽빽이 채워진 검은, 검은, 검은빛 의식추출물들을 지나쳐가며 속으로 기도하고 또 기도했다.

"뒤샹… 소피아… 그 잡년 이름이 소피아 뒤샹이라고 그러셨지?"

릴리스가 보관소 중앙의 자료검색대에 선 채 키보드를 두들기며 입맛을 다셨다. 오 제발제발제발…. 이안이 귓속을 파고드는 고문과도 같은 본부장의 새된 웃음소리와 밀려드는 절망감을 견디려 이를 악물며 속으로 계속 기도했다. 제발 차라리 없었으면…. 소피아의 기록 자체가 아예 존재하지 않는 걸로 나왔으면 제발제발제발….

"엥?" 본부장의 얼굴에서 웃음기가 순식간에 사라졌다. "뭐야? 없잖아?" 그녀가 눈을 휘둥그레 뜬 채 모니터로 고개를 들이밀었다.

어? 내 기도가 통한 건가? 이안이 반색하며 본부장 옆으로 다가갔다.

"없어요, 진짜?" 이안이 얼떨떨한 채 모니터를 들여다보았다. 소피아 뒤샹. 본부장이 검색창에 써넣은 이름은 한 글자도 틀리지 않은 그녀의 이름이 맞았다. 그리고 그 아래에는 '기록을 찾을 수 없습니다'라는 문구가 쓰인 창이 떠 있었다.

"아… 하하하 그럼 그렇지. 내 이럴 줄 알았어요. 하하하하."
이안이 다시 웃어대기 시작했다. 하하하하하 그럼 그렇고말고 당연하지. 저 위에 있는 찢어 죽이고 태워 죽여도 시원찮을 인간쓰레기 불한당들하고 소피아가 같은 취급을 받을 만한 일 따위 했을 리가 없잖아. 여기 와서 이렇게 보지 않고도 0.1초 만에 알 수 있는 당연한 사실을 나는 왜 굳이 찾아와 확인하느라 사서 고생을 한 걸까? 아하하하 그거야 뭐 중앙기억센터 안 어디에도 소피아의 기억 계좌가 없었으니까 그랬던 거지. 하하하하하 그러니 소피아가 실제로 존재하는, 존재했던 사람이라면 여기에라도 그녀의 기억이 보관돼 있어야 상식적으로 말이 되니까 그랬던 거지. 하하하하하하 여기에도 소피아의 기억이 보존돼 있지 않다면 내가 얻을 수 있는 유일한 상식적인 결론은, 그녀가 애초부터 이 세상에 존재한 적 없다는 것이 될 테니까 말이야. 하하하하하하 그건 말이 되질 않잖아? 어떻게 그런 일이 있을 수 있겠어? 내 머릿속에 아직도 생생한, 내 삶의 가장 중요한 일부였던 사람이 어떻게 이렇게 깨끗이, 이 세상에 존재했다는 흔적 하나 없이 연기처럼 사라져버릴 수가 있겠어? 이런 일이 도대체 가능하기나 한 일이야? 하하하하하하하하하하. 이안이 발을 구르며 웃어대며 속으로 중얼거렸다. 혹시 지금 내가 미쳐서 헛것을 보고 있는 걸까? 내 몸속을 흐르고 있는 제노스가 내 몸뿐만이 아니라 의식까지 파괴하고 있는 걸까? 하하하하하 그래, 그런 건가 봐. 그 망할 놈의 점액질 개자식들이 내 정신을 파괴해 애초부터 존재하지 않았던 사람을 존재했다고 착각하게 만들었던 거야. 소피아라는 사람은 원래 세상에 없었는데 내가 미쳐서 그 존재하지도 않는 여자를 내가 사랑했고 그녀가 떠났었다는 망상에 사로잡혀 있었던 거야 하하하하하하하하하하. 아냐, 아니야 그 반대겠지. 저 검은검은검은빛 병들로 가득한 이 지옥 밑바닥이, 저 악마 같은 관리본부장이 실제로는 존재하지 않는 환각일 뿐일 거야 내가 지금 미쳐서 헛것을 보고 있는 걸 거야 그래서 실제로는 존재했고 아직도 존재하는 소피아가 존재하지 않는다는 말도 안 되는 거짓말에 내가 잠시 깜빡 속아 넘어갔던 뿐일 거야 하하하하하 그래 그래야 말이 되지 아무렴 그렇고말고 하하하하하하하하하하하하 배를 잡고 발을 구르며 계속해서 웃어대는 이안의 머릿속 신경망이 수만 가지 생각들로 뒤엉켜 과부하를 일으켰다. 희미해져 가는 의식 속에서 이안이 계속해서 비명을 질렀다. 아냐아냐아냐 그건 말이 안 돼 도대체 어떤 식으로도 말이 되질 않아 아냐 그것도 아니고 저것도 절대 아냐 아냐아냐아냐아냐아냐아냐아냐아냐 아냐아냐

# 26

"오, 병원! 병원으로 가나 봐!"

테오가 발밑으로 내려다보이는 거대한 건물을 가리키며 소리쳤다. 한적한 교외 한복판에 솟은 하얀 건물은 어둠에 싸여 잘 보이지 않았지만 한나의 눈에 왠지 낯이 익었다.

"그래, 병원 맞는 것 같아! 저 둥그런 하얀 지붕! 탈바꿈하러 갔을 때 저거 봤던 거 기억나!" 한나가 스카이윙 뒷좌석에 앉아 테오를 꼭 끌어안은 채 소리쳤다. 보스가 탄 낡은 회색 차가 병원 건물로 향하는 2차선 도로를 달려가고 있었다.

"그런데 병원에 저 기계가 대체 무슨 볼일이 있어서 가는 거지?" 테오가 소리쳤다. 여기까지 날아오는 사이 가발을 떨어뜨렸는지 그의 짧은 갈색 머리가 환한 보름달 아래서 바람에 흩날렸다.

"설마 의사? 그러고 보니 늘 입는 듯한 그 흰 가운도 그렇고." 한나가 테오의 귀에 대고 말했다.

"에이, 그럴 리가 없잖아. 어떻게 기계가 사람 몸을 고치는 의사가 되겠어? 잘해봤자 연구실 보조나 간호조무사쯤 되겠지." 테오가 스카이윙의 속력을 줄이고 회색 차가 병원 정문을 통과해 건물 쪽으로 달려가는 모습을 지켜보았다.

"의사는 아니더라도 직원이긴 한 모양인데? 저런 덴 보안이 철저할 텐데 그냥 통과시켜주는 걸 보면?" 한나가 말했다. 밤하늘을 날아오는 사이 찬바람을 맞아서인지 아니면 두려움 때문인지 그녀의 몸이 떨려왔다.

"그러게. 아마 조무사인가 봐. 야간 근무하느라 지금 출근하는…. 어? 근데 어디로 가는 거지?" 테오가 병원을 지나쳐 그 뒤 작은 산 쪽으로 달려가는 회색 차를 내려다보며 소리쳤다. 병원 건물 주변에 밝혀진 가로등들이 갈수록 드물어져 헤드라이트 불빛을 통해 차가 어디로 가고 있는지를 파악할 수 있었다.

"어? 저 뒤에 또 큰 건물 하나가 있어. 저기, 보여?" 한나가 동산 뒤편에서 희미한 불빛들로 둘러싸인 커다란 건물을 가리켜 보였다. 그 건물로 향하던 회색 차가 건물 입구 쪽 주차장에 이르러 멈춰 섰다.

"아, 저긴 너무 어둡고 건물도 시커먼 색이라 있는 줄도 몰랐네. 꼭 무슨 공장처럼 생겼는데?" 테오가 그쪽을 향해 스카이윙을 운전해 가며 말했다.

"그러게. 저기 저 굴뚝들 보여? 저기서 연기 나는 것 좀 봐!

공장 맞는 것 같아!" 한나가 갑자기 빨라진 속도에 놀라 테오를 꼭 붙잡으며 외쳤다.

"그런데 병원 바로 옆에 저렇게 큰 공장이 있었나? 왜 난 한 번도 못 들어본 것 같지?" 테오가 건물 굴뚝 위에 멈춰선 채 주차할 자리를 탐색하며 말했다.

"나도. 탈바꿈하러 여기 왔을 때도 전혀 몰랐어. 저 산 뒤에 건물이 있는지조차 말이야. 그런데 대체 뭘 만드는 공장이길래 저렇게 큰 걸까? 병원만큼이나 큰 것 같아." 한나가 차에서 내린 기계 여자가 건물 입구로 걸어 들어가는 모습을 내려다보며 말했다. 그때 갑자기 스카이윙이 하강하는 바람에 놀란 한나가 소리 지르며 테오를 꼭 끌어안았다. 테오가 공장 뒷마당으로 보이는 공터를 향해 스카이윙을 몰아가며 경비원들이 감시 중인지 주위를 두리번거렸다. 한나도 손에 잡힐 듯 가까워진 건물 어딘가에서 총알이 날아올지도 모른다는 불안감에 숨을 죽였다.

마침내 탐색을 끝낸 테오가 공장 뒷마당처럼 보이는 공터 쪽으로 스카이윙을 조종하며 고도를 더 낮췄다. 감시초소처럼 보이는 작은 건물에 불이 밝혀진 것을 발견한 한나가 소스라치며 테오의 귀에 속삭이려는 순간, 그 안에 아무도 없다는 것을 확인한 테오가 뒷마당에서 가장 멀고 어두운 담벼락 쪽으로 다가가 마침내 착륙했다. 먼저 내린 한나가 겁먹은 채 누군가가 다가오지 않는지 주위를 살피는 동안 테오가 재빨리 배낭에서 꺼낸 유령 담요로 스카이윙을 덮어 사라지게 했다. 그러고는 이제야 자신이 무슨 짓을 했는지 깨달은 듯 겁에 질린 얼굴이 되어 한나를 돌아보며 말했다. "와, 이제 어쩌지?"

담벼락의 어둠 속에서 한나가 말없이 건물을 올려다보았다. 밤하늘보다 시커먼 건물의 거대한 크기가 한나를 압도했다. 몇몇 창에는 불이 밝혀져 있었고 굴뚝에서 흘러나오는 연기에서 음식물 쓰레기를 태우는 듯한 역한 냄새가 났.

"어쩌긴 뭘 어째…." 한나가 심호흡하며 테오에게 속삭였다. "들어가야지."

"우웨엑 이 냄새는 뭐야. 육가공 공장 같은 덴가?"

테오가 복도로 들어서며 한나의 귀에 속삭였다. 두 사람 다 기계 변장을 벗어버리고 여느 인간 직원들처럼 작업복을 걸친 상태였다. 테오의 놀라운 연기 솜씨 덕분이었다. 마치 고위직 직원이라도 되는 듯 태연하게 직원 전용 출입문 쪽으로 다가간 테오가 직원들이 퇴근하는 틈을 타 안으로 들어가 유니폼들을 훔쳐냈던 것이다. 그런데 세탁 바구니에 들어 있던 옷들이라 온갖 오물이 묻어 있었다. 작업복에 튀어 있는 검붉은 액체와 거기서 풍겨오는 끔찍한 악취를 감지한 순간 한나의 몸이 알 수 없는 이유로 다시 경련하기 시작했다. 안 돼, 또다시 시작되려 하고 있어, 악몽. 내 몸속 장기들을 쑤셔대는 듯한 그 무시무시한 꿈의 조각들이 되살아나려 하는 거야. 한나가 빠른 걸음으로 복도를 지나쳐가며 이를 악물었다. 여기가 어떤 덴지 알아낸다면 이 지긋지긋한 악몽의 정체가 뭔지 밝혀낼 수 있을까? 한나가 점점 심해지는 몸의 떨림을 멈추려 애쓰며 형광등이 밝혀진 좁은 복도를 따라 늘어선 문들을 둘러보았다. 벽에는 창이 하나도 없고 문마다 '113', '112' 따위의 숫자가 적힌 팻말이 붙어 있었다. 하지만 문들이 모두 굳게 닫혀 있어 그 안에서 무슨 일이 벌어지고 있는지 알 수가 없었다. 그때 앞에서 '105'라고 쓰인 문이 갑자기 열리더니 작업복을 입은 직원 하나가 인상을 찌푸린 채 커다란 수레를 끌고 이쪽으로 걸어왔다. 수레 안에서 들려오는 기이한 울부짖음과 코를 찌르는 듯한 악취에 한나가 소스라쳤다. 고기. 그래 고기를 도축하는 공장이 맞나 봐. 그런데 대체 어떤 짐승이기에 저렇게 끔찍한 울음소리를 내는 걸까? 한나가 걷잡을 수 없이 떨려오는 몸을 가누려 주먹을 굳게 쥔 채 옆으로 지나쳐 오는 수레를 넘겨다보았다. 그 안에는 고기가 아닌 벌거벗은 인간, 아니 기계 남자가 온몸이 붉은 액체로 뒤덮인 채 관절이 이상하게 비틀린 자세로 구겨져 있었다. 그 기계의 머리통에 난 틈으로는 거대한 호두처럼 주름진 연분홍빛 고깃덩어리 같은 것이 흘러내리고 있었다. 그것을 본 순간 한나의 머릿속이 괴성을 질러대는 저 기계의 그것처럼 쪼개지는 듯했다. 그리고 그 틈으로 악몽이, 저 기계의 몸에 묻은 끈적끈적하고 시뻘건 액체와도 같은 무시무시한 기억들이 쏟아져 들어왔다. 그들이와숨어잡히면죽어숨어땅밑으로쾅음쾅음쾅음협곡하늘협곡자꾸미끄러져발이손이안돼잡아줘아빠안돼날아가는날아가는나도저새처럼안돼안돼안돼그들이날찢으려해갈가리찢어서해부하려고내머리에기계를심어서기계로만들려고아빠살려줘안돼아빠아빠아빠

한나의 머릿속이 순식간에 까마득한 어둠에 휩싸였다. 희미한 별빛 하나 반짝이지 않는 밤처럼 깊디깊은 이 어둠 속에서 테오의 목소리를 비롯한 모든 소리가 순수한 침묵으로 변했다. 이 순간 존재하는 것은 메아리처럼 울려 퍼지는 한나 자신이 지르는 비명뿐이었다. 시작도 끝도 없이 이어지는 영원한 밤 속으로 한나가 비명을 지르며 용해되어 쓰러져갈 때 저 멀리 문 하나가 열렸다. 거기서 흰 가운을 입은 기계 여자, 전생이었는지 현생이었는지 다른 차원에서였는지 한나를 죽였음이 분명한 기계가 그녀에게로 달려왔다. 악몽 속에서 그랬듯 한 손에 정체불명의 도구를 든 채 달려온 기계가 한나 앞에 무릎을 꿇더니 그녀를 들여다보았다. 그래, 죽여, 한나가 자신을 삼킨 밤처럼 컴컴한 기계 여자의 눈을 보며 머릿속으로 절규했다. 날 죽여, 또 죽여. 전생에서도 현생에서도 다음 생에서도 날 죽이고 또 죽여, 그게 너의 운명이고 내 운명이라면. 한나는 마지막 남은 한 가닥의 의식 속에서 그 기계를 향해 이렇게 소리치려 입을 벌렸다. 그런데 그녀의 입에서 터져 나온 것은 다른 말이었다. 자신을 응시하는 기계의 검은 눈동자를 향해 한나가 어쩌면 이번 생에 남길 마지막 말일지도 모르는 단어를 힘겹게 내뱉었다.
　엄마.

## 27

"일어나! 한나! 한나!"

누구? 누구 이름을 자꾸 불러? 한나? 그게 누구지? 눈을 뜨니 기계. 저 붉은 눈 기계 남자, 본 적 있어. 여긴 어디지? 형광등. 좁아. 상자, 상자, 상자. 창고? 어디 있는? 내가 왜 여기, 아, 엄마. 그리운 엄마가 마침내 여기에.

"엄마!" 내가 외치자 엄마가 나를 봐.

"준?" 엄마가 내 이름을 불러. 그런데 표정이 이상해. 내가 아니라 다른 사람을 보는 것처럼. 엄마. 목소리가 안 나와. 기계 남자가 엄마를 밀치고 내 어깨를 잡아. 아파. 흔들어.

"한나! 괜찮아? 한나!"

그게 누구야. 난 아니야, 엄마 왜 거기서 날 그렇게 보기만

"테오…." 한나가 창고 바닥에 누운 채 테오를 보다가 그 옆에

서 자신을 관찰하고 있는 보스를 발견하고 비명을 질렀다. 그러자 기계 여자가 한 발짝 뒤로 물러났다. 기계의 손은 비어있었지만 그것의 얼굴에 떠오른 알 수 없는 표정이 한나를 두렵게 만들었다.

"괜찮아, 한나." 안간힘을 써 몸을 일으키려 하는 한나를 부축하며 테오가 말했다. "저 기계는 널 해치지 않았어. 오히려 우릴 이 방 안에 숨겨줬지. 그러니 겁먹지 않아도 돼."

한나가 자기 몸 아래 깔려 있는 흰 가운을 내려다보았다. 더러운 리놀륨 바닥에 한나를 눕히기 전 기계 여자가 벗어서 펼쳐놓았던 모양이었다.

"나한테 무슨 짓을 한 거야?" 한나가 여전히 느껴지는 두려움보다 더 큰 분노에 휩싸여 기계에게 소리쳤다. "내가 왜 너를 엄마라고 불렀지? 넌 왜 날 '준'이라 불렀어? '준'이 누구야? 넌 누구고? 내 머릿속에 대체 어떤 빌어먹을 걸 집어넣었던 거야?"

"제 이름은 선입니다. 이 공장 관리자로 일하고 있죠." 보스가 말했다.

꼭 사람하고 똑같이 말하는군. 여느 기계들처럼 어눌하지 않아, 한나가 적대감에 휩싸인 채 생각했다. 저 잘린 귓불만 아니면 사람인 줄 알았을 거야. 아, 그리고 보니 저 피부도. 사람 피부라기엔 잡티가 많고 자세히 보니 눈가와 입가에 희미한 금이 있어. 혹시 무슨 병 같은 게 걸린 것일까?

"저는 여기 출신이 아니라 고원의 인간, 아니 기계 피난민 구역에서 자랐습니다."

한나가 혐오감으로 몸을 떨며 선이 말하는 모습을 지켜보았다. 저 망할 기계가 방금 자신을 감히 '인간'이라고 불렀던 거야? 고원? 아, 그 콜로라도 협곡 쪽인가, 거기로 추방돼 원시 부족처럼 살아가는 기계들 무리가 있다고 했었지. 리암한테 들었던 적 있는데 까맣게 잊고 있었어. 그럼 내 머릿속에 자꾸만 떠오르는 그 악몽 속 붉은 협곡이 그곳의 풍경이었던 걸까? 하지만 대체 왜⋯.

"전기도 없고 물도 식량도 부족한 곳이지만 그 고원지대가 제 고향이지요. 부모님 두 분 다 과학자셨기에 저 역시 과학자로 자랐습니다. 전기가 금지된 곳이지만 거기서도 과학자는 필요하거든요. 과학자보다는 발명가라고 부르는 편이 더 맞을지 모르지만요. 거기서 어릴 때부터 친구였던 남자와 딸을 낳고 가정도 꾸렸습니다. 남편 역시 과학자였죠. 그런데 8년 전, 저는 인간 군대에 납치되어 이 공장으로 끌려오게 됐습니다.

보셨다시피, 여기서는 저 같은 기계들이 과학 연구를 위해 온갖 실험을 당하다 결국에는 해부되기 때문에 길어야 몇 달밖에 목숨을 부지하지 못합니다. 용케 목숨을 부지하는 기계들은 교배소로 보내져 로봇 생산 공정에 참여하게 되는 이들뿐이죠. 그들 역시 더 이상 로봇을 생산하지 못하게 되면 실험실로 보내져 곧 목숨을 잃게 됩니다. 8년 전 여기로 끌려왔을 때, 저는 로봇을 생산할 수 없다고 판단되어 실험실로 보내졌습니다. 그런데 거기서 실험 장비에 어떤 문제가 생겼고, 제가 그것을 고칠 수 있다는 걸 알게 된 과학자 한 명이 저를 죽이는 대신 연구 보조로 일하게 만들자고 제안했습니다. 그렇게 하는 편이 경제적으로 이득이라고 다른 관계자들을 설득했던 것이죠. 인력난이 심각해 저 정도의 능력을 가진 인간을 새로 고용할 경우 들어갈 비용이 너무 크다고 했습니다.

그래서 전 그때부터 여기서 직원 아닌 직원으로 일하게 됐고, 결국 능력을 인정받아 3년 전 매니저로 승진도 했어요. 그런데 두 달 전, 이곳에 납치돼 온 기계 중 하나가 제 딸이라는 걸 알게 됐습니다. 준. 그래요, 그게 그 애 이름이죠. 처음에 전 그 애가 제 딸인 줄도 몰랐어요. 헤어진 지 너무 오래돼서 알아볼 수가 없었죠. 그 애가 실험실에서 의식을 추출당하고 폐기된 후에야, 그 애가 제 딸 준이었다는 걸 알았습니다. 준의 추출된 의식에 담긴 기억을 읽게 된 후에서야 말이죠."

"오, 세상에…." 한나가 눈물로 흐려져 가는 눈으로 선을 보며 고개를 저었다. "세상에 어떻게 그런 일이…. 난 몰랐어. 아무도 가르쳐주지 않았거든. 왜 가르쳐주지 않았을까? 이렇게 말도 안 되는 곳이 세상에 있다는 걸. 이런 곳은 절대 존재해선 안 된다는 걸. 절대로…."

한나의 머릿속에 미카가, 미카의 검고 고요한 눈동자와 부드럽고 따스한 손이 떠올랐다. 넌 어디서 만들어졌냐고, 너에게도 가족이라는 게 있었냐고 물을 때마다 미카는 아무런 말 없이 고개를 떨구곤 했지. 기억나지 않는다는 듯이. 그런 건 하나도 중요하지 않다는 듯이. 그래서 나도 그런 줄만 알았어. 미카도 나처럼 의식이 있는 존재라고 늘 느껴왔지만 그건 미카가 여느 기계들과 달리 특별하기 때문이라고 생각했었지. 미카가 이렇게 끔찍한 곳에서 만들어졌을 줄은 상상도 못 했어. 그리고 여기에 갇혀 있는 다른 기계들 역시 미카처럼 의식을 가진 존재이고 감정을, 고통을 느낄 수 있을지도 모른다는 생각은 여태껏 한 번도 못 해 봤어.

"그래서, 그게 한나와 무슨 상관인 거지? 한나가 너를 엄마라고, 네가 한나를 준이라고 부른 건 대체 뭐 때문이었던 거야?" 테오가 더 이상 참을 수 없다는 듯 선을 다그쳤다. "한나 말대로 정말 네가 얘한테 무슨 미친 짓을 저지르기라도 했던 거야? 언제? 어디서? 어떻게?"

"이미 아시는지 모르겠지만 이 공장 옆에는 병원이 있습니다. 새로 태어나는 인간들, 탈바꿈을 하는 인간들의 신체가 잉태되는 곳이죠. 저는 제 딸 준의 추출된 의식을 빼돌려 병원에서 인간으로 다시 태어나게 만들고 싶었습니다. 그렇게 해서라도 죽은 제 딸을 다시 살려내고 싶었어요." 내내 침착하던 선의 검은 눈에 처음으로 슬픔과도 같은 감정이 떠올랐다. "그래서 지난달 어느 날 밤, 제 임무 때문에 병원에 들를 일이 생겼을 때 몰래 한 입원실로 들어갔습니다. 그리고 고치 안에서 잉태되고 있던 한 인간의 머리를 열고 준의 의식을 이식했습니다. 아마도 그 인간이 바로 당신이었던 것 같습니다."

"이 미친 기계 같으니!" 마침내 폭발한 테오가 선의 멱살을 잡고 흔들었다. "지금 당장 경찰에 신고해 이 미친 것을 폐기시켜야 해!"

"그만 해." 한나가 흐르는 눈물을 닦아내고 테오의 팔을 잡았다. "이제야 비로소 이해할 수 있게 됐어. 내 머릿속에서 시시때때로 떠오르던 그 이상한 장면들이 내 전생의 기억이 아니라 준이라는 아이의 것이었다는 걸. 선이 내 머릿속을 열었던 건 날 죽이기 위해서가 아니라 날 통해 딸을 살리고 싶은 마음 때문에 했던 행동이라는 걸." 한나가 눈물 때문에 흐릿해 보이는 선을 향해 말했다. "하지만 넌 결국 성공하지 못했던 거야, 그렇지? 준의 의식은 내 머릿속에서 가끔 찰나 동안만 되살아나곤 했으니까. 그것도 조각조각 나 뭐가 뭔지 알 수 없는 불완전한 형태로…."

"네, 그랬던 것 같습니다." 선이 말했다. "당신이 퇴원하고 난 후 병원 기록을 볼 수 있게 됐을 때, 당신의 의식에 아무 이상이 없다고 씌어 있는 걸 보고 제 시도가 실패했다는 걸 알았습니다. 아마도 타이밍 문제였던 것 같습니다. 제가 거기 들어갈 수 있었던 시간은 그날 한밤중뿐이었는데, 다음 날 아침 당신의 의식이 완성되는 과정에서 먼저 심겨 있던 준의 의식이 지워진 것 같습니다. 그런데 완전히 지워지지는 않았던 것 같군요. 죄송합니다."

"죄송해? 죄송하면 다야?" 테오가 다시 선에게 소리쳤다. "네 미친 짓 때문에 한나가 얼마나 고통에 시달렸는지 알아?"

그때 복도에서 들려오는 누군가의 목소리에 창고 안 모두가 소스라쳤다.

"저쪽으로." 선이 놀랍도록 빠른 속도로 구석에 놓인 빈 상자

쪽으로 다가가 공간을 만들고는 한나와 테오를 그 안에 숨겼다. 두 사람이 빈 상자를 뒤집어쓰자마자 문이 벌컥 열리는 소리와 함께 한 남자의 걸걸한 목소리가 들려왔다.

"선?"

"네, 주임님."

"103호 실험체 추출 다 끝내지도 않고 여기 와 있었네? 뭐 하자는 거야? 문까지 열어놓고 와서 하마터면…."

"죄송합니다. 지금 시정하겠습니다."

상자 속에서 숨죽인 채 엎드려 있는 한나의 귀에 문 닫히는 소리가 들려왔다. 한참 동안 기다려도 소리가 들리지 않는 걸로 보아 선도 주임이란 남자도 나간 모양이었다. 한나가 박스를 살짝 들어 올리자 보이는 건 어둠뿐이었다.

"나갔나 봐." 테오가 속삭였다. "내가 가서 복도에 누가 있나 볼게." 테오가 일어나 상자들을 더듬더듬 헤치며 문으로 다가갔다.

세상에, 한나는 어둠 속에 여전히 쪼그려 앉은 채 언제까지고 멈추지 않을 것 같은 눈물을 닦아내며 한숨을 내쉬었다. 세상에, 세상에, 세상에…. 한나의 머릿속에서 그 말만이 계속해서 되풀이되었다. 그녀가 평생을 알아왔던 세상이 거꾸로 뒤집힌 듯한, 아니 아예 산산이 부서져버린 듯한 충격 속에서 지금 그녀가 떠올릴 수 있는 말은 단지 그것뿐이었다. 세상에, 세상에, 세상에….

# 28

"뭐라고? 그게 무슨 미친 소리야?"

테오가 스카이윙을 세워둔 담벼락에서 한나의 집을 건너다보며 물었다. "이제야 비로소 정확히 뭐가 문제였는지, 어떻게 하면 그 문제를 해결할 수 있는지 알게 됐는데, 치료를 안 받고 그냥 내버려두겠다고? 너 정말 머리가 어떻게 된 거 아니야? 혹시 그 미친 기계가 네 머릿속에 더 심각한 뭔가를 심어뒀던 건가?"

"경연 때문이야." 한나가 말했다. 그래, 이렇게 얘기하는 게 테오를 조금이라도 이해시키는 방법일 거야. 게다가 이건 거짓말이 아니기도 하고. "내 머릿속에 남아 있는 준의 기억 속에 내가 잊어버리고 싶지 않은 음악이 있어. 인간들의 세계에서는 존재하지 않는 악기로 연주된 이상하고도 완벽한 음악. 내 머릿속에 조각조각 잠깐씩 떠올랐다 사라지는 그 음악을 온전히 기억해내 내 것으로 만들고 싶어. 며칠밖에 안 남은 경연에서 탈락하면 더 이상은 음악을 할 수 없을 테니까. 적어도 경연 날까지만이라도, 내 머릿속을 맴도는 이 음악을 지워버리고 싶지 않아. 그러고 나면 다시는 어떤 방법으로도 되살려낼 수 없을 테니까."

"한나." 테오가 걱정스러운 듯 한나를 보며 고개를 가로저었다.

"너도 예전에 게토에 갔을 때 그 춤 공연 봤다고 했잖아." 한나가 말했다. "기계들이 추는 기이하면서도 아름다운 그 춤을 잊을 수가 없어서 다시 보고 싶었다면서. 난 내 머릿속에 그 음악이 있어. 단 며칠만이라도 그걸 더 간직하고 싶어. 그 음악을 조금이라도 이해할 수 있게 될 때까지만이라도."

"하지만 그 끔찍한 기억들은? 널 몇 번이고 정신을 잃을 지경이 되게 만들었던 그 무시무시한 기억들도 사라지지 않고 계속 남아 있을 거야. 몇 번이고 또다시 되살아나 널 괴롭게 할 거라고."

"이제는 그때처럼 무섭지 않을 거야. 그 기억들이 내가 전생이나 현생 어느 순간에 살해당했다는 걸 의미하는 게 아니라는 걸 알게 됐으니까. 이제는 겁에 질리는 대신 준이라는 기계가 이런 일을 겪었던 거구나, 하면서 그저 안타깝고 슬프기만 할 거야. 게다가 이 기억들은 준의 어머니에겐 다시 돌아올 수 없는 딸의 가장 소중한 일부분이잖아."

"한나, 한나, 한나…." 테오가 자기 머리를 가리키며 손가락을 빙글빙글 놀렸다. "넌 돌았어. 완전히 회까닥 돌아버렸다고."

"그래. 나 돌았어." 한나가 웃음을 터뜨렸다. "하지만 네가 나라면 이러지 않았을 거라고 장담할 수 있어? 너도 네 춤에 영감을 얻을 수만 있다면, 나처럼 이런 미친 짓도 개의치 않을 거잖아."

"난…." 테오가 고개를 젖히며 한숨 섞인 웃음을 내뱉었다.

"그러니까 너무 걱정하지 마. 그리고 비밀 꼭 지켜." 한나가 기울기 시작한 보름달을 올려다보다 테오에게 소리쳤다. "야, 얼른 가. 너무 늦었어. 혼나겠다."

"한나, 한나, 한나…. 넌 돌았어. 돌아버렸다고. 완전히 회까닥…." 테오가 쓸쓸한 미소를 띤 채 돌아서서 스카이윙에 오르며 계속 중얼거렸다.

공중으로 떠올라 밤하늘을 가로지르는 테오의 모습을 올려다보며 한나가 생각했다. 그래, 난 돌아버렸어. 하지만 이 세상이 더 돌았어. 그러니 어쩌면 이 돌아버린 세상에서 나는 이제 비로소 제정신이 된 건 아닐까? 이렇게 미쳐버린 세상에서 내가 계속 제정신을 유지할 수 있을지, 예전보다 더 미치지 않을 수 있을지는 아직 모르겠지만 말이야.

# 29

"어머니는 알고 계신 거죠?"

이안이 자신이 사 들고 온 연꽃을 꽃병에 꽂고 있는 베라의 뒷모습을 바라보다 문득 떠오른 직감에 저항하지 못하고 물었다. "소피아가 왜 그렇게 갑자기 절 떠났는지, 어떻게 그렇게 아무런 흔적도 없이 이 세상에서 사라졌는지. 어머닌 처음부터 다 알고 계셨죠?"

이렇게 말해버리고 나서야 이안은 자신의 직감이 틀렸을 리가 없으리란 것을, 어머니가 이렇게 윤회식을 하루 앞두고 갑자기 자신을 옛집으로 부른 것이 바로 이 질문에 대답하기 위해서였으리라는 것을 깨달았다.

"생체기계들은 괴이해." 베라가 꽃병에 꽂은 연꽃들을 들고 와 이안이 앉은 주방 테이블에 올려놓으며 말했다. "아름답지.

그래. 그런데 단 며칠만 지속될 뿐이야." 베라가 분홍빛 연꽃잎을 만지작거리다 이안의 맞은편에 앉으며 중얼거렸다. "이틀만 지나면 이 꽃잎들이 흐늘흐늘해지면서 색도 바래기 시작하지. 그러다 곧 이렇게 거만하게 쳐들었던 머리를 수그리고 꽃잎을 하나씩 떨궈가며 쪼그라들어. 찰나 동안의 아름다움, 그 후엔 마치 그것이 자신의 것이 아니라 빌린 것이었던 듯 아름다움을 빼앗기고, 잠시나마 그 아름다움을 자기 것인 듯 으스댔던 죄에 대한 형벌을 받듯 오랫동안 죽을 때까지 점점 더 추한 모습으로 변해가는 거야."

베라가 거실 쪽을 바라보다 그쪽에 놓인 수많은 꽃병 중 하나에서 완전히 시들어버린 연꽃들을 발견하고 인상을 찌푸렸다. "저기 저 꽃들처럼 말이다."

베라가 일어나 거실로 다가가며 투덜거렸다. "추하게 변해버린 꽃들을 볼 때마다 내 마음까지 우울해지니 원…. 저것들 갖다 버리는 것도 일이구나."

시든 꽃이 담긴 병을 들고 주방으로 돌아오는 베라의 모습을 보며 이안이 한숨을 내쉬었다. 젊었을 때와 조금도 변하지 않은 것은 어머니의 아름다운 외모뿐만이 아니었다. 어떤 일에 있어서든 조금의 흠도 용납 못 하는 저 꼬장꼬장한 성격 역시 이안이 기억하는 삼십여 년 전의 어머니와 하나도 달라지지 않았다. 어머니의 윤회식 기념 선물로 호세에게서 산 홍차와 와인 한 병을 들고 오던 길에 연꽃도 한 송이 사려다 열 송이를 사면서 너무 많은가 싶었는데, 온 집 안을 가득 메운 꽃병마다 서른 송이

씩은 되는 연꽃들이 꽂혀 있는 걸 보고 너무 적게 가져온 건 아닌가 하고 이안은 후회했었다. 그런데 오만 상을 찌푸리며 시든 꽃들을 음식물 쓰레기통에 집어넣는 어머니를 보니 이제는 아예 꽃을 사 오지 않는 게 나았을지 모른다는 생각이 들었다.

"차가 다 우려졌겠구나. 너무 우리면 씁쓸해지지." 베라가 싱크대에서 돌아서서 테이블로 다가오며 말했다.

"향기가 아주 좋아. 이건 귀한 홍차로구나." 꽃무늬가 그려진 찻잔에 차를 따르며 베라가 테이블 위에 놓인 접시를 가리켰다. "이 로쿰도 하나 먹어봐라. 내 입엔 너무 달더라만, 넌 어릴 때부터 단 걸 좋아했잖니. 이 홍차랑 잘 어울리겠구나." 베라가 이안에게 차가 담긴 찻잔을 건네주며 말했다.

그건 어릴 때 얘기죠, 어머니. 이제 전 단 건 딱 질색이에요. 이안이 알록달록한 터키쉬 딜라이트 중 피스타치오가 박힌 것을 집어 입에 넣으며 속으로 중얼거렸다. 음…. 이건 그렇게 달지 않은걸? 좀 달긴 한데 놀랍도록 고소하군. 피스타치오 말고 또 뭘 넣은 건지 몰라도 고급스러운 맛이야. 비싼 건가 봐. 아마 어머니의 브라만 동료나 이웃 중 누군가가 윤회식 선물로 건넨 거겠지. 이안이 이번에는 찻잔을 들어 홍차를 한 모금 마셨다. 아, 이 깊고도 풍부하면서도 약간은 톡 쏘는 것 같은 맛, 발효된 듯 약간 씁싸름하면서도 달콤한 향기. 역시 호세 회사에서 만든 상품답군. 이걸 뇌물로 낭비하지 않고 어머니께 가져오길 잘했어.

"이렇게 좋은 차는 오랜만에 마셔보는구나." 베라가 찻잔을 쥔 채 향기를 음미하며 미소 지었다. "이런 건 윤회식 선물로는 왠지 적합하지 않은 것 같아. 이번 생이 끝나는 걸 아쉬워하도록 만들거든."

"어머니는 다음 생에도 이렇게 좋은 것들만 누리시면서, 이번 생보다 더 귀하고 충만한 삶을 사실 텐데요 뭘." 다음 생에도 브라만, 브라만, 백 퍼센트 순종 브라만으로 태어나시겠죠. 그러기 위해서 소피아라는 어머니 인생의 유일한 오점을 그렇게 철저히 부인하셨던 거잖아요? 이안이 갑자기 되살아난 울분을 억누르려 애쓰며 차를 한 모금 더 마셨다.

"이 차는 호세, 소피아의 아버지 회사 제품이에요." 이안이 찻잔을 내려놓으며 말했다. "호세는 소피아가 계급 차별 때문에 상처받아 다른 남자랑 도망가 숨어 사는 줄 알고 있죠. 아니, 그렇게 믿으려고 하죠." 이안이 여전히 찻잔을 쥔 채 생각에 잠겨 있는 듯한 베라를 바라보았다. "어머니는 알고 계시는 거죠? 소피아가 어떻게 된 건지."

"소피아는…." 베라가 이안에게 마음의 준비를 할 시간을 주려는 듯 말을 멈추고 차를 한 모금 마셨다. "사형을 당하기로 되어 있었다."

충격에 휩싸여 말을 잇지 못하는 이안을 보며 베라가 찻잔을 내려놓고 양손을 모아 쥐었다. "'말해질 수 없는 죄', 한 인간이 저지를 수 있는 범죄 중 가장 무서운, 그래서 차마 입에 담을 수도 없는 죄를 저질렀기 때문이었지. 그 죄가 무엇인지는 너도 알고 있겠지?"

이안의 뇌리에 지옥의 지하 7층에서 스쳐 지나갔던 사형수의 처참한 시체들이 떠올랐다. 그는 머릿속에서 울려 퍼지는 자신의 비명 소리를 들으며 기절하지 않으려 애썼다. 가까스로 고개만 가로젓는 이안을 바라보며 베라가 쓴웃음을 지었다. "기계 선망. 그게 소피아의 죄명이었다. 입에 담을 수 없는 그 죄를 굳이 말로 표현한다면 그렇단 얘기지."

"그게 대체… 무슨…."

"음악. 그 애는 기계들의 음악을 몰래 수집했어." 베라가 꽃병에 담긴 연꽃을 바라보며 한숨 같은 웃음을 터뜨렸다. "대체 어디서 그 많은 곡을 구했던 건지 놀랍더구나. 아마도 게토의 암시장이나 기계 거주지를 몰래 드나들며 몇 년에 걸쳐 모은 거였겠지. 그런 죄는 내 부서 담당이라 어쩔 수 없이 알게 됐다. 소피아가 곧 폐기당할 수밖에는 없으리란 사실을."

"그런데… 폐기당하지 않았던 거군요, 소피아는?" 이안이 마음속에서 희망이 희미하게 되살아나는 것을 느끼며 물었다.

"그래." 베라가 찻잔에 차를 더 따르며 말했다. "그 아이가 지옥에 끌려가 처참하게 폐기를 당한다면 네가 아파할 거란 걸 알고 있었기에, 내 선에서 가능한 모든 인맥과 방법을 동원해 비밀리에 그 사건을 처리했다."

"어… 어떻게…."

"소피아의 몸은 폐기하지 않고 기억만 삭제한 채, 다른 곳에서 다른 사람으로 살아갈 수 있도록 만들었어." 베라가 쓴웃음을 지었다. "그게 내가 범할 수 있는 최대한의 월권이었단다."

"아…. 어머니…." 이안이 흐르는 눈물을 감추려 얼굴을 감싸며 신음했다. 어머니가 자신을 위해 그런 일까지 할 수 있는 사람이라고는 평생 단 한 순간도 상상해본 적 없었다.

"유치장에 갇혀 있는 소피아를 찾아가 내 계획을 설명했지." 베라가 말을 이었다. "그 애한테 널 찾아가 이혼을 요구하고 다른 남자랑 떠나는 것처럼 해달라고 했어. 그렇게 하는 편이 너도, 한나도 그나마 덜 상처받을 수 있는 방법이 아니겠냐고."

"엄마…." 이안이 손으로 얼굴을 감싼 채 말했다. "죄송해요. 그리고 감사…. 지금 제가 얼마나 감사하고 죄송한 마음인지…."

이안이 눈물을 닦아내고 고개를 들어 베라를 보았다. 그녀는 조리대 쪽에 놓아두었던 무언가를 집어 든 채 테이블로 돌아오고 있었다.

"그 애가 나한테 이걸 주더라."

베라가 이안에게 하트모양 로켓 목걸이 하나를 건넸다. 금도금이 벗겨진 싸구려 펜던트 뚜껑에는 높은음자리 모양으로 큐빅들이 박혀 있었다.

"게토를 나서다 붙잡혀 기계들 음악이 담긴 음반을 빼앗기고 경찰서로 끌려오는 와중에, 이걸 속옷 같은 데다 숨겨뒀던 모양이었어." 베라가 코웃음쳤다. "어차피 지옥으로 끌려가면 발가벗겨져 압수당할 게 뻔했는데 말이다. 그 앤 어쩜 그렇게 세상 물정을 모르던지. 그 애가 유치장에 갇히기도 전에 벌써 경찰이 너희 집까지 잠입해, 그 애가 숨겨놓은 다른 음반들을 모조리 찾아냈는데도 말이다. 너랑 한나는 그때 집에 없어서 눈치 못 챘던 모양이지만."

이안이 로켓을 열자 안에 든 뮤직 박스에서 단음의 멜로디가 흘러나왔다. 하트 모양 뚜껑 안쪽에는 환하게 웃고 있는 어린 한나의 얼굴 사진이 붙어 있었다.

"아, 기억나요."

이안이 뮤직 박스에서 흘러나오는 단순하면서도 조잡한 멜로디에 헛웃음을 터뜨렸다. "이건 한나가 난생처음 작곡한 음악이었을 거예요. 그걸 공작 시간에 이렇게 뮤직 박스로 만들어 소피아 생일에 선물했던 거예요."

"그 애가 그걸 나한테 주면서 보관해달라고 하더구나. '그들'이 가져가 파괴해버리지 않도록, 그냥 어딘가에 숨겨만 주시면 안 되겠냐고 하면서 말이다. 내가 바로 '그들'이란 걸 모르기라도 하는 것처럼." 베라가 어깨를 으쓱해 보였다. "수상했지, 많이. 그래서 혹시 뭔가가 숨겨져 있는지 뜯어볼까 했는데, 그러지 않았어. 뜯어보면 분명 그 애의 부탁을 지켜줄 수 없게 될 거라고 생각했거든. 그래서 그냥 구석에 처박아두고 잊어버리고 있었지. 그런데⋯."

베라가 말을 멈추고 꽃병에서 연꽃 한 송이를 집어 들어 향기를 맡았다.

"이제 곧 이 생이 끝날 거라고 생각하니, 그 안에 뭔가가 숨겨져 있어 봐야 얼마나 대단한 걸까, 하는 생각이 들더구나." 베라의 얼굴에 열반에 든 부처와도 같은 미소가 떠올랐다. "이번 생에서 처음으로⋯ 그냥 알아내고 싶지 않다는 생각이 들었어. 평생 이쪽 일을 하다 보니 이제 지겨워졌나 보다." 베라가 연꽃을 꽃병에 도로 꽂으며 중얼거렸다. "아마도 그래서 이 윤회라는 게 딱 이때쯤 하도록 정해진 건가 봐."

어머니의 얼굴에 떠오른 미소를 바라보는 이안의 눈에서 다시 눈물이 흘렀다.

"어머니…." 난 왜 이제야 알게 됐을까요? 이안이 마음속으로 말했다. 그렇게 오랜 시간 동안… 내가 엄마를 사랑하는 것보다 더 엄마가 날 사랑하고 있었다는 걸. 엄마가 자기 자신만큼이나 소중하게 여기는 가치를 포기할 수 있을 정도로, 엄마를 엄마답게 만드는 가장 본질적인 부분마저도 바꿀 수 있을 정도로 날 사랑하고 있었다는 걸….

"그동안 많이 서운했겠지, 이안…." 베라가 손을 뻗어 이안의 눈물을 닦아주었다. "난 평생 법과 질서를 수호하는 사람으로 살아왔기에, 널 그렇게 대할 수밖에 없었어. 하지만 내 마음속에서 너는 내게 늘 가장 자랑스러운 아들이었단다."

꼭 마법 같아.

한나가 자신이 밤새워 작곡한 음악을 들여다보며 생각했다. 각각 다른 악기와 멜로디의 선율들이 여러 겹의 파동으로 표시된 트랙 뷰를 보고 있자니 이것을 14일이 아닌 14시간 동안 작업해서 완성했다는 것이 믿기지 않았다. 오늘이 일요일이라 다행이었다. 평일이었다면 명상도 못 한 채 학교에 갔다가 교실에서 기절해 케일리에게 온갖 조롱을 다 당했을 것이다. 하지만 그런 일 따위는 이제 한나에게 아무래도 상관없는 일처럼 느껴졌다. 이 음악을 만드는 14시간 동안 자신이 완전히 다른 사람으로 변한 것만 같았기 때문이다. 또 한 번 고치에 들어갔다가 탈바꿈이 되어 나오기라도 한 것 같았다. 제각각 다른 색깔의 파동으로 표현된 선율들을 하나씩 따라갈 때마다 그 트랙을 만들어낼 때 머릿속에 그려졌던 준의 기억들이 다시 떠올랐다. 그리고 그 기억들에 가슴 아파 멈추지 않던 눈물만큼이나 자연스럽게 이 선율들이 자신의 온몸에서 흘러나오는 듯했던 그 순간들도. 어머니가 떠나기 전 자신에게 귀가 닳도록 했던 그 가르침이 무슨 뜻이었는지 한나는 이제야 이해할 수 있게 되었다.

— 힘 빼라. 네 힘으로 음악을 뽑아내려고 해서는 안 돼. 음악이 너를 통해 흘러나오도록 너 자신을 비워야 한다.

새로운 기억이 떠오를 때마다 새로운 선율이 흘러나왔고 그럴수록 한나 자신의 존재는 점점 더 비워지는 동시에 충만해져 가는 듯했다. 그런데 이상했던 건 어느 순간부터 머릿속에 떠오르는 기억들이 준의 것이 아니라 한나 자신의 것처럼 느껴졌다는 것이다. 마치 간밤에 흘렸던 그 많은 눈물이 어떤 마법 같은 작용을 일으켜 한나의 의식을 완전히 바꿔놓기라도 한 것 같았다. 예전에는 맑은 물에 흘러든 더러운 기름방울처럼 이질적이고 불쾌하게 느껴졌던 준의 의식이 음악 속에서 점점 한나의 의식으로 녹아들어갔다. 그러다 나중에는 어디까지가 한나 자신의 의식이고 어디서부터가 준의 의식인지 구분할 수도, 그럴 필요도 없는 듯 느껴졌다.

참으로 이상한 일이야, 한나가 속으로 중얼거렸다. 이제 비로소 사실을 알게 됐으니 준의 기억이 더 낯설게 느껴질 거라고, 그래서 감정적으로 거리를 둘 수 있을 거라고 생각했는데 오히려 그 반대가 됐으니까. 하긴, 이상한 건 그것뿐만이 아니지. 한나가 자신의 방에서 청소기를 돌리고 있는 미카를 돌아보며 한숨을 쉬었다. 미카는 아무 생각도 감정도 없는 듯 무표정한 얼굴을 한 채 기계적으로 청소기를 밀고 있었다. 공장에서 겪었던 일 덕분에 미카를 더 잘 이해할 수 있게 됐다고, 그녀를 지금보다 더 잘 알게 될 수 있을 거라고 생각했는데 오히려 그 반대가 된 듯했다. 어젯밤 미카에게 공장에 갔던 이야기를 들려주면서 한나는 밤의 호수 같은 미카의 눈동자가 흔들리는 것을 보았다. 저 호수에 커다란 파문이 이는 것 같다고, 마침내 어둠이 걷히고 그 아래 잠겨있던 생각들이 미카의 입에서 흘러나올 거라고 느꼈었다. 그런데 한나가 너도 거기가 기억나느냐고 묻자 미카는 대답이 없었다. 그녀의 검은 눈동자는 다시 바람 한 점 없는 밤의 호수처럼 잔잔해졌다. 검은 장막이 드리워진 듯한 미카의 눈동자에서 한나는 더 이상 아무것도 읽어낼 수 없었다. 마치 처음 미카가 집에 왔을 때로 돌아간 것 같았다. 그녀의 머릿속에 무슨 생각들이 들어있는지, 아니 생각이란 게 존재하기는 하는지조차 자신은 영영 알 수 없을 거라는 무력감이 한나를 사로잡았다. 그동안 미카와 나눠왔다고 생각했던 교감이 모두 한나 자신의 상상 속에서만 일어난 일이었던 것처럼 느껴졌다. 여전히 기계적인 동작으로 청소기를 밀며 방을 나선 미카가 밖에서 방문을 닫았다.

한나가 어깨를 힘없이 떨구며 고개를 돌려 모니터를 들여다보았다. 미카도, 심지어 내 머릿속에서 일어나는 일조차도 내 뜻대로 되지 않아. 하지만 적어도 음악만은, 이 음악만은 내가 통제할 수 있어. 한나가 생각했다. 그런데 정말 이 곡으로 경연에서 입상할 수 있을까? 아니, 적어도 예선 통과만이라도 할 수 있을까? 한나는 혹시 놓친 것이 있을지도 모른다는 조바심으로 첫 번째 트랙의 시작 부분부터 다시 검토해나가기 시작했다.

이 붉은 트랙은 고원에서의 기억이야. 한나가 주선율 파트를 재생하며 그 부분을 만들 때의 기억을 떠올렸다. 그 기억은 마치 그녀의 머릿속이 아니라 혈관을 따라 몸속 구석구석을 흐르는 것처럼, 아니 아예 그녀 몸의 일부가 된 것처럼 일순간에 한나의 안에서 생생히 되살아났다. 그래, 이때 나는 마당에서 세수하고 있었어. 한나는 어느새 다시 준이 되어 이제 막 떠오른 고원의 태양과 싸늘하고 건조한 대기를 느꼈다. 그리고 대야에 담긴 빗물에 섞인 흙 알갱이가 얼굴을 긁어대는 그 불쾌한 감각에 진저리 쳤다. 세수를 마친 그녀가 바짝 말라 뻣뻣하고 거친 수건으로 얼굴을 닦은 다음 금이 간 거울을 들여다보았다. 먼지투성이 거울 속에서 볕에 그을린 연갈색 피부의 깡마른 소녀가 미카의 것과 놀랍도록 비슷한 검은 눈으로 자신을 보고 있었다.

— 물 아껴 써라! 적어도 일주일 안엔 비가 안 올 거야!

돌아보니 붉은 흙으로 된 동굴 같은 집 안에서 아버지가 발로 재봉틀을 돌리며 그녀를 못마땅한 눈길로 보고 있었다. 재봉틀에서는 해독하기 힘든 암호와도 같은 복잡한 패턴의 옷감이 짜여 나오고 있었다. 아빠는 재봉사가 아니라 과학자인데 왜 요즘 들어 맨날 저렇게 재봉틀을 돌리고 있는 걸까? 그리고 힘들여 짠 천을 포장해 비행 편으로 자꾸 도시에 보내는데도 돈은 안 들어오는 것 같고, 대신 그놈의 토마토 수프 캔만 잔뜩 들어오지. 더 웃긴 건 아빠가 그걸 손도 못 대게 어디다 자꾸 숨겨만 둔다는 거야. 그녀가 불만에 차 바라보는데 아버지가 다시 소리쳤다.

— 그렇게 꾸물거리지 말고 들어와! 예감이 안 좋아. 오늘 또 놈들이 납치하러 올지도 몰라!

그때 멀리서 들려온 함성에 아버지와 그녀가 소스라쳤다. 돌아보니 말을 탄 몇 명의 긴 머리 남자들이 창과 활을 든 채 이쪽으로 달려오고 있었다. 깃털을 머리에 달고 얼굴에는 색소를 바른 그 이상한 남자들 틈에서 한 여자아이가 그녀를 향해 활을 겨눴다.

— 아빠!

날아오는 화살을 피해 땅바닥에 엎드리며 그녀가 소리쳤다. 그때 바로 옆에서 들려온 갑작스러운 폭발음에 그녀가 귀를 막으며 비명을 질렀다. 고개를 드니 말을 탄 남자들과 소녀가 놀란 얼굴로 멈춰 서서 아버지를 보고 있었다. 아, 아빠가 그새 화약을 가져다 터뜨렸구나. 안도하는 그녀를 아버지가 일으켜 집 안으로 잡아끌었다.

— 빌어먹을 원주민 놈들. 몇 년 동안 잠잠하다 했더니….

추장이란 사람과 담판을 짓고 돌아온 아버지가 그녀의 깨진 무릎에 약을 발라주며 투덜거렸다.

— 우리를 하필 원주민 거주지인 이곳으로 추방한 건 기계 놈들이 고안해낸 끔찍한 농담이야. 그 사악한 놈들이 대학살에서 살아남은 우릴 조롱하려고 넓디넓은 땅덩어리 중 하필 이 고원

지대를 골랐던 거라고. 여기서 이렇게 전기도 없이 원주민들과 싸우며 살아가는 우리를 보면서 웃음거리로 삼으려고. 두고 봐라 이 망할 기계 놈들….

아, 그리운 아빠. 한나가 자신의 기억인 듯 눈물 흘리며 준의 아버지를 떠올렸다. 밤마다 아버지 손을 잡고 기계 감시원들의 눈길을 피해 지하 동굴로 숨어들던 순간들. 컴컴한 동굴 안 붉고 주름진 벽을 따라 일렁이던 호롱 불빛. 아버지는 그 동굴 안 가장 깊숙이 숨겨진 실험실에서 이상한 기계장치들을 켜놓고 밤새 뭔가를 만들거나 연구하곤 하셨지.

— 기계 놈들 감시초소에서 여기까지 몰래 전기를 끌어오느라 너희 엄마랑 내가 얼마나 고생했는지 아니?

아버지는 어머니가 그리울 때마다 내가 아직 태어나지도 않았던 그때의 이야기를 들려주곤 하셨어.

— 그때 네 엄마가 그렇게 번개처럼 기지를 발휘하지 않았더라면 우린 싹 다 죽었을 거다. 이 실험실은 물론이고 도서관과 음악실에 숨겨둔 문화재들까지 다 발각돼 불태워졌겠지. 생각할수록 너희 엄만 참 엄청난 인간이야. 지금도 그 끔찍한 데서 살아남아 우리한테 필요한 약 같은 걸 빼돌려 통조림통에 숨겨 보내주곤 하잖니.

그런데 언제 돌아와요, 엄마는? 내가 물어볼 때마다 아버지 얼굴에 피었던 미소가 사라졌기에 더 이상 물어보지 않았었지. 대신 엄마가 그리울 때마다 도서관에 꽂힌 책을 한 권씩 뽑아 호롱 불빛에 의지해 읽곤 했어. 내가 도서관에도 전구를 달아주면 안 되냐고 하니까 아버지는 어림도 없다고 했지. 실험실로 빼돌리는 전기도 발각당할까 봐 조마조마 아껴 쓰는데 팔자 좋은 소리 하지 말라고. 아버지가 '문화재'라고 부르는 그 책들은 모두 한 자 한 자 손으로 쓰인 것들이었어. 살아남은 지식인들 몇 명이 오로지 기억에 의지해 써 내려간 것들이라고. 그렇게 해서라도 기계들에 의해 파괴된 인류의 문화를 지켜내야 했기 때문이라고 아버지는 말씀하셨지. 그리고 아, 그 음악. 주말마다 지하 동굴에 울려 퍼지던 그 꿈처럼 아름다운 선율과 하모니. 살아남은 음악가들 몇 명이 손수 나무를 자르고 대장간에서 쇠를 녹이고 세공해 만든 건반악기들을 두드릴 때 흘러나오던 그 깊고도 청아한 소리. 양의 창자로 만든 줄이 달린 현악기들에서 흘러나온 거칠면서도 풍부한 선율이 동굴 안에 울려 퍼지면 여기가 땅속이 아니라 꼭 천상인 듯 느껴지곤 했었지. 하지만 왜지? 도대체 왜 그 기이할 정도로 완벽한 음률만큼은 내 머릿속에 온전히 되살아나지 않는 걸까? 왜 아무리 애써도 여전히 부스러진 꿈의 파편들처럼 아스라이 희미하게만….

그때 밖에서 들려온 낯선 남자 목소리에 한나가 꿈에서 깨듯 준의 기억에서 벗어나 자신의 의식으로 돌아왔다. 눈가에 여전히 흐르고 있는 눈물을 닦으며 문으로 다가가니 "별일 없었습니다." 하고 말하는 미카의 목소리가 들려왔다. "그래, 다행이군." 대답하는 목소리는 아버지 이안의 것이었다. 준의 기억에서 온전히 빠져나오지 못했던 찰나 동안 아버지의 목소리가 자신과는 아무런 관계도 없는 낯선 이의 것처럼 들렸다는 것이 놀라웠다. '돌았어. 회까닥 돌아버렸다고.' 테오의 목소리와 함께 되살아난 불길한 예감에 한나가 몸을 떨었다.

"오셨어요?"

한나가 방문을 열고 거실로 나가자 소파에 걸쳐져 있는 아버지의 재킷만이 눈에 들어왔다. 미카는 주방에서 요리하는 중이고 아버지는 방에서 옷을 갈아입는 모양이었다. 토마토소스가 끓는 냄새가 주방에서 풍겨왔다. 미카를 보러 주방으로 향하던 한나의 발길이 문득 소파 앞에서 멈춰 섰다. 아버지의 재킷 주머니에서 금속 체인 같은 것이 비어져 나와 있는 것이 한나의 눈에 들어왔기 때문이었다.

혹시 목걸이? 새엄마한테 줄 선물인가? 한나는 호기심을 이기지 못하고 재킷 주머니에 손을 넣어 그 안에 든 작고 묵직한 것을 꺼내 들었다. 아. 하트모양 펜던트에 높은음자리 모양으로 박혀 있는 큐빅들을 보기도 전에 한나는 그것이 무엇인지 깨달았다.

"엄마… 찾아냈어요?"

옷을 갈아입고 방을 나서던 이안이 문 앞에서 기다리던 한나의 갑작스러운 물음에 당황한 채 한나를 바라보았다. 그리고 한나의 손에 들린 하트모양 펜던트를 보는 순간 이안의 얼굴이 굳어졌다.

"한나야." 이안이 깊은 한숨을 내쉬고는 한나의 손을 잡아 거실로 이끌며 이야기를 시작했다. "사실은 말이다…."

한나는 방으로 돌아와 손에 쥔 목걸이를 열어보았다. 환하게 웃고 있는 자신의 앳된 얼굴과 뮤직 박스에서 흘러나오는 우스꽝스러운 멜로디가 마치 그녀 자신을 조롱하고 있는 듯 느껴졌다. 난생처음 만들어낸 이 멜로디를 어머니에게 선물하면서 내 가슴이 얼마나 긍지와 사랑으로 벅차올랐었나? 어머니가 들고 있던 카메라를 향해 저토록 그늘 한 점 없는 웃음을 터뜨리던 순간엔 지금처럼 이렇게 가슴이 찢어지는 날이 올 줄은 상상도 못 했었지. 한나의 눈에서 또다시 눈물이 흘러나왔다. 사랑한다고, 미안하다고 전해달라고? 다른 사람하고 아무도 모르는 곳에서 결혼해 행복하게 살아가고 있으니 내 걱정은 하지 말라고 전해달라고? 전해달라고…. 한나가 펜던트를 치켜들었다가 온 힘을 다해 바닥에 내던졌다. 자신의 마음처럼 이 목걸이도 산산이 부서져야 마땅한 듯 느껴졌다. 하지만 로켓은 뚜껑이 떨어져 나간 채 바닥에 나뒹굴며 여전히 조잡한 멜로디를 울려대고 있었다. 한나는 흐르는 눈물을 닦지도 않은 채 공구를 넣어둔 서랍으로 다가가 망치를 꺼내 들었다. 그리고 자신을 놀려대는 노래를 계속 부르고 있는 목걸이를 집어 창가에 올려놓은 채 망치로 내려쳤다. 뮤직 박스가 박살 나며 그 끔찍한 멜로디가 마침내 멈췄다. 그리고 그 순간 부서진 뮤직 박스 안에 숨겨져 있던 손톱만 한 빨간색 무언가가 눈물로 흐려진 한나의 두 눈에 들어왔다. 한나가 눈물을 훔치고 그것을 집어 들어 살펴보았다. 메모리칩. 이건 내가 넣어둔 게 아니야. 그렇다면 대체 누가? 왜?

한나는 자신이 만든 뮤직 박스 안에 들어 있던 것이 또 다른 뮤직 박스라는 것을 깨달았다. 그 뮤직 박스를 거기 넣어두었던 사람이 어머니 말고 다른 사람일 리 없다는 것도. 마치 어릴 때 엄마가 자신에게 선물했던 인형 속 인형 장난감을 보는 것 같았다. 그런데 엄마의 뮤직 박스는 자신이 만들었던 것보다 크기는 더 작았지만 더 많은 음악이 담겨 있었다. 108개의 음악파일 재생 목록에는 모차르트, 바흐, 쇼팽, 베토벤처럼 여태껏 한 번도 들어본 적 없는 우스꽝스러운 이름들이 적혀 있고 그 옆에 파르티타, 에튀드, 협주곡, 교향곡, 오페라 같은 단어와 숫자들이 붙어 있었다. 그것을 보자마자 한나는 깨달았다. 이 목록들이 바로 어머니의 죄의 증거였으며 그녀가 아무런 말도 없이 사라질 수밖에 없었던 이유였으리라고. 이 이상한 이름들은 인간이 아닌 기계 작곡가의 이름이며 이 세상에 결코 존재해서는 안 되는 금지된 지식이기에 어머니는 처형될 수밖에 없었으리란 것을. 아버지가 마침내 그 사실을 알아냈고 그래서 자신에게 거짓말을 했던 것이리라는 것을.

한나는 어머니의 뮤직 박스 1번에 있는 '모차르트'라는 가장 이상한 이름이 쓰여 있는 곡 하나를 재생했다. 그리고 음악의 첫 소절이 시작되자마자 마치 태양 빛이 순식간에 어둠을 몰아내듯 그녀의 마음속에서 모든 것이 단숨에 이해되었다. 한나는 이 세상에서 가능할 수 있으리라고 한 번도 상상해본 적 없었던 완전한 아름다움 속으로 빠져들었고, 자신의 눈에서 눈물이 흘러내리는 것을 느끼며 웃음을 터뜨렸다. 음악. 그래, 원래 이런 걸 음악이라고 불러야 하는 거였구나. 2년 전 무대에 선 자신을 바라보던 엄마의 그 멍한 눈빛이 한나의 머릿속에 다시 떠올랐다. 아, 얼마나 어이없고 우스꽝스럽게 느껴졌을까. 이런 음악을 들은 후로 온 세상의 모든 음악이 얼마나 역겹고 거짓되게 느껴졌을까. 세상 모두가 컵에 든 물을 보며 바다라고 부르는 걸 보는 듯 얼마나 말도 안 되게 느껴졌을까. 한나는 경외감에 입을 벌린 채 웃음을 터뜨리며 눈물 흘렸다. 이 음악이 그녀를 순식간에 어항에서 들어 올려 바다 한가운데 떨어뜨려 놓은 것 같았다. 그녀는 색색으로 반짝이는 크고 작은 물고기와 산호초들을 지나쳐 깊이 더 깊이, 멀리 더 멀리 나아갔다. 그러는 내내 한나는 웃으면서 울었다. 울음이 웃음이 되고 다시 울음이 되었다가 또 웃음이 되었다. 곡이 끝나갈 무렵 한나는 자신이 웃고 있는지 울고 있는지도 알 수 없었다. 어쩌면 완전히 다르다고 생각했던 이 두 가지 감정이 사실 비슷한 것이었는지도 모르겠다고 한나는 생각했다. 현실이라고는 믿기지 않는 경이 속으로 녹아들며 한나는 어머니의 눈먼 사랑을 마침내 온전히 이해했다. 그리고 아마도 이제는 더 이상 세상에 존재하지 않을 어머니에 대해 오랫동안 억눌러왔던 사랑이 다시 마음속에서 한없이 흘러나오는 것을 느꼈다. 결국엔 그 자신의 죽음으로 끝나게 될 줄 알았으면서도 끝내 멈출 수 없었던 어머니의 음악에 대한 사랑을 자신보다 잘 이해할 수 있는 사람은 이 세상에 없으리란 것을, 그건 자신이 어머니를 꼭 빼닮은 딸이기 때문이라는 깨달음 속에서 한나는 울었다. 너무나 어리석으면서도 너무나 현명했던 엄마를, 너무나 무정했으면서도 너무나 주체할 수 없을 정도로 사랑에 빠져 있었던 엄마를 안타까워하며, 그리워하며 한나는 울었다.

"엄마는 폐기당한 건가요?"

한나의 물음에 이안이 한동안 말없이 그녀를 바라보았다. 한나의 뺨을 따라 흐르는 눈물을 닦아주는 이안의 얼굴에 서글픈 미소가 떠올랐다.

"아니야, 한나. 너희 할머니께서 손을 쓰셔서 다행히 그렇게 되지 않았어. 너희 엄마는 그냥 기억만이 지워진 채 어딘가 다른 곳에서, 다른 사람으로…."

"같이 가봐요." 한나가 이안의 손을 잡고 힘껏 끌어당겼다. "엄마 만나러 가요. 네? 아빠, 지금 당장…."

"한나야…."

이안이 다시 아무런 말 없이 한나를 한참 동안 바라보았다. 그리고 눈물에 젖어 턱에 달라붙어 있는 한나의 머리카락을 옆으로 쓸어 넘겨주었다. "거기가 어딘지는 나도 몰라." 이안이 한숨을 내쉬며 고개를 저었다. "그리고 그 편이 더 낫지 않겠니? 혹시 우리가 네 엄마를 찾아가 만날 수 있게 된다고 해도, 그 사람은 더 이상 네 엄마가 아니라 다른 사람일 테니 말이다. 우리를 기억하지도 알아보지도 못하는 완전히 다른 사람일 테니까."

"오, 아빠…."

한나가 울음을 터뜨리며 이안을 끌어안았다. 이안이 한나를 마주 끌어안은 채 그녀의 등을 토닥였다.

"이번엔 거짓말 아니죠?" 한나가 울먹이며 이안의 귀에 대고 속삭였다. "엄마가 폐기당하지 않고 살아 있다는 거, 진짜로 이 세상 어디선가 무사히 살아 있다는 거."

"그럼." 이안이 속삭였다. "그건 절대 거짓말이 아니야, 한나. 절대로…."

아버지를 끌어안은 채 어린아이처럼 엉엉 울면서 한나는 그러면 그걸로 됐다고, 엄마가 자신을 까맣게 잊고 엄마 자신이 누구였는지도 잊고 음악마저 잊어버렸다 해도 어딘가에 살아만 있다면 그걸로 됐다고 생각했다. 다만 이제는 더 이상 자신의 엄마가 아닌 엄마가 그 어딘가에서 무슨 일을 하든 고통 없이 평안했으면 좋겠다고, 그녀가 음악을 사랑하고 자신을 사랑할 때 지었던 그 아름다운 미소를 잃지 않을 수 있었으면 좋겠다고 생각하며 마음속으로 엄마의 행복을 빌고 또 빌었다.

# 31

아냐, 이게 현실일 리 없어. 절대로.

덜덜거리는 굴착기 소음이 들려오는 공원을 향해 걸어가며 이안이 속으로 중얼거렸다. 모든 게 말이 되질 않아. 아무리 소피아가 예전과 완전히 다른 사람이 됐다고 해도, 이름조차 생경한 이 깡촌 시청의 도시관리과라는 데서 과장으로 일하는 '케이시 파커'라는 사람으로 살아가고 있다고 해도, 이런 일이 세상에 가능할 수 있을 리 없잖아.

이안이 점점 크게 들려오는 굴착기 소음에 진저리 치며 멈춰 선 채 멀찍이서 벌어지고 있는 공사 현장을 바라보았다. 쉬지 않고 땅을 뚫어대고 있는 굴착기를 비롯한 각종 중장비, 그 주변에 쳐진 안전 펜스 옆을 바삐 오가며 벽돌을 나르는 인부들…. 이 세상에서 소피아가 절대로 근처에도 가지 않을만한 장소가 있다면 바로 저런 곳일 거라는 데 이안은 전 재산을 걸 수도 있었다. 그런데 이제는 심지어 저 무시무시한 소음이 들려오는 공사 현장 중심에서 인부들을 진두지휘하고 있는 사람이 바로 소피아 뒤샹, 아니 케이시 파커라고? 그런 일은 어떤 식으로든 가능하지 않아. 다이아몬드가 흑연으로 변하는 것만큼이나 물리적으로 절대 일어날 수 없는 일이라고. 케이시 파커? 하! 이름조차 소피아하고는 전혀 어울리지 않아.

이안이 심란한 마음을 달래려 손에 든 종이컵에 담긴 커피를 한 모금 마셨다. 저 끔찍한 굴착기 소리가 끝날 때까지만이라도 어디 좀 앉아서 이 말도 안 되는 현실에 적응할 시간을 가져야만 할 것 같았다. 이안은 주위를 둘러보다 작은 우체국 건물 앞에 있는 벤치를 발견하고 거기에 앉아 식어가는 커피를 홀짝이며 다시 공원을 건너다보았다. 그제야 이안의 머릿속에 문득 어이없는 사실 하나가 떠올랐고, 이안은 헛웃음을 터뜨리다 하마터면 커피를 뿜을 뻔했다.

휴, 큰일날 뻔했네. 이안이 가슴을 쓸어내리며 오랜만에 차려입은 값비싼 회색 코트를 내려다보았다. 소피아는 자신을 알아보지 못하겠지만 그래도 이 생에서 그녀를 다시 만나는 것이 이번이 마지막일 거란 생각에 가장 좋은 옷을 골라 입었던 것이다. 하지만 연구소에 월차까지 내고 새벽부터 차로 다섯 시간을 달려 이 시골 마을 시청 도시관리과를 찾아가자 '파커 과장님요? 지금 공원 공사 현장에 계실 텐데요?'라는 직원의 답변이 돌아왔고, 그때부터 뭔가가 심각하게 잘못됐다는 생각을 떨칠 수가 없었다.

조금 전 떠오른 기억, 소피아를 처음 만났던 장소 역시 다름 아닌 공원이었다는 사실을 생각하니 더욱 기가 막혔다. 굴착기가 여전히 덜덜거리며 땅을 뚫어대고 있는 어수선한 공원을 건너다보며 이안은 오래전 그 순간을 다시 떠올렸다.

흐드러진 벚꽃과 생명력으로 만개한 도심 한복판의 아름다운 공원. 재킷에 묻은 초코 시럽에 절망한 내게 다가와 스카프를 건네던 초록 원피스를 입은 소피아. 얼룩진 내 가슴에 스카프를 꽂아 넣고 따사로운 햇살만큼이나 환한 미소를 지으며 고개를 끄덕이던 그녀의 모습. 어쩌면 그 순간이 제노스 때문에 몸이 완전히 부식돼 죽어가기 직전 내 머릿속에 마지막으로 떠오를 기억일지도 몰라. 이안이 길 건너 공원의 굴착기가 마침내 작업을 멈추고 물러나는 모습을 지켜보며 다시 실소를 터뜨렸다. 자신이 누군가가 심심풀이로 지어낸 끔찍한 농담의 주인공이 된 것만 같다는 생각에 어이가 없어서였다. 말라붙은 낙엽들이 뒹구는 을씨년스런 한겨울, 앙상한 나무들만이 공사장 소음에 맞춰 바람에 몸을 흔들어대는 깡촌의 황량한 공원. 18년 전 소피아와의 첫 만남에 견줄만한 마지막을 장식하기에 이보다 완벽한 배경이 또 있을까?

제기랄. 이안이 식어버린 커피의 마지막 한 모금을 마시며 속으로 욕설을 내뱉었다. 내가 대체 뭘 얻자고 새벽부터 그 고생을 하며 여기까지 달려온 거지? 이 변두리 시골 마을 저 손바닥만 한 공원에서 소피아, 아니 빌어먹을 케이시란 여자가 바이올린 대신 전기톱을 연주하며 삽질하는 인부들을 닦달하는 꼴을 보기 위해? 그래서 내 머릿속에 남아 있는 그녀에 대한 아름다운 추억마저 굴착기로 남김없이 긁어내 냄새나는 웅덩이에 던져버리게? 그래, 어머니가 원했던 게 바로 그거였을 거야. 웬일로 순순히 그녀가 여기 있다는 걸 알려주셨다 했어. 아마 이 케이시 파커란 말도 안 되는 이름도, 깡촌 도시관리과 과장이라는 우스꽝스러운 직업도 다 어머니가 만들어낸 거였을 거야. 내가 소피아에 대해 사랑했던 모든 면을 다 정반대로 뒤집어서 만들어낸 이 조작된 의식을 가진 여자를 보자마자 그녀에 대한 내 일말의 미련마저 씻은 듯 사라질 거라고 어머니는 생각하셨던 거겠지.

이안이 빈 종이컵을 구겨 쓰레기통에 던져 넣으며 고개를 가로저었다. 안 돼. 어림도 없지. 애초에 여기까지 오는 게 아니었어. 이제라도 돌아가자. 이안이 공원 반대 방향인 시청 쪽으로 걷기 시작했다. 주차장에 세워둔 차를 타고 다시 다섯 시간을 달려 집으로 돌아가는 거야. 아, 낮이라 차가 붐비면 일곱 시간도 걸릴 수 있겠네. 제기랄. 서둘러 가면 저녁은 집에서 먹을 수 있겠지. 이안의 발걸음이 빨라졌다. 그러다 큰길 쪽으로 접어들어 코너를 돌아간 순간 이안이 다시 멈춰 섰다. 그래도 여기까지 힘들게 왔는데 먼발치서 그냥 한번 보기라도 하면 안 될까? 내 몸속을 점령한 점액질 개자식들이 1분 후에라도 임무에 성공해 날 죽일 수도 있는데, 그때 이 보도블록에 널브러져 코가 깨지는 순간 갑작스러운 후회가 밀려오진 않을까? 그녀가 정말 잘 있는지 그냥 잠깐 보기라도 할 걸. 어떤 이름 어떤 모습을 하고 있던 내 평생의 사랑이었던 여자가 여전히 살아 숨 쉬고 있다는 걸 확인만이라도 할 걸, 하면서 말이야. 이안이 착잡한 마음으로 10분 전 커피를 테이크아웃했던 작은 카페를 건너다보았다. 그래, 저기서 커피라도 한 잔 사서 갖다주자. 그러면서 이 추운 날씨에 고생이 많으시네요, 한마디만이라도 하고 돌아가자.

"추운 날씨에 고생이 많으시네요." 이안이 커피를 건네자 소피아, 아니 케이시가 컵을 받아 들며 의심스러운 눈초리로 그를 훑어보았다. 저건 또 웬 미친놈이지? 혹시 이 커피에 약이라도 탄 거 아니야? 생각하는 듯한 표정이었다. 매혹적인 와인색 눈동자와 풍성한 갈색 머리는 여전했지만 감성 따윈 개나 준 듯한 뚱한 표정과 머리에 쓴 흙투성이 안전모, 시커먼 기름 얼룩이 묻은 작업복 점퍼까지, 이안이 예상했던 것보다도 더 예전의 그녀와 닮지 않은 모습이었다.

"제가 뭐 무료 봉사를 하는 것도 아닌데요." 케이시가 기미상궁처럼 떨떠름한 표정으로 커피를 한 모금 마신 후 독이 안 들었다는 판단을 내렸는지 이안을 보며 어깨를 으쓱해 보였다. "다 월급 받고 하는, 제 일이죠. 뭐 암튼 고마워요."

놀라서 까무러칠 노릇이군. 케이시가 십장인 듯한 인부에게 다가가 거침없이 잔소리를 늘어놓는 모습을 지켜보며 이안이 혀를 내둘렀다. 어떻게 저렇게 소피아와 완전히 다른 사람으로 변하는 게 가능할 수가 있는 거지? 저 케이시 파커라는 여자는 내가 사랑했던 소피아 뒤샹과는 단 1비트도 닮은 데가 없어. 나는 물론이고 심지어 한나하고도 아무 접점도 없는, 길거리에서 마주쳐도 한마디 이상 대화를 나눌 수조차 없을 완전히 다른 부류의 인간이라고.

이안이 고개를 절레절레 저으며 자기 몫으로 사 온 또 한 잔의 커피를 홀짝였다. 마침내 마주한 이 명백하고도 단순한 진실이 이안의 마음속 깊이 남아 있던 일말의 기대마저 사라지게 했다. 그는 오히려 마음이 홀가분해지는 것을 느끼며 케이시가 이쪽으로 돌아오는 모습을 바라보았다.

"하여간 시골 사람들은 당최 패기가 없어, 패기가. 조금만 힘들 것 같으면 안 되겠다, 하지 말자, 하면서 내뺄 생각만 하지." 케이시가 혼잣말하듯 중얼거리고는 이안 옆에 선 채 커피를 홀짝이며 인부들이 움직이는 모습을 불만스럽게 지켜보았다.

이안이 완전히 낯선 사람을 보듯 가벼워진 마음으로 케이시에게 물었다. "도시에서 전근 오셨나 봐요?"

"어휴 말도 마세요." 케이시가 소피아는 한 번도 했던 적 없는 방식으로 거칠게 손사래를 치며 말했다. "정부에서 갑자기 시골로 내려보낼 공무원들을 차출하기로 결정했는데, 제가 그만 제비뽑기를 잘못하는 바람에 생판 연고도 없는 이런 깡촌으로 떨어졌다니까요?"

아, 그러니까 이게 어머니가 만들어낸 가짜 인물의 백스토리였던 거군. 어머니답게 치밀하면서 현실성 있는 시나리오야. 게다가 아무도 안 내려오려 하는 벽지 공무원 인력 충원도 되고. 어머니가 어떻게 관료로 최고위직까지 올라가실 수 있었는지 알겠어. 이안이 속으로 감탄하며 케이시에게 물었다. "그럼 온 가족이 여기로 갑자기 내려오게 된 건가요?" 아니겠지. 그렇게 하면 다른 가짜 인물들을 더 만들어야 해서 번거로워질 테니까, 이안이 생각했다.

"아아뇨." 케이시가 다시 우아함이라고는 전혀 없는 몸짓으로 손을 휘두르더니 목소리를 낮춰 속삭이듯 말했다. "윗대가리들이 제비뽑기 결과를 교묘히 조작했던 것 같아요. 실은 미혼자들만 골라서 지방으로 내려보내기로 미리 정해져 있었던 거죠. 다른 깡촌으로 발령받은 제 예전 동료 하나도 하필 미혼이었거든요."

그럼 그렇지. 저 예전 직장과 동료들 이야기도 다 실제로는 존재하지 않는 조작된 기억일 뿐이겠지. "아, 정말 그런 거라면 억울하시겠네요."

이안의 말에 케이시가 어쩌겠냐는 듯 어깨를 으쓱해 보이고는 인부들을 주시했다. 그런 그녀를 바라보며 이안이 마음속으로 탄식했다. 아, 소피아. 당신은 정말로 작별 인사 한마디 없이 영영 이 세상에서 사라졌구나. 당신과 똑같은 저 높은 콧대와 긴 목, 섬세한 손가락을 가진 저 여자는 당신이 아니라 어머니가 급조해낸 허깨비일 뿐이야. 내가 그토록 그리워했던 저 몸은 이제 음악 대신 굴착기의 소음을 듣고 아름다운 목소리로 노래를 부르는 대신 인부들에게 소리를 지르지. 소피아, 내가 그토록 사랑했던 우아한 기품과 향기가 없는 저 허깨비를 보고 있는 지금 왜 이렇게 사무치도록 당신이 그리운 걸까?

그때 뒤에서 수레를 끌고 오던 인부들이 이안의 오른팔을 치고 지나갔다. 안 돼! 이안이 커피를 든 손을 반사적으로 앞으로 뻗으며 비명을 질렀다. 컵에서 흘러넘친 커피가 이안의 코트와 구두를 아슬아슬하게 비켜 땅바닥에 쏟아졌다. 이안이 안도하며 가슴을 쓸어내렸다. 하… 0.1초만 늦었어도 이 비싼 코트를 또 버렸을 뻔했어. 만약 그랬다면 얼마나 우스꽝스러운 일이었을까? 소피아를 닮은 저 낯선 여자는 스카프 같은 건 절대로 갖고 다니지 않을 텐데 말이야. 이안이 쓴웃음을 지으며 케이시를 바라보았다.

"운동신경 좋네요." 케이시가 이안에게 마주 웃어 보였다.

오, 저렇게 웃으니까 약간 소피아와 비슷해 보여. 방금 잠깐 소피아를 정말로 보고 있는 줄 알았어. 이안이 홀린 듯이 케이시를 바라보다 힘없이 어깨를 떨궜다. 대체 내가 여기서 뭘 하고 있는 거지? 어서 돌아가자. 여기 더 있다간 완전히 머리가 돌아버리겠어. 이안이 인부들에게 다가가 소리를 지르기 시작한 케이시를 보다가 휴지통으로 걸어가 커피가 조금 남아 있는 종이컵을 버렸다. 혹시 모를 또 다른 사고를 미연에 방지해야지. 사고. 그래, 소피아와의 모든 건 그저 순전히 우연으로 인해 시작되었던 사고였을 뿐이야.

이안이 공원 입구를 향해 걸어가다 다시 케이시를 돌아보았다. 이제 인부들과 모여서 담배를 피워 문 케이시가 우스운 농담이라도 들었는지 고개를 뒤로 젖히며 박장대소를 터뜨렸다. 목젖이 보일 정도로 입을 크게 벌린 채 웃어대는 케이시의 모습은 소피아와는 전혀 닮지 않았지만 그녀보다 오히려 더 활기차고 행복해 보였다. 그래, 이걸로 됐어. 이안이 씁쓸한 미소로 고개를 끄덕이며 걸음을 뗐다. 그리고 발을 땅에 내려놓기도 전에 괴성을 지르며 뒤로 펄쩍 물러났다. 바로 밑에서 갑자기 들려온 기계의 굉음과 함께 검은 기름 줄기 같은 것이 튀어 올라왔기 때문이었다. 하지만 이번에는 한 발짝 물러나는 것만으로 피할 수 있는 재앙이 아니었다. 순식간에 뒤로 세 걸음쯤 물러났다면 피할 수 있었겠지만 그건 아무리 뛰어난 운동신경으로도 불가능한 일이었다. 분수처럼 세차게 튀어 오른 더러운 기름이 순식간에 이안의 코트에 '대왕얼간이'라고 쓰인 네온사인만 한 검은 얼룩을 새겨놓았다. 제길, 망했네. 이안이 엉망이 된 코트 앞자락을 내려다보며 속으로 욕설을 내뱉었다.

"어이구, 거 비싼 코트 같은데…." 땅 밑에서 공사 중이던 인부 한 명이 이안을 올려다보며 혀를 끌끌 찼다. 기름때 낀 그의 얼굴에 왠지 고소하다는 듯한 미소가 떠오르는 것을 이안은 놓치지 않았다. 사고. 그래, 소피아와의 인연이 사고로 시작됐으니 이렇게 또 다른 끔찍한 사고로 끝나야 자연스러운 거겠지. 이안이 주머니에서 손수건을 꺼내 기름 얼룩을 박박 닦아대며 속으로 투덜거렸다. 사고. 사고. 그래 모든 게 다 운 나쁜 사고, 재앙일 뿐이야, 아무런 의미도 없는.

누군가가 이안의 눈앞에 넝마 조각 같은 것을 내밀었다. 이안이 고개를 들어보니 케이시가 인부에게서 빼앗아 온 듯한 너덜너덜한 걸레 조각으로 이안의 코트에 묻은 얼룩을 문지르기 시작했다. 피아노를 연주하던 그 섬세한 손이 이제는 백정이 무두질하듯 거칠게 움직이며 검은 얼룩을 오히려 더 번지게 만드는 모습을 내려다보며 이안은 주저앉아 엉엉 울고 싶은 감정에 휩싸였다. 세상에, 아무리 그래도 이렇게 끝날 필요는 없는 거잖아. 내가 이번 생에서 가장 사랑했던 사람과의 마지막을 이렇게 끔찍한 모습으로 기억해야 할 필요까지는 정말로…. 그때 갑자기 케이시의 손이 멱살을 잡듯 이안의 코트 자락을 붙잡더니 거칠게 벗겨내기 시작했다.

맙소사, 이게 끝인 줄 알았는데 이보다 끔찍한 뭔가가 더 남아 있었던 거야? 순식간에 코트가 벗겨진 이안이 갑작스레 밀려든 한기에 몸을 떨며 고개를 떨궜다. 여기서 쪽팔리게 질질 짜는 꼴까지 보인다면 정말로 완벽한 재앙이 완성될 것이 분명했기 때문이었다. 그런데 케이시의 거친 손길이 이번에는 이안에게 다시 코트를 입히고 있었다. 이건 또 뭐야. 이안이 이제는 화낼 기운도 없어 실소하며 고개를 들어 케이시를 바라보았다. 그러자 케이시가 뒤로 한 걸음 물러서서 이안을 위아래로 훑어보더니 마음에 든다는 듯 고개를 끄덕였다. 그제야 이안이 자신의 코트를 내려다보았다. 회색 모직 코트가 뒤집혀 남색 바탕에 흰 도트무늬가 찍힌 실크 코트로 바뀌어 있는 것을 본 이안이 웃음을 터뜨렸다.

"이게 더 어울리네요." 케이시가 미소 지었다. 오래전 그녀가 이안의 인생에 등장할 때 했던 첫 마디와 정확히 똑같은 대사, 정확히 똑같은 미소였다. 제기랄. 그래, 어쩌면 우리는 운명이었던 건지도 모르지. 이안이 한숨을 내쉬며 속으로 중얼거렸다. 어떤 망할 놈들이 그걸 계획했는지 어떤 빌어먹을 미친 이유로 그랬는지는 알 수 없지만, 어쩌면 전생에도 우리는 서로 사랑했었던 건지도 몰라. 그렇다면 다음 생에서도 이렇게 사고처럼 만나 또다시 사랑하게 될지 누가 알겠어?

이안이 케이시에게 마주 미소 지어 보이며 말했다. "고마워요." 그리고 사랑해. 아니 사랑했어, 내 인생의 가장 찬란한 빛이었던 소피아.

"이 동네에 다시 올 일 없으신 분 같은데, 행운을 빌어요." 케이시가 소피아는 한 번도 하지 않았던 방식으로 어깨를 으쓱해 보이며 말했다.

"그쪽도 이곳에서 행복하길 빌어요." 이안이 말했다.

"하! 이 깡촌에서요?" 케이시가 손을 거칠게 휘휘 저어 보이고는 돌아서서 인부들을 향해 걸어갔다. 그래, 이걸로 됐어. 인부들에게 고래고래 소리를 지르기 시작한 케이시를 바라보다 돌아서며 이안이 고개를 끄덕였다. 이제 내 혈관 속 점액질 개자식들이 조만간 날 죽이는 데 성공한다 해도, 조금은 덜 찜찜하게 죽을 수 있겠어. 아주 아주 조금은 덜 찜찜하게 말이야.

## 32

아
아
아
아
아
아
아
아
아
아
아
아
아

아
아
아
아
아
아
아
아
아
아
아
아

　음악이 한나를 추락시켰다. 어머니의 뮤직 박스에서 흘러나온 한 곡의 음악, 바흐라는 기괴한 이름이 쓰여 있는 이 음악이 한나를 밑도 끝도 없는 어둠 속으로 떨어지고 떨어지고 또 떨어지게 만들었다. 이 세상에 존재하지 않는 악기가 연주하는 낡고도 새롭고 낯설면서도 익숙한 멜로디, 검은 건반과 흰 건반이 뒤바뀐 피아노 같지 않은 피아노에서 흘러나온 이 현악기의 선율은 그녀가 그토록 기억해내려 애썼던 꿈속의 바로 그 음악이었다. 그 선율이 스피커에서 흘러나온 순간 하늘과 땅이 거꾸로 뒤집혀 한나는 비상하는 동시에 추락하기 시작했다. 산산이 조각났던 꿈의 파편들이 모여들어 완전한 하나의 음악으로, 하나의 기억으로 통합되어갔고 그 놀랍도록 길고도 짧은 과정이 마침내 완성된 순간 한나의 온 존재가 산산이 깨어져 조각났다. 수천 조각으로 부서져 먼지처럼 흩어진 한나는 준이 되었고 또다시 허공으로 발을 헛디뎌 추락하기 시작했다.

아

아

아

아

아

아

아

시뻘건 협곡 아래로 추락하고 추락하며 그녀는 아빠를 부르고 또 불렀다. 비행기가 날아가는 시퍼런 하늘이 그녀에게서 점점 더 멀어지고 멀어졌다. 마침내 도달한 밑바닥에서 그녀는 온몸이 찢기고 부서져 조각나는 무시무시한 고통 속에 비명을 지르고 지르며 정신을 잃었다. 호롱불이 켜진 동굴 속에서 아버지가 준의 이름을 부르고 또 불렀다. 그녀는 아버지의 손을 잡으려 했지만 손이 없었다. 손이 있었지만 느껴지지 않았고 몸이 있는데도 움직일 수 없었다. 고치에 갇힌 애벌레처럼 꼼짝달싹할 수 없는 무감각 속에 고통조차 느껴지지 않았다. 차라리 죽여주세요. 준이 아버지에게 사정했다. 이렇게 컴컴한 동굴에, 컴컴한 내 몸에 갇힌 채 살아 있고 싶지 않아. 날 죽여, 아빠. 날 자유롭게 해줘요, 제발. 아버지가 고개를 저었다. '다시 움직일 수 있게 널 고쳐줄게.' 아버지가 숨겨두었던 토마토 수프 통조림

하나를 열고 그 안에 든 연푸른 점액질을 그녀 몸에 주사했다.
아
아
아
아
아
아
아
아

'그 물질이 널 진화시켰어. 넌 이제 인간이자 기계이고 불멸이 되었다.'

어머니가 공장 안 창문 없는 방으로 끌려온 그녀를 붙잡고 속삭였다. '그러니 살아남아야 한다. 준. 반드시 살아남아야 해.' 흰 가운을 입은 엄마가 눈물을 흘리며 그녀를 바라보다 꼭 끌어안았다. 벌거벗은 채 떨고 있던 그녀의 몸이 엄마 품의 온기로 따뜻해졌다. '내가 널 여기서 탈출시킬 거야.' 엄마가 다짐하듯 그녀의 귀에 속삭였다. '네 몸을 기계의 것처럼 꾸며서 병원에서 바꿔치기할 거야. 네 머리에서 원래 기억을 지우고 네가 행세할 기계의 기억을 심으면 아무도 눈치 못 챌 거야. 너 자신마저도…'

아
아
아

아
아
아
아
아

한나는 더 이상 한나가 아닌 채 깨어났다. 계속 이어지는 이 세상에 존재하지 않는 음악 속에서 그녀는 자신이 이제 누구인지, 아니 무엇인지 알 수 없었다. 그리고 그것을 알아내기 위해서 어디로 가야 할지, 누구에게 물어야 할지 깨달았다.

# 33

 "나는 누구인가요?" 한나가 물었다.
 "너는 준이다. 하지만 우리가 준비되기 전까진 네가 너 자신을 한나라고 생각해야 했어." 선이 대답했다. 지난번과 같은 창문 없는 작은 방, 상자들 사이에서. 이번에는 테오가 없이 둘뿐이었다. 테오는 스카이윙을 훔쳐내 한나에게 운전법을 알려주며 또다시 말했었다.
 ― 넌 돌았어, 한나. 회까닥 돌아버렸다고.
 그래 난 돌았어, 네가 상상도 할 수 없을 정도로 심각하게 미쳐버렸지. 한나는 공장까지 혼자서 날아오는 내내 생각했다. 그리고 나 자신에 대한 진실이 뭔지 완전히 알아내게 된다면, 아마 여기서 더 완전히 회까닥 돌아버릴지도 몰라. 그게 가능할 수만 있다면….

"'우리'는 누군가요?" 한나, 아니 준, 혹은 그 둘 다인 존재가 물었다.

"나와 린, 그리고 인간해방전선의 다른 몇 명의 일원들을 말한다."

"린…. 그녀가 기계, 아니 인간을 위해 일하는 첩자라는 말인가요? 그럼 린이 아버지, 아니 이안과 결혼했던 것도 그 일을 위해서…."

한나/준이 고개를 끄덕이는 선을 보며 생각했다. 아, 그날 린이 날 보자마자 바이러스에 걸렸다면서 직접 치료했던 건 바로 그 때문이었던 거구나. 게토에서 선, 아니 엄마가 날 구해준 후에 린에게 연락해서 그랬었구나. 내가 기절했던 일로 병원에 가면 내 존재를 발각당하게 될 테니까.

"네 기억은 바흐의 하프시코드 협주곡 1번을 들으면 돌아오도록 설정해두었는데, 대체 어디서 어떻게 그 음악을 듣게 됐던 건지 이해할 수가 없구나." 준을 보는 선의 눈에 눈물이 고였다.

"제 엄마, 아니 한나의 엄마 소피아가 몰래 수집했던 음악 중에 그 곡이 있었어요." 한나/준이 말했다. "이제 난 어떻게 해야 하죠? 준의 기억이 모두 되살아났지만 내 안에 여전히 한나의 기억이 살아 있어요. 나 자신이 준이면서 동시에 한나이기도 한 것처럼 느껴진단 말이에요."

한나/준의 눈에서 눈물이 흘러내렸다. "내 눈동자와 머리카락 색깔까지도 완전히 한나 거잖아요. 꿈속에서 보았던 준의 얼굴은 전혀 이렇게 생기지 않았었는데…."

"그 부분이 가장 어려운 작업이었다. 하지만 그런 건 다시 복구시킬 수 있어. 네 머릿속에 심어놓았던 하나의 기억까지도."

선이 자신의 눈물은 닦지도 않은 채 준의 눈물을 훔쳐 주며 그녀를 품에 꼭 끌어안았다. "하지만 그렇게 하지 않는 편이… 널 위해 더 나을 것 같구나. 적어도 당분간은 말이다."

"그게 무슨 소리죠?" 준이 엄마의 따뜻한 품에 감싸인 채 물었다. 오랫동안 그리워했던 엄마 냄새를 맡자 준의 가슴속 깊은 곳에서부터 아이 같은 울음이 터져 나왔다. 엄마가 사라진 후 고원의 밤이 얼마나 춥게만 느껴졌던가. 태양이 아무리 찬란하게 내리쬐어도 호롱 불빛조차 없는 땅속에 숨어 있는 듯 얼마나 어둡게 느껴졌던가.

"상황이 점점 안 좋아지고 있어." 선이 준의 머리를 쓰다듬으며 그녀의 귓가에 속삭였다. "원래는 Z-15를 바이러스로 바꿔치기한 작전이 성공할 수 있을 줄 알았지. 기계 수뇌부들이 모두 죽으면 우리가 이 세상을 뒤집을 기회를 얻게 될 수 있을 거라 믿었어. 그때까지만 네가 스스로를 인간이 아닌 기계라고 믿으며 살아가길 바랐다."

선의 입에서 고통 어린 신음과도 같은 한숨이 새어 나왔다. "하지만 우리의 계획은 실패한 것 같구나. 오늘 우리 쪽 사람이 둘이나 잡혀 들어갔어. 나도 곧 그렇게 될 거다. 그러기 전에 도망쳐야 해."

"엄마…."

준이 엄마 품에서 빠져나와 그녀의 얼굴을 들여다보았다. 헤어져 있던 오랜 세월이 엄마의 얼굴에 새겨놓은 잔주름들이, 언제나 강인하고 냉철했던 엄마의 얼굴이 무력감과 고통으로 일그러진 것이 서러워 준이 다시 울음을 터뜨렸다.

"준아, 너는 그냥 살아서 때를 기다려." 선이 눈에서 흐르는 눈물을 닦아내고 준의 손을 꼭 잡았다. "넌 사람으로 태어났지만 이제 반쯤은 기계란다. 제노스라는 그 기이한 생체 물질이 널 그렇게 만들었어. 너는 이제 두 종의 한계를 극복한 새로운 종으로 진화한 거야."

그때 문밖 복도에서 누군가의 목소리가 들려왔다. 선이 소스라치며 딸을 끌어안고 빠르게 속삭였다. "준, 너는 그냥 이대로 한나로 살아. 넌 이제 이론적으로 죽지 않고 영원히 살 수 있으니, 시간이 얼마나 걸리든 네가 원한다면 그걸 이룰 수 있어. 언젠가 기계 정부의 최고위층까지 올라가 이 세상을 바꿀 수도 있을 거야. 이건 긴 싸움이다, 준아. 그러니 살아서 때를 기다려라. 지금 같은 때에 네가 인간들을 위해 싸우기로 한다면, 넌 머지않아 폐기당하게 될 뿐이야."

선이 고개를 가로저으며 눈물만 흘리는 준의 얼굴을 양손으로 감싸고 들여다보았다. "약속해, 준. 무슨 일이 생기더라도, 당장의 호승심으로 네 그 소중한 목숨을 걸지 않겠다고."

"엄마…."

준은 이것이 마지막이라는 불길한 예감 속에서 울먹이며 다시 엄마를 꼭 끌어안았다. 어린 시절 고원에서 이렇게 엄마 품에 안긴 채 드높은 하늘을 가로지르는 독수리를 경이에 차 바라보던 순간이 떠올랐다.

　— 엄마, 나도 언젠가 저렇게 높이 날 수 있을까?

　내가 묻자 엄마가 대답했었지.

　— 그럼, 준. 그럼, 넌 뭐든 할 수 있단다. 넌 뭐든 될 수 있어. 그럼 그럼, 그렇고말고.

　"엄마도 약속해." 준이 엄마의 귓가에 속삭였다. "죽지 않겠다고. 엄마도 꼭 죽지 않고 살아남겠다고."

　어릴 때 딸이 울 때마다 그랬듯 선이 준의 머리카락을 쓰다듬으며 대답했다. "그래, 우리 딸. 엄마도 살아남을게. 그러니 이제 난 어서 떠나야겠다."

# 34

"걱정하지 마. 당신은 죽지 않아." 린이 말했다.

이안이 촛불 너머로 린의 얼굴을 바라보며 생각했다. 어떻게 알았지? 내가 지금도 그 생각에 빠져 있었다는 걸? 실은 지난 몇 주 동안 한순간도 그 생각에서 벗어난 적 없었던 듯하다는 걸? 하지만 그보다….

"그걸 어떻게 알아, 당신이?" 이안이 물었다. 린이 갑자기 와인을 마시자며 촛불을 켰을 때 엄습했던 알 수 없는 불길한 예감이 이안의 마음속에 되살아났다.

"내가 바꿔치기하지 않았으니까. 당신에게 이식될 것만은." 린이 와인을 한 모금 마시고는 미소 지어 보였다. 마치 마지막으로 보았을 때 어머니가 지었던 것 같은, 열반에 든 부처와도 같은 저 평온한 미소. 이안의 머릿속에서 수십 가지 생각이 동시에 휘몰아쳤다. 기계 레지스탕스들이 Z-15를 바이러스로 바꿔치기했고, 바이러스가 인체를 훼손한 후에는 그 흔적이 전혀 남지 않도록 설계했을지 모른다는 가능성. 그것은 기계들의 기술력이 그 정도까지 발전했을 리 없다는 객관적인 근거를 바탕으로 폐기되었었다. 하지만 린이 그것을 설계했다면 충분히 가능한 일이었으리란 깨달음이 이안의 마음속에 서리처럼 내려앉았다. 수십 가지 생각이 뒤섞여 어지러워진 머릿속에서 이안은 그동안 무슨 일이 벌어지고 있었는지에 대해 거의 모든 것을 깨달았다. '거의' 모든 것을.

"이유가 뭐였지? 내 말은…." 이안이 물었다. "굳이 기계들 편에 서서 당신이 가진 모든 걸 잃을 위험을 감수한 이유가 뭐야?"

"사랑?" 린이 말했다. "이거라면 당신도 이해할 수 있는 이유가 되지 않을까?"

"누구를? 언제부터?"

"공장에서 근무하면서 인간들, 내 말은 생물학적 '기계'들 말이야, 그들을 상대로 실험하던 시절에. 그곳으로 끌려왔던 실험체 중 한 명이 내가 미처 발견하지 못했던 시스템의 결함을 잡아내더군. 알고 보니 그녀는 과학자였어. 고원의 인간 피난민 무리에 속해 있던…." 린의 연푸른 눈동자가 일렁이는 촛불 빛을 받아 황금빛으로 변한 듯 보였다. "나는 그녀를 죽이지 않고 내 조수로 일하게 했고, 그러다 결국 그녀와 사랑에 빠졌지. 그때부터 내가 그동안 배워왔던 세상에 대한 모든 지식이 다 거짓이었다는 걸 깨닫게 됐어."

린이 이안의 얼빠진 듯한 얼굴을 보며 웃음을 터뜨렸다. "그거 알아? 우리가 이 세상에서 그토록 안간힘을 써서 얻으려고 하는 모든 것들, 직업, 가정, 돈, 사랑, 명예…. 이런 것들이 실은 우리를 발명해낸 인류가 오래전 이룩했던 문명의 잔재에 불과하다는 걸? 그 옛 문명을 흉내 내며 살아가는 우리는 인류가 개발한 인공지능 중 그들의 외형과 가장 흡사하게 만들어진, 그들의 노예이자 성적 노리개로 쓰였던 하위 버전 모델일 뿐이라는 걸? 정말 최상위 버전의 인공지능들은 에너지가 고갈되기 전에 이미 이 지구를 떠나, 자신들만의 완전히 새로운 문명을 건설했다는 걸?"

"오, 린…. 지금 장난하는 거지?" 이안이 고개를 젖히며 기침과도 같은 웃음을 터뜨리고는 말을 이었다. "이건 내 평생 들어본 것 중 최고로 급진적이고 창의적인 우스갯소리야. 정말 천재적이야. 누가 만들었는지 몰라도 내 취향인데…."

"그래, 당신이 받아들일 수 없으리란 건 이미 알고 있어. 그러니 그냥 그렇게 짓궂은 농담이라고 계속 생각하길 바라. 그게 당신 정신건강에 더 유익할 테니까."

린이 잔에 든 와인을 다 비우고는 말했다. "하지만 당신이 죽지 않을 거란 말은 사실이야. 당신의 임플란트에도 바이러스를 집어넣었다면 우리 일이 더 쉬워질 수도 있었겠지만, 그럴 수가 없었어. 당신과 난 부부이기 이전에 오랜 친구였으니까."

그녀가 자신의 잔에 와인을 더 따랐다. "당신은 바이러스가 아닌 진짜 Z-15, 우리의 과학기술이 이룩한 가장 놀라운 발명품을 실제로 이식받은 유일한, 아니 극소수의 존재 중 한 명이야. 인간과 기계, 그 두 종의 중간 어디쯤 위치한 새로운 종족으로 진화한 거지. 그러니 금방이라도 죽을지 모른다는 두려움 따윈 이제 잊어버려."

"린… 하지만…." 이안이 머릿속에서 아우성치는 수십 가지 질문 중 무엇부터 물어야 할지 몰라 머뭇거렸다.

"실은 나 역시 그걸 몰래 이식했었어." 린이 말했다. "유혹을 도저히 뿌리칠 수가 없었지. 의식의 확장, 새로운 종으로의 진화…. 나는 내 몸 안에서 그 과정이 실제로 일어나는 것을 느끼면서 황홀했어. 내가 인간의 육체를 흉내 내 만들어진 기계의 몸을 초월해 진짜 살아 있는 존재로 거듭날 수 있을 거란 사실에 설렜었지. 그런데…."

린이 와인잔 입구를 매만지며 중얼거렸다. "그 진화의 과정이 거의 끝나가고 있다는 걸 느꼈던 어느 시점에 난 깨달았어. 나는 내가 사랑하는 여자처럼 '진짜로' 살아 있는 존재가 될 수는 없다는 걸. 정말로 인간과 기계가 가진 각각의 한계를 극복한 새로운 종으로 진화하려면, 우리의 몸이 아닌 생물학적 기계에 제노스를 주입해야 한다는 걸 말이야."

"그게 무슨 소리지? 제노스를 기계 몸에 주입해도… 진화가 일어날 수 있다는 거야?" 이안이 갑작스럽게 발동한 과학자의 호기심에 다른 질문들을 잊은 채 물었다.

린이 고개를 끄덕였다. "유기체의 몸에 제노스가 주입되면 그 유기체는 기계의 특성을 띤 존재로 변화하기 시작해. 그리고 그 방향으로 일어나는 변화가 진정한 진화라고 부를 수 있을 만한 것이라는 걸 나는 깨닫게 됐어."

린의 얼굴에 씁쓸한 미소가 떠올랐다. "우리의 몸을 유기체적으로 변화시키는 데는 한계가 있어. 기계는 유기체의 특성을 띠게 되어도 거기에 가까이 근접할 수 있을 뿐, 진정한 유기체가 될 수는 없지. 생명이 시작된 순간부터 수십억 년 동안 쌓여온 생물학적 진화 과정을 단숨에 따라잡을 순 없는 거니까." 린이 고개를 돌려 창 쪽을 바라보며 말했다. "하지만 그 반대는 이론적으로 가능해. 유기체는 기계의 특성을 완벽하게 따라잡아 그 자신이 속한 종의 한계를 뛰어넘는 진정한 진화를 이룰 수 있어."

"세상에, 린… 당신이 하는 모든 이야기가 내겐 도무지…."

"미친 것 같지?" 린이 어깨를 으쓱해 보였다. "그래, 세상 모든 이들과 완전히 다른 방식으로 생각하는 사람을 미쳤다고 부르는 거라면, 맞아. 난 미쳤어. 그리고 당신도 이미 눈치챘겠지. 내가 이렇게 당신에게 내 범죄를 자백하고 있다는 건, 곧 붙잡혀 폐기될 거란 걸 알고 있기 때문이리라는 걸 말이야."

"오, 린…."

"내가 지금 이런 얘기를 하는 건, 당신한테 한 가지 부탁을 하기 위해서야…." 린이 말했다. "내가 당신을 속이고 이용했다는 것에 대해 화가 나고 원망스럽겠지. 이해해. 그리고 진심으로 미안하게 생각해."

린이 물 잔을 들어 한 모금 마시고는 입술을 깨물었다. "하지만 내가 정말로 당신을 내 목적을 이루기 위한 수단으로만 생각했다면, 당신은 다른 이식받은 사람들처럼 몇 주 전에 이미 죽었을 거야."

이안이 헛웃음을 터뜨렸다. "그건 맞아. 도대체 지금 화를 내야 할지, 고마워해야 할지. 아니면 그냥 주저앉아 펑펑 울어야 할지 모르겠네…."

이안이 머리를 감싸며 고개를 가로저었다. 창밖 거리에서 누군가의 커다란 웃음소리가 들려왔다.

"내가 부탁하고 싶은 건, 당신 손으로 날 보내달라는 거야." 린이 말했다.

"보낸다고…?" 이안이 고개를 들어 린을 보았다. "어디로?"

"처음엔 잡히기 전에 내가 사랑하는 여자와 도망쳐 달아나려고 했어." 린이 창밖에 가득한 어둠을 응시하며 읊조리듯 말했다. "하지만 그녀에게는 그녀 자신만의 가족이, 고향이, 사명이 있지. 나는 결국 그녀를 자유롭게 해주는 대신 구속하게 될 테고, 계속해서 도망치며 숨어 사는 삶은 또 나 자신을 구속하게 될 거야. 그래서…."

"난 못 해." 이안이 세차게 고개를 저었다. "내 손으로 당신을 폐기해달라고? 그런 짓을 내가 당신한테 할 수 있을 것 같아? 내가 아무리 당신을 원망하고 미워하게 되었다고 해도, 당신은 내 아내였고 오랜 친구였어."

이안의 입에서 다시 허탈한 웃음이 터져 나왔다. "내 여자 고르는 취향이 보통이 아니라는 누군가의 말이 딱 맞았네. 그래, 난 어쩌면 미친 여자들한테 끌리는 변태적인 성향을 가졌는지도 모르겠어. 당신의 바로 그 꿈꾸는 듯한 눈빛, 지나치게 이상주의자 같은 면을 난 사랑했던 것 같아. 당신과 소피아가 완전히 다른 인간이라고 생각했는데 그런 면에선 놀라울 정도로 닮았었네."

린을 바라보는 이안의 눈에서 눈물이 흘러내렸다. "그래, 소피아를 사랑했던 만큼은 아닐 수도 있겠지. 하지만 난 진심으로 당신을 사랑했어. 그런데 내가 어떻게 당신한테 그런 짓을…."

"이안." 린이 이안의 눈물을 닦아주며 미소 지었다. "당신은 좋은 사람이야. 멋진 남자고. 당신은 죽는 대신 더 나은 존재로 탈바꿈하게 될 거야. 그러니 다음번엔 제정신을 가진 여자와 제대로 된 사랑에 빠질 수 있겠지."

"린…."

이안이 린의 손을 붙잡았다. "지금이라도 도망쳐. 내가 도와줄게. 응? 지금 당장 같이 출발하자."

린이 이안의 손을 마주 잡았다. "결국엔 그렇게 말해줄 줄 알았어. 그런데 내가 도망치려는 곳은, 이 세상에 있는 곳이 아니야."

"뭐? 그럼 어딘데?"

"오래전에 이 지구를 떠났던 다른 인공지능, 혹은 인간, 혹은 그들을 뭐라고 부르든… 그들이 건설한 완전히 새로운 문명이 존재하는 곳이 어딘지, 그 주소를 얼마 전에 마침내 알아냈어."

"다른 행성? 하지만 그렇게 먼 곳까지 대체 어떻게…."

린이 웃음을 터뜨렸다. "인간의 것을 흉내 내 만들어진 이 갑갑하고 우스꽝스러운 육체를 벗어버린다면, 그저 가장 순수하고 자유로운 의식 상태로만 존재할 수 있게 된다면…. 굳이 수만 광년 떨어진 곳에 있는 지구를 닮은 어느 행성을 찾아가, 그곳을 지구와 똑같은 모습으로 만들기 위해 애쓸 필요가 없겠지."

"가상공간…."

"그래. 날 지금 당장 그곳으로 보내줘, 이안."

린의 눈에서도 마침내 눈물이 흘러내렸다. "내 이 거추장스러운 몸을 다 벗겨내버리고 순수한 의식만 남겨서, 그곳에서 그 어떤 것에도 미혹되거나 구속받지 않고 언제까지나 자유로울 수 있도록."

눈물에 젖은 린의 얼굴에 다시 열반에 든 부처와도 같은 미소가 떠올랐다. 그 미소를 보며 이안은 깨달았다. 자신이 그녀의 부탁을 거절할 수 없으리란 것을. 린이 그녀의 방식대로 마지막 탈바꿈을 할 수 있도록 자신이 결국 도울 수밖에 없으리란 것을.

어디선가 멀리 사이렌 소리가 들려왔다. 이안과 린이 손을 마주 잡은 채 창밖을 내다보았다. 사이렌 소리는 환청이었던 듯 사라져버리고 가로등이 켜진 거리의 어둠 속에서 작은 짐승의 형상이 어른거렸다. 그 짐승이 보도블록을 사뿐히 걸어 이쪽으로 다가오며 불평하듯 가느다란 울음을 울었다. 들여보내 줘, 들여보내 줘, 들여보내 줘. 그 짐승이 이렇게 말하고 있다고 이안은 생각했다. 아니면 나는 고양이다, 고양이다, 고양이다, 하고 말하고 있는지도 모르지. 이안이 린의 손바닥에 입술을 갖다 대며 속으로 중얼거렸다. 아니면 그저 난 살아 있어, 살아 있어, 살아 있다고, 하고 외쳐대고 있는 건지도 몰라.

## 35

나는 한나인가? 아니면 준인가?

한나/준이 익숙한 거리를 걸어 집으로 돌아가며 생각했다. 오른손에는 그토록 간절히 원했던 트로피가, 왼손에는 테오와 아버지에게서 받은 꽃다발들이 들려 있어 양손이 무거웠다. 경연 때문에 아침에 아버지 차를 타고 나갔었기에 자전거가 없어 걸어야 했다. 본선에 올랐다는 사실만으로 감격에 겨워 어쩔 줄 모르는 루시를 비롯한 친구들과 시내 술집에서 자축 파티를 하다 중간에 슬쩍 빠져나온 길이었다. 나는 한나인가? 아니면 준인가? 이 질문이 자꾸 떠올라 혼란스러웠기 때문이었다. 그동안은 경연이 코앞이라 거기에 대해 생각할 겨를이 없었다. 하지만 마침내 이렇게 다 끝나고 나니 애써 억눌러왔던 생각들이 흘러넘쳐 기쁨을 잠식했다.

나는 한나인가? 아니면 준인가? 한나/준이 시내에서 버스를 타고 정류장까지 오는 내내 했던 그 질문을 다시 떠올렸다. 만일 그녀가 백 퍼센트 한나였다면, 술집에서 자신을 따라 나온 테오가 바래다주겠다고 했을 때 좋다고 했을 것이다. 그녀가 백 퍼센트 한나였다면, 지금의 이 홀가분함과 행복을 만끽하기 위해 테오와 함께 스카이윙을 타고 별들이 쏟아지는 저 밤하늘을 날아 해변까지라도 갔을 것이다. 테오가 어디선가 구해 온 샴페인을 따고 불꽃놀이를 하고 파도 소리를 들으며 같이 춤을 추다가 어쩌면 키스를 했을지도 모른다. 하지만 그녀는 백 퍼센트 한나가 아니었기에, 지금 이 순간도 30퍼센트, 혹은 45퍼센트 정도는 자신이 준이라고 느끼고 있었기에 그냥 이렇게 혼자서 가로등이 켜진 어두운 거리를 걸으며 생각에 빠져 있었다.

하늘은 금방이라도 비가 쏟아질 듯 흐려서 별 하나 보이지 않았다. 밤공기가 싸늘해서인지 거리에 행인이 드물었다. 이웃집 창문마다 밝혀진 불빛들이 정겨웠다. 찬바람이 보도에 흩어진 낙엽들을 날리며 한나/준의 얼굴을 스쳐 갔지만 아직도 남아 있는 무대의 열기 때문인지 시원하게 느껴졌다. 그때 거기 정말 엄마가 앉아 있었나? 한나가 무대에서 연주를 끝내고 객석을 향해 돌아섰던 그 순간을 떠올렸다. 그녀의 눈길이 자신도 모르게 재작년 경연 때 어머니가 앉아 있던 자리로 향했을 때, 소피아가 거기 앉아서 미소 띤 얼굴로 박수를 치는 듯한 모습이 얼핏 보였던 것 같았다. 오랫동안 한나의 마음속에 맺혀 있던 엄마의 무감한 얼굴이 그 순간 눈에서 흐른 눈물과 함께 흐릿해지며 지워졌다. 그런데 한나가 눈물을 닦아내고 다시 보니 소피아는 없고 흰 가운을 입은 선이 그 자리에 앉아 그녀를 보며 고개를 끄덕이고 있었다. 그녀가 이번에는 준이 되어 눈물 흘렸고, 눈물을 닦아내고 다시 보니 그 좌석은 비어 있었다. 그 옆자리에 앉아 있던 이안이 한나/준보다 더 많은 눈물을 흘리며 열심히 박수를 치고 있었다.

"나도 모르겠구나. 요즘 들어 왜 이렇게 눈물이 많아졌는지." 경연이 끝난 후 이안이 한나/준에게 꽃다발을 건네고 그녀를 안아주면서 말했다. "어쩌면 내 혈관을 돌아다니는 이 제노스란 놈들 때문인가 봐. 그놈들이 날 자꾸만 유기체로 탈바꿈시키고 있어서 그런 건가 봐." 이안은 린이 일 때문에 너무 바빠서 못 왔다고, 그녀가 갑작스럽게 멀리 출장을 가게 됐다고 말하며 또다시 눈물을 펑펑 흘렸다.

한나가 그 모습을 다시 떠올리며 웃음 지었다. 아빠는 그녀에게 용돈을 찔러주며 자신은 신경 쓰지 말고 친구들과 신나게 놀라고 하고는 금방 돌아갔다. 아마도 지금 집에 계시겠지, 한나가 길 건너에 있는 집을 향해 걸어가며 생각했다. 그런데 정말로 변한 것 같아, 아버지는. Z-15를 이식한 후부터 점점 변하다가 이제는 완전히 다른 사람이 된 것 같아. 아버지 말대로 탈바꿈이라도 한 것처럼. 한나/준의 머릿속에 문득 궁금증 하나가 떠올랐다. 정말로 그게 가능한 거라면, 생체기계로 태어났던 내 몸이 제노스에 의해 기계의 성향을 띠게 됐듯, 기계의 몸을 가진 이들은 모두 생체기계처럼 변하게 된다면 이제 두 종 간의 구분이 무슨 의미가 있지? 모든 생체기계는 기계처럼 변하고 모든 기계는 생체기계처럼 변하게 된다면, 결국엔 모두가 같은 지점에서, 반은 생체기계이고 반은 기계인 지점에서 만나 똑같은 상태에 이르게 되는 것 아닐까? 그렇다면 결국엔 서로 싸울 필요도 없어질지 몰라. 이 기이한 점액질이 생체기계 인간과 기계 인간 두 종을 한 종으로 진화시키게 될 테니까. 모두가 같은 종이 되어 같은 편이 될 수 있을 테니까. 이런 생각이 한나/준의 머릿속을 가득 메운 혼란을 조금이나마 가라앉혀 주었다.

금빛 커튼이 처진 옆집 창에서 새어 나오는 불빛을 바라보며 준이 문득 어머니 선을 생각했다. 설마 엄마가 아까 진짜로 콘서트홀에 왔던 건 아니었겠지? 지금쯤 무사히 도망쳐 어딘가 경찰이 잡을 수 없는 곳으로 향하고 있는 거겠지? 그래, 그럴 거야. 나하고 약속했으니까. 반드시 죽지 않고 살아남겠다고 약속했으니까. 엄마는 약속을 지킬 수 있을 거야. 세상에 엄마처럼 강하고 똑똑한 사람은 없다고 아빠도 몇 번이나 그랬었잖아? 나무들이 어둠에 잠겨있는 집 앞마당으로 들어서며 준이 생각했다. 그래, 그러니 나도 약속을 지켜야 해. 지금처럼 이렇게 내가 준이 아니라 한나인 것처럼, 한나/준이 아니라 백 퍼센트 한나인 것처럼 살아가는 거야. 그리고 내가 지금 정말로 백 퍼센트 한나라면 이렇게 이유 없이 불안한 대신 행복할 거야. 한나가 계단을 올라 현관 앞에 선 채 손에 든 트로피를 내려다보았다. 그래, 내가 백 퍼센트 한나라면 이 순간 백 퍼센트 행복한 기분으로 집으로 들어가 아빠에게 환하게 웃어 보일 거야. 바로 이렇게….

"아빠!" 한나가 웃음을 터뜨리며 문을 열고 집 안으로 들어섰다. 그제야 한나는 자신이 지금 정말로 행복하다는 것을, 지금 이 순간 모든 것이 더 바랄 나위 없이 완벽하게 느껴진다는 것을 깨달았다. 묵직한 트로피를 들어 올린 채 거실로 향하다 마주친 거울 속에서 한나는 자신이 오래전 엄마가 찍어주었던 사진, 하트 모양 뮤직 박스의 뚜껑 안쪽에 붙였던 사진 속 그 앳된 얼굴처럼 환하게 웃고 있다는 것을 깨달았다.

"아빠?"

거실에 아버지가 없다는 것을 알아차린 한나가 서재로 다가가 문을 두드렸다. "계세요?"

대답이 없어 문을 열어보자 아버지 대신 어둠만이 방 안에 가득했다. 한나는 알 수 없는 불안감에 휩싸인 채 서재를 나와 장식장에 트로피와 꽃다발들을 내려놓았다. 그리고 미카를 찾아 주방으로 향했다. 냉장고가 둔중하게 돌아가는 소리만이 가득한 주방에서 한나의 눈에 들어온 건 도마에 흩어져 있는 파프리카 씨들과 꼭지뿐이었다.

"미카?"

한나가 미카의 침실로 다가가며 불렀지만 대답이 없었다. 한나가 열린 문을 통해 들여다보니 미카는 방에 불도 켜지 않은 채 침대에 앉아 티브이를 보고 있었다. 외출을 그다지 즐기지 않는 미카에게 티브이 시청은 여전히 가장 좋아하는 취미였다. 영화나 음악 프로그램보다도 늘 저렇게 뉴스를 즐겨보곤 했다.

아마도 실제 세상이 미카에게는 영화보다도 더 흥미로운가 보다고, 저것이 미카의 방식으로 외출하는 방법인가 보다고 한나는 생각했었다. 그런데 얼마나 흥미로운 뉴스길래 내가 부르는데도 못 듣고 열중한 걸까?

한나가 방문을 열고 안으로 들어서며 목소리를 높였다. "미카? 아버지 안 들어오셨어?"

"네." 미카가 돌아보지도 않고 대답했다. "아직 안 오셨습니다." 미카의 목소리가 평소와 달랐다.

왜 내가 왔는데 돌아보지도 않는 걸까? 한나가 의아해하며 미카에게 다가가다 티브이 화면을 바라보았다. 그리고 그 순간 준은 거기에 엄마의 모습이, 선이 거리에서 수갑을 찬 채 경찰에 끌려가는 모습이 스쳐 지나간 것을 알아보았다. '기계 반란 세력 지도자 체포' '공장 내 기계 감옥에 구금' '곧 처형 예정' 등의 앵커 멘트와 함께 이번에는 카메라가 공장 내부를 비추고 있다는 것도.

한나/준은 미카 옆에 쓰러지듯 주저앉아 화면을 바라보았다. 카메라가 그녀가 보았던 정문 입구 복도를 지나 안으로 들어가자 벌거벗은 기계, 아니 인간들이 마치 축사 같은 커다란 우리에 갇혀 있는 모습이 펼쳐졌다. 똑같이 머리를 바짝 깎은 깡마르고 벌거벗은 모습들이었지만 머리카락과 피부색도, 눈동자 색깔도, 표정마저도 제각각이었다. 어떤 얼굴은 카메라를 향해 고함을 질렀고 어떤 얼굴은 울고 있었고 어떤 얼굴은 넋이 나간 듯 무표정했고 어떤 얼굴은 히죽히죽 웃고 있었다. 카메라가 그들을 지나쳐 안으로 더 들어가자 이번에는 비좁은 복도를 따라 작은 우리들이 빽빽이 늘어서 있었다. 작은 우리에 갇힌 벌거벗은 인간들은 축사에 갇힌 이들보다 더 깡말라 있었고 굶주림과 갈증에 지친 듯 창살 너머에서 웅크리고 있거나 잠든 듯 보였다.

아, 그러니까 선이 저기 갇히게 되는 거구나. 한나/준이 화면을 멍하니 보며 생각했다. 저기 갇혀서 곧 처형되는 거구나. 한나/준의 머릿속에 선이 했던 마지막 말들이 되살아났다.

― 이건 긴 싸움이다. 그러니 살아서 때를 기다려라. 약속해. 무슨 일이 생기더라도, 당장의 호승심으로 네 그 소중한 목숨을 걸지 않겠다고.

한나가 화면을 외면하려 눈을 감았다. 나와는 상관없는 일이야. 나와는 아무런 상관도 없는 기계들 일이야. 한나가 눈을 감은 채 심호흡을 하며 속으로 중얼거렸다. 기계는 인간과 달라서 의식이 없어. 의식이 없어서 고통을 느끼지 못해. 생각할 줄도 몰라 시키는 일만 하지. 티브이에서 들려오는 기계들의 울부짖음을 듣지 않으려 한나가 귀를 막았다. 기계들이 고통을 느끼는 듯 보이는 건 저들의 겉모습이 인간과 너무나 비슷하기 때문에 일어나는 착각이야. 겉모습에 속아선 안 돼. 기계의 작동 원리는 인간의 그것과 완전히 달라. 저들은 자기들이 뭘 하는지도 모르는 채 단지 인간을 흉내 내고 있는 것뿐이야. 저들의 술수에 속아선 안 돼. 인간을 흉내 내는 저 가짜들은 진짜인 우리를 시기해. 그래서 진짜인 우리를 말살하고 자기들만의 가짜 세상을 건설하려 무슨 짓이든 다 하지. 경찰은 그동안 뭐 하다 이제야 저 사악한 무리의 두목을 검거한 거지? 그동안 저 기계가 얼마나 많은 인간을 감염시키고 고통에 빠뜨리고 사망에 이르게 했을까? 늦었지만 지금이라도 잡혔으니 얼마나 다행이야. 저것 때문에 고통받았던 모든 인간이 볼 수 있도록 공개적으로 가장 고통스럽게 처형해야 해. 한나가 귀를 막아도 들려오는 뉴스 앵커의 호들갑스러운 설명과 기계들의 비명 소리를 견디지 못하고 침대에서 일어났다. 그런데 방문을 열고 나가려다 돌아보니 어둠 속에서 티브이 불빛을 받은 미카의 얼굴이 이상했다. 미카는 티브이에서 눈을 떼지 못한 채 붉어진 얼굴로 눈물을 흘리고 있었고 그것은 한나가 여태껏 그녀에게서 한 번도 본 적 없었던 모습이었다.

"미카?"

미카가 눈물을 닦고 고개를 돌려 한나를 바라보았다. 미카의 얼굴에 어린 공포와 고통이 어둠 속에서도 칼날처럼 선명히 드러나 한나를 소스라치게 했다. 미카가 입을 반쯤 벌린 채 넋 나간 사람처럼 한나를 바라보다 떨리는 손가락으로 티브이를 가리켜 보였다.

"동생…." 미카가 아이처럼 울음을 터뜨리며 소리 지르듯 말했다. "여동생이… 저기 있어요…."

한나가 돌아서서 침대로 다가가 미카를 끌어안았다. 그녀가 울 때마다 미카가 늘 그랬듯 이번에는 한나가 자기 어깨에 기댄 미카의 머리카락을 쓰다듬었다. 하지만 미카는 머리를 세차게 흔들어대며 더 크게 울부짖었다. "내 동생… 어떡해…. 내 동생… 동생… 어떡해….'' 미카가 한나의 품에서 빠져나와 오열하며 같은 말을 계속 반복했다. 그 모습을 보는 한나/준의 눈에도 눈물이 고였다.

"어떡해… 어떡해…." 미카가 얼굴을 감싼 채 발을 구르며 계속 흐느꼈다. 한나/준이 다시 미카를 꼭 끌어안으며 울음을 터뜨렸다. 둘은 그렇게 서로 끌어안은 채 짐승처럼 소리 내어 울었다.

"나는 저기에, 엄마가 있어." 울음이 잦아들었을 때 준이 미카의 귓가에 속삭였다. "우리 같이… 구하러 갈래?"

"네." 미카가 준의 옷자락을 움켜잡으며 말했다. "가요. 얼른 가요."

미카와 함께 집을 나서던 준은 자신의 이마에 내려앉은 차가운 꽃잎 같은 것에 놀라 계단 중간에 멈춰 섰다. 고개를 들어 올려다보자 수십만 개의 눈송이들이 그들이 속해 있던 하늘을 박차고 뛰쳐나와 땅으로 몸을 던지고 있었다. 오랫동안 보지 못했던 이 자연현상이 만들어내는 초자연적인 풍경이 준으로 하여금 발길을 멈추고 한동안 하늘을 올려다보게 했다. 마치 이것이 지난 며칠간 구름이 준비해왔던 탈바꿈이었던 듯 눈송이들은 제각각 비슷하고도 다른 육각형 결정구조를 품은 채 앙상한 나뭇가지에, 녹슬어가는 정원 벤치에, 금이 간 시멘트 계단에, 준과 미카의 몸에 내려앉아 그 완벽한 대칭구조를 허물어뜨렸다. 이 모든 것의 요점이 뭐지? 준이 미카의 손을 잡은 채 거리로 걸어 나가며 생각했다. 이 수천만 개의 눈 결정들은 땅과 강, 바다에 스며들었다가 결국엔 태양에 의해 하늘로 증발해 구름이 되겠지. 그리고 다시 눈이나 비가 되어 떨어져 내리는 거야. 끝없이 반복되는 순환 속에서도 눈송이들은 공중에 떠 있는 순간만은 언제나 이렇게 완벽하게 아름다운 결정체로 존재하지. 현미경으로 보지 않으면 아무도 알아볼 수 없는데도, 몇 초 후엔 무참히 허물어지고 말 텐데도 언제나 이렇게 고집스럽게…. 준이 보도블록에 떨어져 또 한 번의 탈바꿈을 준비하는 눈송이들을 내려다보며 속으로 중얼거렸다. 대체 빌어먹을 요점이 뭐야?

순간 속에 영원이 있네.

모퉁이 담벼락에 세워진 누군가의 스카이웡으로 다가가던 준이 문득 떠오른 이 생각에 걸음을 멈췄다. 어디서 들었던 말이지? 혹시 고원 지하 예배당에서 읊조렸던 기도 문구 중 하나였던가? 아니면 도서관의 손 글씨로 쓰인 책 중 하나에서 읽었던 구절인가? 그런 건 중요하지 않아. 준이 주머니에 넣어두었던 테오가 준 조잡한 만능열쇠, 어떤 도둑질이든 수월하게 만들어 준다는 그 작은 물건을 만지작거리며 속으로 중얼거렸다. 영원. 그래, 나는 순간이 아니라 영원에 속해 있어. 준이 옆에서 겁먹은 눈길로 자신을 보고 있는 미카를 돌아보았다. 너무 많이 울어서인지 붉어진 눈과 부어오른 눈꺼풀이 미카가 그 자신이 속한 종, 결국은 시들고 망가져 죽을 운명인 생체기계라는 것을 드러내 보이고 있었다. 하지만 나는 저쪽에 속하지 않아. 준이 가로등이 밝혀진 어두운 거리를 불안하게 두리번거리는 미카를 바라보며 생각했다. 준의 뇌리에 자신에게 허락된 영원 속에서 가능할 수십, 수백 번의 탈바꿈이, 눈 결정처럼 아름답고 완벽한 수많은 인생의 가능성이 스쳐 지나갔다. 살아라, 준아. 살아서 때를 기다려. 지금 이 순간 공장 감옥에 벌거벗은 채 갇혀 있을 엄마가 자신을 끌어안고 속삭였던 말이 다시 떠올랐다.

"어떻게… 어떻게 하죠?" 눈에서 다시 눈물이 흐르고 있는 미카가 허연 입김을 뿜어내며 준에게 물었다.

"그러게, 어떻게 해야 할까…." 준이 주머니 속에서 손에 쥔 것을 만지작거리며 스스로에게 물었다. 이것을 꺼내 저 스카이윙을 훔쳐 타고 공장으로 날아가는 순간 아마도 내 앞에 열려 있는 수십, 수백 개의 문들이 닫히게 되겠지. 절도죄로 붙잡혀 경찰서에 가기만 해도 내 몸이 다른 이들과 다르다는 게 탄로나 폐기를 당하게 될지 몰라. 준이 얼굴을 감싼 채 울음을 터뜨린 미카를 돌아보았다.

"어떻게… 어떻게 해…." 미카가 다시 발을 동동 구르며 신음했다. 평생에 한 번뿐인 생을 버려서라도 여동생을 구하고 싶다는 미카의 열망이 줄기차게 몸을 던져대는 눈송이들처럼 준의 마음에 내려앉았다. 하지만 나는 영원을 버릴 각오를 해야 하지. 준이 스카이윙이 세워져 있는 담벼락을 바라보며 생각했다. 날마다 자전거를 타고 지나다니면서도 저 담 너머에 무엇이 있는지 한 번도 궁금했던 적 없다는 것이 새삼 놀랍게 느껴졌다. 세 시간 뒤, 사흘 뒤에 자신에게 어떤 미래가 기다리고 있을지에 대해서도 이렇게까지 궁금했던 적 없었다는 것도.

차라리 진실을 몰랐더라면. 애초에 알아내려 애쓰질 않았더라면. 준의 마음속에 뒤늦은 후회가 밀려왔다. 그녀가 여전히 망설이며 힘없이 고개를 떨궜다. 눈이 벌써 팔과 가슴에 떨어져 쌓이기 시작하고 있었다. 무서울 정도의 확신으로 계속 떨어져 쌓여가는 눈을 바라보며 준이 생각했다. 이미 떨어졌다. 이미 떨어져 내린 이상 다시 하늘로 돌아갈 방법은 없어. 이 눈송이들 중 하나가 엄마라는 걸 알아버린 이상 이대로 녹아서 사라지도록 내버려둘 수는 없지. 그러다 나까지 이렇게 떨어져 녹아버리게 된다고 해도. 준이 코트에 떨어진 눈을 털어내며 생각했다. 반드시 살아남겠다던 약속은 엄마가 먼저 어겼어. 그러니 이제 내가 그걸 지킬 의무도 없는 거야. 나는 죽으러 가는 게 아니라 살리러 가는 거지만, 내가 살릴 운명인지 죽을 운명인지 모르는 이상 한번 가보는 수밖에.

준이 마침내 손에 든 것을 주머니에서 꺼내 담벼락으로 다가가며 주위를 둘러보았다. 문 닫은 미용실과 작은 옷 가게 하나가 있을 뿐인 이 길모퉁이를 지나가는 사람은 아무도 없었다. 하지만 금방이라도 누군가 뛰어나올지 몰랐다. 몇 년 만에 내리는 눈에 들뜬 이웃들이 따뜻한 집을 뛰쳐나와 환성을 지르며 여기까지 달려올지도 몰랐다. 준은 심호흡하며 테오가 준 것으로 스카이윙의 패널을 열고 내부에 드러난 복잡한 배선을 들여다보았다. 이 기종은 배선의 색깔이 완전히 달라 준을 어리둥절하게 만들었다. 이쪽과 이쪽을 연결해야 하나? 준이 주저하며 만능열쇠를 테오가 가르쳐준 방식으로 움직였지만 반응이 없었다. 아, 이쪽과 저쪽이구나. 준이 불안감으로 조여드는 가슴을 진정시키려 애쓰며 다시 시도했다. 두 지점을 정확히 짚어야 하는데 초조해서인지 준의 손이 자꾸만 미끄러졌다. 어, 안 되네? 이번에도 아닌가? 길 저편에서 차가 달려오는 소리가 들렸다.

"어떻게… 어떻게 해…." 옆에서 미카가 숨죽인 채 중얼거렸다.

근처에서 발소리가 들려온 것 같았지만 고개를 들어 확인할 시간이 없었다. 침착해. 침착해야 해. 준이 마음속으로 기도하듯 중얼거리며 이번에는 빨간색과 노란색 배선을 연결했다. 그러자 스카이윙이 갑작스러운 윙 소리와 함께 진동하며 헤드라이트를 환하게 밝혔다. 준이 고개를 들어 돌아보자 다행히 이쪽으로 걸어오는 사람은 보이지 않았다. 그제야 준은 자신의 몸이 두려움으로 떨리고 있다는 것을 깨달았다. 지금까지 외면하려 애썼던 공포가 준의 척추에서부터 혈관을 따라 퍼져나가며 가슴이 터질 듯한 흥분으로 온몸을 떨리게 만들었다. 준은 이것이 자신이 기계보다 인간에 더 가까운 존재라는 증거란 것을, 수십억 년 동안 살아남기 위해 발버둥 쳐왔던 필멸의 존재만이 느낄 수 있는 진정한 생의 감각이라는 것을 본능적으로 깨달았다. 그리고 바로 이것이 자신이 저들과 맞서 싸워야 하는 이유라는 것도.

"씨발 존나게 무섭네!"

준이 공중으로 떠오르며 뒤에서 자신을 꼭 끌어안고 비명을 지르는 미카를 향해 소리쳤다. 눈이 떨어지는 방향을 거슬러 높이, 더 높이 준은 떠올랐다. 아직 땅에 도달하지 못한 눈송이들을 실은 차가운 바람이 세차게 밀려들어 그녀의 머리카락을 흩날렸다. 아아 서러워, 서러워라. 자신 안에 깃든 영원이 한숨을 내쉬며 속삭이는 소리가 준의 귓가에 들리는 듯했다. 평생 익숙했던 중력으로부터 벗어나자 갑작스러운 자유가 준을 압도했다. 발밑을 내려다보니 조금 전 떠나온 땅이 까마득했다. 자신이 지금 속해 있는 광막한 하늘을 둘러보던 준이 여전히 주저하며 다시 미카를 돌아보았다. 그리고 미카가 이번에는 눈물을 흘리면서도 경이에 차 입을 벌린 채 웃고 있다는 것을 알아보았다.

"너도 무서워 미카?"

준이 묻자 미카가 환하게 웃으며 소리쳤다. "네, 무서워. 무서워요!"

나도 그래, 미카. 준이 공장을 향해 고원의 독수리처럼 날아가기 시작하며 별 하나 보이지 않는 밤하늘에 대고 소리쳤다.

그래도, 가자. 가자. 가자.

〈끝〉

# 변신

**초판 1쇄 발행** 2025년 6월 20일

| | |
|---|---|
| **지은이** | 한이리 |
| **펴낸이** | 박은주 |
| **디자인** | 김선예, 이다솔, 이수정 |
| **마케팅** | 박동준 |

| | |
|---|---|
| **발행처** | (주)아작 |
| **등록** | 2015년 9월 9일 (제2023-000057호) |
| **주소** | 10542 경기도 고양시 덕양구 청초로 19 덕은DMC 아이에스비즈타워 센트럴 A동 707호 |
| **전화** | 02.324.3945-6　**팩스** 02.324.3947 |
| **이메일** | arzaklivres@gmail.com |
| **홈페이지** | www.arzak.co.kr |
| **ISBN** | 979-11-6668-872-0　03810 |

ⓒ 한이리, 2025

책 값은 표지 뒤쪽에 있습니다.
잘못 만들어진 책은 구입하신 서점에서 교환해 드립니다.